DUZHE CONGSHU

国家记忆读本

那段岁月，那份爱

读者丛书编辑组 / 编

读者出版传媒股份有限公司

甘肃人民出版社

甘肃·兰州

图书在版编目（ＣＩＰ）数据

那段岁月，那份爱 / 读者丛书编辑组编. -- 兰州：甘肃人民出版社，2019.3（2024.12重印）

（读者丛书. 国家记忆读本）

ISBN 978-7-226-05419-2

Ⅰ. ①那… Ⅱ. ①读… Ⅲ. ①散文集－中国－当代

Ⅳ. ①I267

中国版本图书馆CIP数据核字(2019)第039115号

项目统筹：李树军　党晨飞

策划编辑：党晨飞

责任编辑：袁　尚

封面设计：北卜装帧設計
Mobile:13693001197

那段岁月，那份爱

NADUAN SUIYUE, NAFEN AI

读者丛书编辑组　编

甘肃人民出版社出版发行

（730030　兰州市读者大道 568 号）

三河市富华印刷包装有限公司印刷

开本 710毫米×1000毫米　1/16　印张 15.5　插页 2　字数 229 千

2019年3月第1版　　2024年12月第4次印刷

印数：24 096~29 095

ISBN 978-7-226-05419-2　　定价：69.00元

目 录
CONTENTS

想象胡同

铁　凝

　　少年时，由于父母去遥远的"五七"干校劳动，因此我被送至外婆家寄居，做了几年北京胡同里的孩子。

　　外婆家的胡同地处北京西城，胡同不长，有几个死弯。外婆家的四合院是一所坐北朝南的两进院子，院落不算宽敞，院门的构造却规矩齐全，大约属屋宇式院门里的中型如意门，门框上方雕着"福""寿"的门簪，门扇上垂吊着作敲门之用的黄铜门钹，门口有青砖影壁和各占一边的石头"抱鼓"。或者，厚重的黑漆门扇上还镌刻着"总集福荫，备致嘉祥"之类的对联吧。只是当我作为寄居者走进这两扇黑漆大门时，门上的对联已换作红纸黑字的"四海翻腾云水怒，五洲震荡风雷激"。

　　这样的对联，为当时的胡同增添了激荡的气氛。而在从前，在我更小的时候来外婆家做客，胡同里是安详的。那时所有的院门都关着，人们在自家的院子里，在自家的树下，过着自家的生活。外婆家的院里就有四棵大树，两棵矮的是丁香，两棵高的是枣树。五月里，丁香会喷出一院子雪白的芬芳；到了秋日，在寂静的中午我常常听见树上沉实的枣子落在青砖地上溅起的"噗噗"声。那时我便箭一般地蹿出屋门，去寻找那些落地的大枣。

偶尔，有院门开了，那多半是哪家的女主人出门买菜或者买菜回来了。她们把一小块木纸包着的一小堆肉馅，或是一小块报纸裹着的一小把韭菜托在手中，于是胡同里就有了谦和热情、啰唆而又不失利落的对话。说她们啰唆，是因为那对话中总有无数个"您慢走""您有工夫过来""瞧您还惦记着""您哪……"。外婆家隔壁院里有个旗人大妈，说话时礼儿就更多。说她们利落，是因为她们在对话中又很善于把句子简化，比如："春生来雪里蕻啦。""笔管儿有猫鱼。"

"春生"是指胡同北口的春生副食店，"笔管儿"是指挨着胡同西口的笔管胡同副食店。猫鱼是商店专为养猫人家准备的小杂鱼，一毛钱一堆，够两只猫吃两天。为了春生的雪里蕻和笔管儿的猫鱼，这一阵小小的欢腾不时为胡同增添了难以置信的快乐与祥和。她们心领神会着这简约的词语再道些"您哪""您哪"，或分手，或一起去北口的春生、西口的笔管儿。

当我成为外婆家长住的小客人之后，也曾无数次去春生买雪里蕻，去笔管儿买猫鱼，剩下的零钱还可以买果丹皮和粽子糖。当我也学会了说春生和笔管儿时，我才觉得自己真正被这条胡同所接纳。

后来，胡同更加激荡起来，这样啰唆而利落的对话不见了。不久，又有规定让各家院门必须敞开，说若不敞开门，院中必有阴谋，只有在晚上规定的时间方可关家门。外婆家的黑漆大门冲着胡同也敞开了，使人觉得这院子终日在众目睽睽之下。

那时，外婆家院子的西屋住着一对没有子女的中年夫妇——崔先生和崔太太。崔先生是一个傲慢的孤僻男人，早年曾经留学日本，现任某自动化研究所的高级工程师。夫妇二人过得平和，都直呼对方的名字，相敬如宾。有一天，忽然有人从敞开的院门冲入院子抓走了崔先生，从此十年无消息。而崔太太就在那天夜里疯了，可能属于幻听症。她说她听到的所有声音都是在骂她，于是她开始逃离这个四合院和这条胡同，胳膊上常挎着一只印花小包袱，鬼鬼祟祟的。听人说那包袱里还有黄金。她一次次地逃跑，一次次地被街道的干部大妈抓回来。

街道干部们传递着情报："您是在哪儿瞧见她的？"

"在春生，她正掏钱买烟呢，让我一把就攥住了她的手腕儿……"

或者："她刚出笔管儿，让我发现了。"

拎着酱油瓶子的我，就在春生见过这样的场面——崔太太被人抓住了手腕儿。

对于崔太太，按辈分我该称她崔姥姥，她是一个个子偏高、鼻头有些发红的干净女人。我看着她们扭着她的胳膊把她押回院子锁进西屋，还派专人看守。我曾经站在院里的枣树下希望崔太太逃跑成功，她是多么不该在离胡同那么近的春生买烟啊。不久崔太太因肺病死在了西屋，死时，偏高的身子缩得很短。

这一切，我总觉着和院门的敞开有关。

十几年之后，胡同又恢复了平静，那些院门又关闭起来，人们在自家的院子里做着自己的事情。当长大后的我再次走进外婆家的四合院时，我得知崔先生已回来。但回家砸开西屋的锈锁后他也疯了：他常常头戴白色法国盔，穿一身笔挺的黑呢中山装，手持一根楠木拐杖，在胡同里游走、演说。并且他在两边的太阳穴上各贴一枚图钉（当然是无尖的），以增强脸上的恐怖感。我没有听过他的演说，目击者都说，那是他模拟出的施政演说。除了演说，他还特别喜欢在貌似悠然的行走中猛地转身，使走在他身后的人吓一大跳。之后，又没事人似的转过身去，继续他悠然的行走。

我曾经在夏日里一个安静的中午，穿过胡同走向大街，恰巧走在头戴法国盔的崔先生之后，便想着崔先生是否要猛然回身了。在幽深狭窄、大门紧闭的胡同里，这种猛然回身确能给后面的人以惊吓。果然，就在我走近笔管儿时，离我仅两米之遥的崔先生来了一个猛然回身，于是我看见了一张黄白的略显浮肿的脸。可他并不看我，眼光绕过我，使劲儿朝我的身后望去。那时我身后并无他人，只有我们的胡同和我们共同居住的那个院子。崔先生望了片刻便又回身继续往前走了。

以后我再也没有见过崔先生，只是不断听到关于他的一些花絮。比如，由于他的"施政演说"，他再次失踪又再次出现；比如，他曾得过一笔数额不小的补发工资，又被他一个京郊侄子骗去……

出人意料的是，当时我却没有受到崔先生的惊吓，只觉得那时崔先生的眼神是刹那的欣喜和欣喜之后的疑惑。他旁若无人地欣喜着向后看，然后又疑惑着转身再朝前走。

许多年过后，我仍然能清楚地回忆起崔先生那疾走乍停、猛向后看的神态，我也终于猜到他驻步的缘由，那是他听见崔太太对他的呼唤了吧？院门开了，崔太太站在门口告诉他，若去笔管儿，就顺便买些猫鱼回来。然而，崔先生很快又否定了自己，带着要演说的抱负朝前走去。

（摘自《读者》2018 年第 4 期）

我爱喝稀粥

王 蒙

在我的祖籍河北省南皮县，和河北的其他许多地区一样，人们差不多顿顿饭都要喝稀粥。甚至在吃米饭炒菜之后，按道理是应该喝点汤的，我们河北人也常常是喝粥。

家乡人最常喝的是"黏粥"，即玉米面或玉米糁子熬的糊糊。乡亲们称作这种粥为"楂"，他们说"楂锅黏粥"，而不说什么"熬一锅粥"。新下来的玉米，有时候加上红薯，饭后喝上两碗，一可以补足尚未完全充实饱满的胃，二可以提供进餐时需要摄入的水分（那时候我们进餐的时候可没有什么饮料啊——没有啤酒可乐，也没有冰水矿泉水），三可以替代水果甜食冰激凌，为一顿饭收收尾、做做总结，把嘴里的咸、腥、油腻、酸、辣（如果有的话）味去一去，为一顿饭打上个句号。

喝稀粥的时候一般总要就一点老腌萝卜之类的咸菜。咸菜与稀粥是互相提味、互相促进、相得益彰的，这一点无须多说。吃惯了这种搭配，即使吃白米粥、糯米粥、牛奶麦片粥、燕窝粥、海鲜粥，如我后来有幸吃过的那样，也常常不能忘情于老腌萝卜、云南大头菜或者四川榨菜，还有"天源酱园"、"六必居"、保定"春不老"的名牌特制酱菜。咸菜也是不断发展丰富提高的，常吃稀粥咸菜也罢，食者是完全用不着气馁的。

也有属于甜点性质的粥：赤豆汤、八宝莲子粥、板栗、杏仁、花生做的羹食等等。就不就咸菜，则无一定之规了。

粥喝得多、喝得久了，自然也就有了感情。粥好消化，一有病就想喝粥，特别是大米粥。新鲜的大米的香味似乎意味着一种疗养，一种悠闲，一种软弱中的平静，一种心平气和的对于恢复健康的期待和信心。新鲜的米粥的香味似乎意味着对于病弱的肠胃的抚慰和温存。干脆说，大米粥本身就传递着一种伤感的温馨，一种童年的回忆，一种对于人类的幼小和软弱的理解和同情，一种和平及与世无争的善良退让。大米粥还是一种药，能去瘟毒、补元气、舒肝养脾、安神止惊、防风败火、寡欲清心。大鱼大肉大虾大蛋糕大曲老窖都有令人起腻、令人吃不消的时候，然而大米粥经得住考验而永存。

另一种最常喝的粥就是"黏粥"了。捧起大粗碗，"吸溜吸溜"吸吮着玉米面糁的稠稠糊糊、热热烫烫的黏粥，真有一种与大地同在、与庄稼汉同呼吸、与颗颗粮食相交融的踏实清明。玉米粥使人变得纯朴、变得实在，玉米粥甚至给人一种艰苦奋斗，先天下之忧而忧、后天下之乐而乐的乡土意识、忧患意识、安贫乐道随遇而安人不堪其忧我也不改其乐的意识。玉米粥会叫人想到贫穷困难，此话不假，笔者在三年困难时期就有过一天只喝两顿粥的经验，玉米粥拼命喝，喝得肚子里晃荡，喝得两眼发直。正因为如此，笔者才由衷欢呼十一届三中全会以来改革开放、繁荣经济、人民生活提高的有目共睹的伟大成绩。同时，玉米食品又是和营养学、现代化、生活选择的多样化联系在一起的。例如在那个一些小子认为月亮都要比中国的圆的美国，炸玉米片、崩玉米花都是深受欢迎的大众食品，少量的玉米糊糊也可以作为配菜与主菜一道上台盘，为西式大菜增色添香。近年来，国内的玉米方便改良食品也方兴未艾起来。呜呼，吾乡之玉米粥也，且莫以其廉价简陋而弃之，山重水复疑无路，柳暗花明又一村，它的生命力还远大着呢！

至于每年农历腊月初八北方农村普遍熬制的"腊八粥"，窃以为那是粥中之王，是粥之集大成者。谚曰："谁家的烟囱先冒烟，谁家的粮食堆成尖"。是故，到了腊八这一天，家家起五更熬腊八粥。腊八粥兼收并蓄，来者不拒，凡大米小米糯米黑米紫米黍米（又称黄米，似小米而粒略大、性黏者也）鸡头米薏仁米高粱米赤豆芸豆绿豆江豆花生豆板栗核桃仁小枣大枣葡萄干瓜果脯杏杜莲子等等，均汇聚一锅之中，熬制时已是满室的温暖芬芳，入口时则生天下粮食干果尽入吾粥，万物皆备于我之乐，喝下去舒舒服服、顺顺当当、饱饱满满，真能启发一点重农爱农思农之心。说下大天来，我们十多亿人口中的八九亿是在农村呀，忘了这一点可就是忘了本、忘了自己是老几喽。

闽粤膳食中有一批很高级的粥，内置肉糜、海鲜、变蛋乃至燕窝鱼翅，食之生富贵感营养感多味感南国感，食之如接触一位戴满首饰的贵妇，心向往之赞之叹之而终不觉亲近。这大概反映了我土包子的那一面吧。

当然，不是说稀粥至上，随着生活水平的提高、眼界的开阔，我们的餐桌上理应增添许多新鲜的、富有营养的饮食，饮食习惯上的保守是不足取的。其实讲到吃东西，我是很能接受新鲜事物包括各种东洋西洋土著乃至特异食品的。诸如日本之生鱼片、美国之生牛肉、法国之各色（包括发绿发黑发臭者）计司（乳酪）、俄罗斯之生鱼子、伊斯兰国家之各种羊肉羊脂、我国白族喜吃之生猪肝生猪皮以及生蚝生贝、桂皮味之冰激凌苹果排、各种冷饮热饮天然人工含酒精含咖啡因或不含这些玩意儿之液体食品，均在在下小小胃口的受用之列。这一点使我深觉自豪，这一点使我时而自吹自擂：鄙人口味，就是富有开放性、兼容性嘛，我喜欢尝试新经验，包括吃喝，这样，活得不是更有滋味吗？对于身体健康不是更有利吗？

　　但是，我对稀粥咸菜似乎仍然有特殊的感情。当连续的宴请使肠胃不胜负担的时候，当过多的海鲜使我这个北方人嘴上长泡、身上起荨麻疹的时候，当一种特异的饮食失去了最初的刺激和吸引力、终于使我觉得吃不消的时候，当国外的访问生活使我的肠胃不得安宁的时候，我会向往稀粥咸菜，我会提出"喝碗粥吧"的申请，我会因看到榨菜丝、雪里蕻、酱苤蓝，闻到米粥香味而欢呼雀跃，因吃到了稀粥咸菜而熨帖平安。不论是什么山珍海味，不论是什么美酒佳肴，不论走到哪个地方，在不断尝试新经验、补充新营养的同时，我都不会忘记稀粥咸菜，我都不会忘记我的先人、我的过去、我的生活方式，以及那哺育我的山川大地和纯朴的人民。我相信我们都会吃得更美好、更丰富、更营养、更文明、更快乐。

（摘自作家出版社《忘却的魅力》一书）

自信第一课

毕淑敏

　　1972 年的一天,领导通知我速去乌鲁木齐报到。新疆军区军医学校在停办若干年后第一次招生,只分给阿里军分区一个名额。首长经过研究讨论,决定让我去。

　　按理说,我听到这个消息应该喜出望外才是。且不说我能回到平地,呼吸充足的氧气,让自己被紫外线晒成棕褐色的脸庞得到“休养生息”,就是从学习的角度讲,“重男轻女”的部队能够把这样宝贵的名额分到我头上,也是天大的恩惠。但是在记忆中,我似乎对此无动于衷。我收拾起自己简单的行李,从雪山走下来,奔赴乌鲁木齐。

　　1969 年,我从北京到西藏当兵,那种中心和边陲、文明和旷野、优裕和蛮荒、平地和高原、温暖和酷寒、五颜六色和白雪茫茫……一系列剧烈的反差让我的身心发生了翻天覆地的变化——我再也不是当初那个天真烂漫的城市女孩,内心变得如同喜马拉雅山万古不化的寒冰般苍老。我不会为了什么突发事件和急剧的变革而大喜大悲，只会淡然承受。

入学后，从基础课学起，用的是第二军医大学的教材。教员由本校的老师和新疆军区总医院临床各科的主任、新疆医学院的教授担任。记得有一次，考临床病例的诊断和分析，要学员提出相应的治疗方案。那是一个并不复杂的病例，大致病情是由病毒引起的重度上呼吸道感染，病人发烧、流涕、咳嗽、血象低，还伴有一些阳性体征。我提出的方案，除采用常规治疗外，还加用了抗生素。

讲评的时候，执教的老先生说："凡是在治疗方案里使用抗生素的同学都要扣分。因为这是一个病毒感染的病例，抗生素是无效的。如果使用了，一是浪费，二是造成抗药性，三是无指征滥用，四是表明医生对自己的诊断不自信，一味追求保险系数……"老先生发了一通火，走了。

后来，我找到负责教务的老师，讲了课上的情况，对他说："我就是在方案中用了抗生素的学员。我认为那位老先生的讲评有不充分的地方。"

教务老师说："讲评的老先生是新疆最著名医院的内科主任，他的医术在新疆是首屈一指的。你有什么不服的呢？"

我说："我知道老先生很棒，但是具体问题要具体分析。他提出的这个病例并没有说明就诊所在的地理位置。比如要是在我的部队，在海拔 5000 米以上的高原，病员出现高烧等一系列症状，明知是病毒感染，一般的抗生素无效，我也要大剂量使用。因为高原气候恶劣，病员的抵抗力大幅度下降，很可能合并细菌感染。如果到了临床上出现明确的感染迹象时才开始使用抗生素，那就来不及了。病员的生命很可能已受到严重威胁……"

教务老师沉默不语。最后，他说："我可以把你的意见转达给老先生，但是，你的分数不能改。"

我说："分数并不重要。您能听我讲完看法，我就知足了。"

教室的门又开了，校工搬进来一把木椅子摆在讲桌旁。我们知道，老先生又要来了。也许是年事已高，也许是习惯，总之，老先生讲课的时候是坐着的，而且要侧着坐,面孔永远不面向学生,只是对着有门或有窗的墙壁。不知道他这是积习还是不屑于面对我们,或是有什么难言之隐。

这一次,老先生反常地站着。他满头白发,面容黢黑,身板挺直,让我笃信了他曾是医官一说。老先生直视着大家说:"听说有人对我的讲评有意见,好像是一个叫毕淑敏的同学。这位同学,你能不能站起来,让我这个当老师的也认识一下?"

我只好站起来。

老先生很仔细地看了我一眼,说:"好,毕淑敏,我认识你了,你可以坐下了。"

说实话,那几秒钟真把我吓坏了。不过,有什么办法呢?说出的话就像注射到肌肉里的药水一样,是没办法吸出来的。全班寂静无声。

老先生说:"毕淑敏,谢谢你。你是个好学生,你讲得很好。你的知识有一部分不是从我这儿学到的,因为我还没有来得及教给你那么多。是的,作为一名好医生,一定不能照搬书本,不能教条,要根据具体的情况决定治疗方案。在这一点上,你们要记住,无论多么好的老师,也不可能把所有的规则都教给你们。我没有去过毕淑敏所在的那个海拔 5000 米的阿里地区,但是我知道缺氧对人体的影响。在那种情况下,她主张使用抗生素是完全正确的。我要把她的分数改过来……"

我听到教室里响起一阵欢呼声。因为写了用抗生素治疗的不止我一个,很多同学都为此雀跃不已。

老先生紧接着说:"但在全班,我只改毕淑敏一个人的分数。你们有人和她写的一样,还是要被扣分。因为你们没有说出她那番道理,是知其然而不知其所以然。你现在再找我说也不管事了,即使你是被冤枉的也不能改。因为就算你原来想到了,但对上级医生的错误没敢指出来。对年轻的医生来说,忠诚于病情和病人,比忠诚于导师要重要得多。必要的时候,你宁可得罪你的上级,也万万不能耽误你的病人……"

　　这席话掷地有声。事隔多年，我仍旧能够清晰地记得老先生炯炯有神的目光和舒缓但铿锵有力的语调。平心而论，他出的那道题目是要求给出在常规情形下的治疗方案，而我竟从某个特殊的地理环境出发，并苛求于他。对一个初出茅庐的年轻人，老先生表现出了虚怀若谷的气量和真正的医生应有的磊落品格。

　　那个分数对我来说完全不重要，重要的是，我从老先生的话语中感悟到一个优秀医生的拳拳之心。

　　我的三年习医生涯，在我的生命中是一个重大的转折。我从生理上洞察人体，也从精神上对自己有了更多的认同。如果说在阿里的时候我对生命还是模模糊糊的敬畏，那么，老先生的教诲使我确立了这样的信念：一生珍爱自身，并全力保卫他人宝贵的生命。

（摘自《读者》2018 年第 24 期）

我的初恋

梁晓声

一

我的初恋发生在北大荒。

那时我是位尽职尽责的小学教师，23 岁，当过班长、排长，获得过"五好战士"证书，参加过"学习毛主席著作积极分子代表大会"，但没爱过。

我探家回到连队，正是 9 月，大宿舍修火炕，我那二尺宽的炕面被扒了，还没抹泥。我正愁无处睡，卫生所的戴医生来找我。她是黑河医校毕业的，27 岁，在我眼中是老大姐。她说要回黑河结婚，卫生所只剩卫生员小董一人，她有点儿不放心。她问我愿不愿在卫生所暂住一段日子，住到她回来。

我有些犹豫，她说："第一，你是男的，比女的更能给小董壮胆；第二，你是教师，我信任你；第三，这件事已跟连里报告过，连里同意。"于是我打消了重重顾虑，表示愿意。那时我还没跟小董说过话。

卫生所的一个房间是药房（兼做戴医生和小董的卧室），一个房间是门诊室，一个房间是临时看护室（只有两个床位），还有一个房间是注射室、消毒室、蒸馏室。我住临时看护室，与小董的卧室隔着门诊室。

在头一个星期内，我们几乎没有交谈过，甚至没打过几次照面。因为她起得比我早，我去上课时，她已坐在药房兼她的卧室里看医药书籍了。她很爱她的工作，很有上进心，巴望着能参加团卫生员集训班，毕业后由卫生员转为医生。下午，我大部分时间仍回大宿舍备课——除了病号，知青都出工去了，大宿舍里很安静。我一般是晚上 10 点以后回卫生所睡觉。

仿佛有谁暗中监视着我们的一举一动，我们不得接近，亦不敢贸然接近。那种拘谨的心理，就是我们那代人特有的心理。其实我们都想接近对方，想交谈，想了解彼此。

二

每天我起来时，炉上总有一盆她为我热的洗脸水。接连几天，我便很过意不去。于是有一天我也早早起身，想照样为她热盆洗脸水。结果我们同时走出各自的房间，她让我，我让她，我们都有点儿不好意思。

那天我回来，见早晨没来得及叠的被子被叠得整整齐齐，房间也被打扫过了，枕巾有人替我洗了，晾在晾衣绳上。窗上，还有人替我做了半截纱布窗帘，放了一瓶野花。桌上，多了一只暖瓶、两只带盖的瓷杯，都是带大红喜字的那种——我们连队供销社只有两种暖瓶和瓷杯可买，一种是带"语录"的，一种是带大红喜字的。我顿觉那看护室有了温馨的家庭意味，甚至由于三个耀眼的大红喜字，有了新房的气氛。

我在地上发现了一根用来扎短辫的曲卷着的红色塑料绳，那无疑是小董的。

我捡起那根塑料绳，萌生出一股柔情。受一种莫名其妙的心理支配，我走到她的房间，当面还给她那根塑料绳。

那是我第一次走入她的房间。我腼腆至极地说："是你丢的吧？"

她说："是。"

我又说："谢谢你替我叠了被子，还替我洗了枕巾……"

她低下头说："那有什么可谢的……"

我发现，她穿了一身草绿色的军装——当年在知青中，那是很时髦的。我还发现，她穿的是一双半新的有跟的黑色皮鞋。我心如鹿撞，感受到一种诱惑。

她轻声说："你坐会儿吧。"

我说："不……"我转身逃走，回到自己的房间，但心直跳，久久难以平复。

晚上，卫生所关了门以后，我借口胃疼，向她讨药，趁机留下字条，写的是："我希望和你谈一谈，在门诊室。"我都没有勇气写"在我的房间"。

一会儿，她悄悄地出现在我面前。我们不敢开着灯谈，怕突然有人来找她看病，从外面一眼发现我们深更半夜地还待在一个房间里。黑暗中，她坐在桌子这一端，我坐在桌子那一端，东一句西一句，我们不着边际地谈着。

从那一天起，我算对她有了一些了解：她自幼失去父母，是哥哥抚养她长大的。她脚上那双皮鞋，是下乡前她嫂子给她的，她平时舍不得穿……我给她背我平时写的一首首小诗，给她背我记在日记中的某些思想和情感片段。那本日记是从不敢被任何人发现的，她是我的第一个"读者"。从那一天起，我们都觉得彼此之间建立了一种亲密的关系。

她到别的连队出夜诊，我暗暗送她，暗暗接她。如果在白天，我接到她，我们就在山坡上坐一会儿，算是约会，却不能太久，还得分头回连队。

三

我们相爱了，拥抱过，亲吻过，有过海誓山盟。我们都单纯地认为，各自的心灵从此有了可靠的依托。我觉得在这个大千世界之中，能够爱一个人并被一个人所爱，是多么幸福、多么美好啊！

爱是遮掩不住的，后来就有了流言蜚语。领导找我谈话，我矢口否认——我无论如何不能承认我爱她，更不能声明她爱我。不久她被调到了另一个连队。我因有我们小学校长的庇护，除了那次含蓄的谈话，并未受到怎样的伤害。我连替所爱的人承受伤害的能力都没有，这真是件令人难堪的事！后来，我求一个朋友帮忙，在一片树林里，又见了她一面。

那一天淅淅沥沥地下着雨，我们的衣服都湿透了，我们拥抱在一起泪流不止……后来我调到了团宣传股，再见面就更难了。我曾托人给她捎过信，却没有收到过她的回信，我以为她是想要忘掉我。一年后，我被推荐上了大学。

据说我离开团里的那天，她赶来想见我一面，因为半路拖拉机出了故障，没见着我。

1983 年，我的作品《这是一片神奇的土地》获奖，在读者来信中，有一封竟是她写给我的！算起来，我们相爱已是 10 年前的事了。

我当即给她写了封很长的信，装信封时，却发现她的信封上根本没写地址。

我奇怪了，反复看那封信，信中只写着她如今在一座矿山当医生，丈夫病故，给她留下了两个孩子……最后发现，信纸背面还有一行字，写的是："想来你已经结婚了，所以请原谅我不给你留下通信地址。一切已经过去，保留在记忆中吧！接受我衷心的祝福！"

信已写就，不寄心不甘，细辨邮戳，有"桦川县"字样，便将信寄往黑龙江桦川县卫生局，请卫生局代查，然而石沉大海。

初恋之所以令人难忘，盖因纯情耳！近读青年评论家吴亮的《冥想与独白》，有一段话震撼了我："大概我们已痛感成熟的衰老和污秽……事实上纯真早已不可复得，唯一可以自慰的是，我们还未泯灭向往纯真的天性。我们丢失的何止纯真一项？我们大大地亵渎了纯真，还感慨纯真的丧失，怕的是遭受天谴——我们想得如此周到，足见我们将永远地远离纯真了。号啕大哭吧，不再纯真又渴望纯真的人！"

他写的正是我这类人。

（摘自《读者》2016 年第 4 期）

我的哥哥史铁生

史 岚

　　我抬头仰望天空，天空是一面大大的玻璃，大得没有边际。玻璃后面好像是另一个世界，有些人靠近玻璃向下观望，就像坐观光电梯，里面人来人往。人们一律穿着黑衣，大多表情凝重，也有的行色匆匆。

　　我不记得我哭喊了些什么，总之我是冲着玻璃拼命地哭喊了。他——我哥哥，不知怎么从里面走出来了，一下就到了我的跟前，就像我上幼儿园的时候一样，他胳肢我、捏我，跟我说："你别哭，以后要是想我了，就到这儿来找我，到这儿就能看见我。"

　　我醒了。我从来没有做过这么清晰的梦，梦里的情景清楚极了，身上甚至有刚刚被他捏过的感觉。是啊，这么长时间没见面了，真想他。

　　我们兄妹年龄相差十二岁多，按照属相应该算是十三岁。在我刚开始的记忆中，他就已经是个大人了。那时，他快念完初中了，因为"文革"，学校不上课，他过得很逍遥。有时妈妈忙，他就去幼儿园接我。我们住在北京林业学院的宿舍，那时候操场上经常放电影，他想看，我也吵着要看，他只好一只手拿折叠椅，一只手抱着我去操场。因为我那时太小，看不太懂电影，经常看到一半就闹着要回家，他只好无奈地抱我回家。为此，很多年以后他还经常提起，说我耽误了他看多少好电影。

还记得他插队走的那天，我和妈妈去学校送他。我那时五岁多，看到满街的大红标语，学校里锣鼓喧天、彩旗飘舞，还很兴奋，根本没注意到妈妈眼里含着泪水。他和同学们一起走了，我和妈妈回到家，这时我才猛然看到妈妈已经是泪流满面了，我也意识到要有好长一段时间见不到他了，于是赶紧跟着妈妈一起哭。过了不久，我们也被下放，要去云南了，妈妈写信给他，他从陕北回来和我们一起去云南。记得我们在昆明玩了几天，他就要返回陕北，我当时一点都不知道将要发生什么，只是好奇他下次探亲是回北京看奶奶还是来云南看我们。

我清楚地记得有一天放学回来，看见妈妈哭了，我当时没敢问，晚上妈妈告诉我哥哥病了，我们可能要回北京。我不知道哥哥病得多严重，但是回北京对我来说是个不小的诱惑。

我们回到北京的家，见了奶奶，铁桥哥哥当时也在。

好像没过几天，哥哥就从陕北回来了，我清楚地记得当时他走路需要一只手扶着墙，走得有点慢，但样子是高兴的，见到我们和邻居有说有笑。八岁的我以为一切都会好起来。

爸爸一边带着哥哥到处看病，一边给我联系学校。由于我在丽江的学校不正规，户口又没落实，学校领导没有马上答应要我。爸爸只好提起哥哥，因为哥哥是这所学校毕业的特别优秀的学生，这么多年了，学校的老师们都没忘记他。于是我就插班上了二年级。可是我慢慢发现爸爸越来越沉默，有什么事只写信跟妈妈说。哥哥的情绪越来越差，病情也不见好转。我开始担心了，好像每天都悬着一颗心，老觉得会有什么不幸发生。

不久，哥哥走路越来越费劲了，他动不动就发脾气。看见他把鸡蛋羹一下扔向屋顶，把床单撕成一条一条，我吓得已经不会哭了，只是大气不出地看着，盼着这一天赶紧过去，可是又怕明天还会发生什么。我亲眼看见他把一整瓶药一口吞下，然后疼得在床上打滚，看见他一把摸向电源，全院电灯瞬间熄灭。我才知道什么是真正的恐惧和绝望。这种事情经常发生。但有时候哥哥的情绪会变得很好，也许是暂时忘了病，他会高兴地和我玩儿，使劲地捏我、胳肢我，讲鬼故事吓我。我们俩一起在床上打滚，我夸张地叫唤。只有这时候，爸爸和奶奶才会露出笑脸。不久，哥哥住进了友谊医院。

哥哥在友谊医院一住就是一年多，他和医生、护士们都成了好朋友。我经常看见医院的走廊里挂着漂亮的黑板报，他们说那是哥哥写的；有时候哥哥又会拿来一本油印的医书，那是用他坐在病床上一笔一画刻的蜡版印成的。医生、护士每次见我们都夸他，也会惋惜命运对他的不公。我清楚地记得他是扶着墙走进医院的，一年多后，是朋友们背着、抬着他回到了家。

出院后的第一辆轮椅，是爸爸和邻居朱二哥一起设计、找材料，再拿着各种零件找地方焊接，最后自己组装而成的。有了它，哥哥就可以从那不足十平方米的小屋里出来，在院子里自由活动。他的第一辆手摇的三轮轮椅，是他的同学们凑钱买了送给他的，他摇着它去过好多地方，包括天坛。

在这期间他看了好多书，还自学了英语，后来又到街道工厂去干活。我去过他工作的街道小工厂，他管它叫小作坊。几间低矮的小平房，十几个大爷大妈每天在这里往一些旧家具上画山水、仕女。仕女的脸美不美，关键要看哥哥怎么画——他负责画脸，用他们的行话叫开眉眼。有时候，他摇着轮椅从工厂下班回来，会神秘地冲我伸过来一个拳头说："猜，是什么？"然后还没等我回答就张开手——是五块钱，是他领到工资后给我的零花钱。

那时候，每到周末，他的小屋里就会挤满他的同学，他们聊天、唱歌、争论，热闹极了。这时候我总是坐在一边听着，觉得他们真了不起，崇拜他们什么都知道。我还经常翻看他的书，他那里老有好多书，是他的同学或朋友们带来的。后来我发现他在一大本一大本地写东西，他不说，开始也不让我看，但我知道他开始写作了，而且相信他一定能写成。

那些年文化和娱乐活动很少，所以看电影成了人们期盼的事。交道口电影院离我家不远，有时，我会花几毛钱买两张电影票，然后他摇着轮椅，我在旁边跟着。他把轮椅停在角落里，就坐在轮椅上看，看完我们一路聊着电影的内容回家。那段时间，我和哥哥经常交流，他心平气和地给我讲了好多事。

有一阵儿，他尝试着给一个工艺美术厂画彩蛋，我负责把鸭蛋抽成空壳。后来，妈妈为了让他开阔眼界，买了一台黑白电视机，我们俩一起兴奋地跟着电视学英语，看《动物世界》。他最爱看体育节目，我也不懂装懂地跟着看。

可是老天爷并没有饶过我们，我后来才慢慢体会到了妈妈心里承受着怎样的痛苦。哥哥的病虽然暂时平稳，但终身残疾是肯定的了。作为母亲，她要时时担忧儿子的将来，担忧他的生活和幸福。妈妈是请事假回来的，云南的单位早就停发了她的工资，而且一直在催她回去，可是家里又确实离不开她，当时她的心里承受着怎样的煎熬啊！本来就体弱多病的她，身体每况愈下，终于有一天承受不住了。1977 年春天的一个下午，她突然开始大口吐血，爸爸和邻居把她弄到哥哥的轮椅上，送去医院，她住进了重症病房。我去看她，她让我别害怕，嘱咐我照顾好哥哥，说她做个手术就好了。手术做完了，她一直昏迷。大家想尽一切办法，可是情况越来越糟。不到十四岁的我，守在妈妈身边，看着她艰难地呼吸着，我感到那么无助。当她在昏迷中痛苦呻吟、大声叫喊的时候，我吓得浑身发抖，躲到隔壁卫生间里打开水龙头，让流水的声音压过妈妈痛苦的叫声。终于，妈妈熬不住了，在昏迷了一周之后，扔下我们走了。哥哥的好朋友燕琨大哥背着哥哥去见了妈妈最后一面。

我居然没有哭，我不知道怎么办，哭不出来，整个人都傻了，隐约觉得这回这个家的天真塌了。送走妈妈之后好久，我不知道脑子里想的是什么，只是机械地做着该做的事。如果能够就这样慢慢忘记痛苦该多好！可是我没料到，痛苦会慢慢地又如此强烈地向我们三个人压过来，让我们好几年都缓不过气来。

我不知道怎样描述我们三人当时的境况，我们表面上还像往常一样，忙着各自的事。哥哥仍然到街道工厂去干活，业余时间仍在写作。爸爸每天去上班，回来料理家务。我上中学。学校离家很近，中午放学回家，邻居朱大姐一家已经帮助哥哥进了门。我要么热一热爸爸早晨做好的饭，要么就和哥哥一起捣鼓点吃的，然后再去学校。我们就这样一天天地过着看似平静的日子，但我知道，我们的心里都承受着巨大的痛苦。对妈妈越来越强烈的思念，就像是一股巨大的力量，把我们的心撕扯得支离破碎。

哥哥那么年轻就废了双腿，未来一片迷茫，偏偏他从小就优秀而要强。直到我也做了母亲，才真正体会到妈妈面对这样一个残疾的儿子，心里要承受怎样的痛苦。就像哥哥在文章里说的，上帝看妈妈实在熬不住了，就招她回去了。妈妈在天堂一定是个幸福的人。

妈妈走后不久，我们搬离了前永康的小院，住进了雍和宫大街26号的两间平房。在这里，哥哥的作品开始发表了。那时候家里经常会来好多人，有哥哥的同学——恢复高考后，他们大多考上了大学，还有文学圈里的作家、编辑。他们经常把哥哥的小屋挤得满满的。他们谈文学、谈时事、谈大学里的所见所闻，也谈对将来的想象。这段时间，家里总会有好多的文学书籍和期刊，我拼命地看，爱看极了，心里对文学充满了向往。也是在这段时间，哥哥的同学孙立哲因为受到"四人帮"牵连，也因为身体突发急病，身心备受打击，不愿意自己在家。他索性搬到我们家，我们在一起生活了一年多，像一家人一样。

记得那时候，我每天放学回家，爸爸一般还没回来，立哲哥哥已经在做饭了，我赶紧帮忙。他特会指使我，我忙来忙去地跟着他转，最后饭还是算他做的。不过他也挺有本事，有时候不知从哪弄来一条鱼，过几天又弄来一只鸭。基本上是哥哥凭着想象告诉我们应该怎么做，然后我和立哲哥哥动手。不管味道如何，我们都吃得香极了。也有的时候，他们俩情绪都不高，躺在床上长吁短叹，后来我越发理解了他们当时的无奈。周围的同龄人都上大学或工作了，可他俩却因身患疾病，前途迷茫。尽管这样，他们都没放弃自己想要做的事儿，哥哥一直坚持写作，立哲哥哥一边在火炉上熬着药，一边趴在床上看着厚厚的医书，准备参加研究生考试。

哥哥后来成为那么多人喜爱的作家，写出了那么多优秀的作品，但我知道他不会忘记我们一起度过的那段艰难的日子。他也许会和我一样有个永恒的梦，我愿那梦不再是痛苦的，愿我们还能在梦里相见。

记得很多年以前，我们一起闲聊时就经常谈到生死的话题。我常常问："死到底是怎么回事？是一切都消失，什么都没有了吗？"他说："可能不是，等我死了，一定会想个办法告诉你。"我现在会常常想起他的这些话，会在心里和他聊天。我告诉他：我去给父母扫墓了，清明的时候我们去地坛了。参加完小水的毕业典礼，我告诉他：小水毕业了，开学就要读研了……我知道他也会用他的方式告诉我：他那里不再有病痛，他在那里能跑能跳……我们用我们特有的方式交流着，许多话不用说，但都能懂。天上、人间，相距并不遥远。

（摘自《读者》2016 年第 2 期）

唱 片
北 岛

　　20 世纪 60 年代初，父亲花了 400 多元人民币，买来牡丹牌收音机和电唱机。尤其那台电唱机，无疑集当时高科技之大成：四种速度选择、自动停放及速度检测调节系统。音乐淹没了我们，生活从此变得透明，我们好像住在玻璃房子中。

　　父亲并不怎么懂音乐，这件事多少反映了他性格中的浪漫成分和对现代技术的迷恋，这些与一个阴郁的时代形成强烈反差——那时候大多数人正挨饿，忙着糊口，闲着的耳朵显得多余。父亲还买来几张唱片，其中有施特劳斯的《蓝色多瑙河》。记得家里刚刚安装好收音机和电唱机，父母就在《蓝色多瑙河》的乐曲伴奏下跳起舞来，让我着实吃了一惊。

　　《蓝色多瑙河》是一张 33 转小唱片，在以多瑙河畔为背景的蓝色封套上印着俄文，估计是苏联某交响乐队演奏的。这就是我在西方古典音乐方面所接受的启蒙教育。

1969 年初，比我高一级的中学同学大理把这张《蓝色多瑙河》借走，带到他落户的内蒙古大青山脚下的河套地区。同年秋天，我去中蒙边界的建设兵团看我弟弟。回京途中，我在土默特左旗下火车，拜访大理及其他同学，在村里住了两天。他们与夕阳同归，肩扛锄头，腰扎草绳，一片欢声笑语。回到知青点，大理先放上《蓝色多瑙河》。这种在奥匈帝国王公贵族社交时响起的优雅旋律，与呛人的炊烟一起，在中国北方农舍的房梁上缠绕。多年后，大理迁回北京，那张唱片也不知去向。

记忆中的第二张唱片是柴可夫斯基的《意大利随想曲》，哥伦比亚公司发行的 78 转黑色胶木唱片。20 世纪 70 年代初，我和一凡、康成等人常在我家聚会，在当时的环境下，这如同围住火堆用背部抗拒寒风。在书籍与音乐构筑的沙龙中，我们开始写作。那是一种仪式：拉上厚重的窗帘，斟满酒杯，点燃香烟，让音乐带我们突破夜的重围，向远方行进。由于听得遍数太多，唱针先要穿过尘世般喧闹的噪音区，再进入辉煌的主题。

一凡在家洗照片，红灯及曝光被误以为特务信号，引来警察搜查。倒霉的是，所有唱片被没收，包括《意大利随想曲》。

第三张是帕格尼尼《第四小提琴协奏曲》。这张 33 转密纹唱片由德意志唱片公司所出，是我姑夫出国演出时带回来的。

一说起那次在欧洲巡回演出的经历，姑父不禁手舞足蹈。特别是中国古装戏法把维也纳的观众镇住了：魔术师先从长袍马褂里变出一舞台的火盆、鸽子、鲜花、彩带，最后又翻了个跟头，把闲置在一边的京戏大鼓给变了出来。静默片刻，全场掌声雷动。而对这段趣闻，由于叙述与联想的错位，我把帕格尼尼的唱片跟中国古装戏法联系在一起，好像那也是魔术的一部分。

1966—1976 年，姑父下干校，那几张好唱片总让我惦记，自然包括这张帕格尼尼《第四小提琴协奏曲》，特别是封套上标明的"立体声"让人肃然起敬，那时谁家也没有立体声设备。每次借这张唱片，姑夫总是狐疑地盯着我，最后再叮嘱一遍："千万不要转借。"

记得头一次试听，大家被帕格尼尼的激情弄得有点儿晕眩。正自学德文的康成，逐字逐句把唱片封套的文字说明翻译过来。当那奔放激昂的主旋律再次响起时，他挥舞着手臂，好像在指挥小提琴家及乐队演奏。在我们的沙龙，一切财产属于大家，不存在什么转借不转借的问题。顺理成章，这张唱片让康成装进书包，骑车带回家去了。

一天早上，我来到月坛北街的铁道部宿舍。我突然发现，在康成和他弟弟住的二层楼的小屋窗口，有警察的身影晃动。出事了，我头上冒汗、脊背发冷。我马上通知一凡和其他朋友，商量对策。我们的第一反应是书信文字出了问题，各种假设与对策应运而生。那是 1975 年的初夏，那一天显得如此漫长。

傍晚时分，康成戴着个大口罩神秘地出现在我家。

原来这一切与帕格尼尼有关。师大女附中某某的男朋友是个干部子弟，在他们的沙龙也流传着同样一张唱片。有一天，这张唱片突然不见了。他们听说某某在康成家见过，就断言是他偷走的。他们一大早手持凶器找上门来。康成的奶奶开门，他们推开老太太，冲进房间时，哥俩儿正在昏睡。先是酱油瓶、醋瓶横飞，然后短兵相接。由于"小脚侦缉队"及时报案，警察赶到现场，不管青红皂白，先把人拘了再说。帕格尼尼毕竟不是反革命首领，那几个人因"扰乱治安"被关了几天，写检查了事。

帕格尼尼怎么也不会想到，他的音乐将以一种特殊的形式得以保存、复制、流传，并在流传中出现问题：大约在他身后一百多年，几个中国青年为此有过一场血腥的斗殴。而更不可思议的是，这两张完全一样的唱片是通过何种渠道进入当时的中国的，又是如何在两个地下沙龙搅动青春热血，最终使他们交汇在一起的。这肯定与魔术有关。

（摘自《读者》2016 年第 24 期，有删节）

根在哪里

董倩

1960 年，吕雅芳不到三岁，上面有两个分别为十三岁和十岁的姐姐，还有一个七岁的哥哥。对于这么大的孩子，吃就是全部。她总是饿，哭哭啼啼地缠着妈妈、姐姐要吃的。别说她，所有人的胃都是空的，像一个巨大的永远填不满的无底洞。

吕雅芳的母亲心急如焚，她的四个孩子正在长身体，喂饱他们是做母亲最起码的责任，但是她做不到。持续很久的大饥荒看不到有结束的迹象，母亲不知道再这么下去该怎么办。母亲和婆婆绞尽脑汁，每时每刻都在想什么能吃，哪里有吃的，去填孩子们的胃，树叶、树皮、草、草根……能想到的都吃掉了。

给吕雅芳喂饭，一吃到草她转头就吐，然后哇哇大哭，只有米汤里屈指可数的那几粒米才能让她安静下来。终于有一次，她把母亲硬往她嘴里塞的草吐掉之后，母亲大吼："吕雅芳，你这么吃，别人要不要吃？你还让不让别人活？"吕雅芳从没见过母亲发火，哭声一下子被吓了回去，她惊恐地看着母亲。母亲看着眼前被吓傻的小女儿，再也控制不住自己，一把搂过女儿泪如雨下。孩子没错，她太小了，这个年龄的孩子本来就是要吃最细软、最有营养的食物，她的胃怎么能消化得了粗糙的草根？她已经两岁多，却还不会走路，因为发育不良。孩子想吃，做母亲的满足不了，还要责备孩子。可如果把仅有的一点点粮食都给了她，那其他三个孩子和婆婆怎么活？

当晚，母亲和婆婆在家里有了一番对话。"妈，把雅芳送到上海去吧，毕竟上海大，不缺这一张嘴，村里有好几户都把孩子送出去了。"沉默，再张口的，是婆婆："送吧，放在咱们家，怕是养不活了。"二女儿吕顺芳听见了，一下子冲到她们面前说："妈妈、奶奶，送我吧，把我送到上海吧，我记得家，长大能找回来。"

半个多世纪以后，我坐在吕顺芳面前，说起那天晚上的这一幕，当年那个被饥饿追赶的十岁小姑娘已是一位满头白发的老人。我问她："当时知不知道'送'是什么意思？是像夏令营那样去去就回，还是永别？"

老人清瘦、矮小，但精神矍铄。她仿佛回到五十多年前："我知道的。送就是送给别人，再也回不了家，见不到妈妈和奶奶了。但我还是想让她们送我去上海，因为我太饿了。我最大的梦想，就是能吃一碗一勺能捞起很多米的粥。妈妈把脸一绷，凶我说，你太大了，被人发现会被遣送回来。你妹妹小，不记事，送她走能让她活下来。"吕顺芳还清晰地记得，她当时羡慕得不得了，希望自己是被送走的那一个"幸运儿"。

人对事物的理解很难跳出自身的感受。我没有经历过那个年代近乎疯狂的绝望，所以不能想象一个十岁的孩子会因为吃而永远地离开母亲。我问："不知道这就是生离死别吗？""我只觉得这是一条路，一条活命的路。我还小，我想活。"是跟妈妈永别让自己活下去，还是跟妈妈在一起受饿，只能二选一。这种极端的选择本来是非常少见的，但是在当年，却逼迫着宜兴高塍和官林的几乎每个家庭。

　　第二天放学回家，妈妈和妹妹都不在了。后来，在漫长的几十年岁月里，母亲对那一天闭口不言。为了寻找妹妹，吕顺芳一点一点撬开了母亲的嘴，从只言片语中拼凑起大致的经过。那是母亲永远不想说的事，埋在她心里，折磨了她半生。

　　那天，母亲抱着雅芳，坐轮船，换火车，到了上海。母亲没有把雅芳放在人流如织的火车站，虽是农村妇女，但她知道，干部有稳定的工资，能养活孩子，她要把她的孩子交给一户上海人家。她出了火车站，走到天目路。她不识字，只能凭感觉分辨哪里像一个单位。没走多远，就到了这样一个地方，母亲本能地感觉到这里上下班的应该是在国家机关工作的人。她把雅芳放在石头台阶上，从怀里掏出一个饼塞到她的小手里，雅芳绝没想到会有这么大的一个惊喜，不顾一切地用小舌头舔着这个从来没尝过的美味的食物。对一个长期饥饿的人来说，那一刻就是在天堂了吧。什么是撕心裂肺、挖心掏肝，你能想到的最疼的感觉，就是那一刻母亲的全部感受。"雅芳，好吃吧？妈妈再去给你买。"雅芳抬起头，不相信妈妈说的话——怎么可能还有？她拼命地点头说："好吃，妈妈，好吃，还吃。"母亲最后抱抱雅芳，不敢再停留。她生怕被警察发现，也怕自己会迈不动步再把孩子抱回家。她转头就走，又一次剪断了母女间的"脐带"。

　　母亲不知道自己怎么回到位于浦东的弟弟家的。她不吃不喝也不说话，就呆呆地看着一个地方。弟弟、弟妹使劲摇晃她，问她到底怎么了。缓了很久，她说："我把雅芳扔在上海了。"说完，她放声大哭。

　　第二天，母亲又回到雅芳吃烧饼的地方，孩子早不见了。四处打听，有人说好像是被统一送到北方去了。

　　时隔多年，吕顺芳的解释让我明白了她母亲的逻辑：要让孩子活，就要扔掉她；因为深爱她，所以送她走。同样，吕顺芳自己也宁愿永别母亲，去填饱肚子。饥饿，是最原始的欲望。只有吃饱，人才能表现出做人的尊严。

　　我问她："后来你有没有设想过，如果换了你会怎样？孩子留在自己身边，就是饿死了也有个交代；可是把孩子送出去，她什么样你就永远都不知道。为什么要送呢?"我是想说，我不理解，我不会去送。

吕顺芳一字一句地说："我家的邻居，他家的母亲就是这么说的，跟你说得一模一样。她没有送出一个孩子，一个儿子在她身边饿死了。她今天跟我说，她最羡慕我，因为我有妹妹可以去找，而她的儿子没了，她没处可找。我有希望，她连希望都没有。你不会理解当时母亲们的选择，没有谁比母亲更爱孩子。她们能背着一辈子的骂名，把孩子送出去，是因为只有送出去才有希望，有可能不被饿死。她们要把生的希望留给孩子，这就是母亲。我理解我的妈妈，她是最好的妈妈。"吕顺芳说这些话时，老泪纵横。她懂得母亲为了这个选择，一辈子承受了什么。

送走妹妹回来，母亲只说了一句话："妹妹送到上海了，她有饭吃了。"之后，就再不提起。从那时起，妹妹这个话题就是家里的禁忌，谁也不去碰，谁也不敢碰。母亲本来就少言寡语，自那时起话就更少了。

几十年里，母亲只有一次主动说起了雅芳。那是改革开放以后了，周围的邻居都盖起了漂亮的楼房，母亲看在眼里，有一天她不知是自言自语，还是说给顺芳听，轻轻地念叨了一句："要是我们雅芳在，一定过得比他们好。"顺芳听了心里一怔，这是母亲憋了多少年才吐出来的一句话，她心里对小女儿一寸一寸的思念外人怎么能体会? 她越是不说，越是说明她被自责和内疚折磨得痛苦。顺芳嘴上没说，但是心里却想，一定要去找妹妹，只有这样才能让母亲的心安宁。

雅芳在这个家里只是个过客，两年零四个月。没有单人照，也没有全家福，在母亲和顺芳的记忆中，她被定格在那个年纪。

顺芳做生意，全国各地跑，哪怕到了大西北，她的眼睛都不放过周围的人，她想在人群里寻找到一张熟悉的面孔。雅芳长大了是什么样，顺芳和母亲都只能凭猜测，从对方的脸上寻找一些依据，也许像妈妈，也许像二女儿顺芳，谁也不知道。

　　2000 年，上海电视台播出了一个廊坊的上海孤儿回上海寻亲的新闻。在转瞬即逝的图像里，吕顺芳看见了一张似曾相识的脸：那么像母亲，会不会是妹妹？她从电视台翻录了节目，拿回家仔细看，决定试着联系。没想到回复得很快，双方约定去做 DNA 比对。等待的过程中，那个像妹妹的中年妇女来到吕顺芳家。

　　当她站在吕家门口时，吕顺芳的母亲就已经知道她不是雅芳。虽然两岁多就分离，但毕竟是母亲，母女间那条神秘的通道外人是闯不进去的。心知肚明，母亲和顺芳却都没有说——人家千里迢迢来了，何苦要亲手戳破她心里那个美好的寄托？可能她一辈子的重心都在那儿。

　　母亲认为自己也有一个多年离散的女儿，万一自己的女儿也像这个"女儿"一样在找妈妈呢？找错了的话，人家能给她一个温暖的夜晚，让她继续找下去也好啊。晚上，母亲和"女儿"睡在同一张床上，将错就错，把她当成雅芳。母亲多想她就是自己的女儿，如果她是雅芳，母亲一定会用余生去加倍弥补当年的狠心。雅芳也是人到中年，比当年送走雅芳时的母亲还大几岁，这些年她到底在哪里，过得怎样，妈妈多想知道啊。而"女儿"睡在吕家妈妈身边，睡得很沉，她找母亲也找了几十年，好歹找到了一丝希望，累了半辈子的心终于可以休息一晚，她心里也希望这个人就是她的妈妈。

　　吕家妈妈和顺芳把所有的希望都寄托在 DNA 比对结果上：也许自己的感觉错了，她就是雅芳呢？结果出来了，吕家母女的感觉没错，果然不是雅芳。"女儿"拿着比对结果扑簌簌地掉泪，她不愿意接受这个结果，接下去她不知该怎么办，她实在是没力气再找下去了。

　　三年后，2003 年的一天早上，母亲突然不行了，弥留之际，她已经不会说话，眼睛却迟迟不肯闭上。顺芳几次把母亲的眼合上，但母亲总是又睁开。顺芳突然懂了，母亲这是在等雅芳。她凑过去跟母亲说："妈，你放心地走吧，我一定把雅芳给你找回家。"是听到顺芳做了这个承诺吗？母亲的眼睛不再睁开。

母亲走了，终于摆脱了近半个世纪的内心煎熬。接下去就是顺芳用她的后半生去兑现承诺。顺芳去过太行大峡谷，在深山老林里，她想到自己的妹妹，如果雅芳被送到这里，偏僻闭塞，她怎么能知道外面的世界？怎么能知道她的妈妈、姐姐在找她？顺芳也知道有些孤儿后来到了欧洲或美国，她也设想雅芳没准就在其中。当然，顺芳也不是没想过妹妹可能早就没了，但是母亲坚信雅芳还活着。

每当有人找到亲人，顺芳就发自内心地替人家高兴，那是她和故去的母亲最大的期待，她懂得相聚意味着什么。可看着人家认了亲，她心里也隐隐地有些羡慕和嫉妒。为什么不是雅芳呢？雅芳在哪儿呀？人，不管是贩夫走卒还是帝王将相，越长大，越成熟，越接近终点，就越想搞清楚几个终极的问题：我是谁？我从哪里来？我向哪里去？吕顺芳在帮人寻亲的过程中，遇到过不少有身份、有地位、有钱的人，他们在特殊的历史背景下被父母无奈地遗弃，却用自己的努力挣来后半生优裕的生活，事业有成，儿孙满堂。可是他们内心越来越惶恐，如一叶浮萍，迫切地想知道自己的根在哪里。

（摘自《读者》2017 年第 22 期）

多年父子成兄弟

汪曾祺

这是我父亲的一句名言。

父亲是个绝顶聪明的人。他是画家，会刻图章，画写意花卉。他会摆弄各种乐器，弹琵琶，拉胡琴，笙箫管笛，无一不通。

父亲是个很随和的人，我很少见他发过脾气，对待子女，从无疾言厉色。他爱孩子，喜欢孩子，爱跟孩子玩，带着孩子玩。我的姑妈称他为"孩子头"。春天，不到清明，他领一群孩子到麦田里放风筝。放的是他自己糊的蜈蚣。放风筝的线是胡琴的老弦。老弦结实而轻，这样风筝可笔直地飞上去，没有"肚儿"。他会做各种灯。用浅绿透明的"鱼鳞纸"扎了一只纺织娘，栩栩如生。在小西瓜上开小口挖净瓜瓤，在瓜皮上雕镂出极细的花纹，做成西瓜灯。

父亲对我的学业是关心的，但不强求。我小时上学，国文成绩一直是全班第一。我的作文，时得佳评，他就拿出去到处给人看。我的数学不好，他也不责怪，只要能及格，就行了。我小时字写得不错，他倒是给我出过一点主意。在我写过一阵"圭峰碑"和"多宝塔"以后，他建议我写写"张猛龙"。我初中时爱唱戏，唱青衣，在家里，他拉胡琴，我唱。学校开同乐会，他应我的邀请，到学校给我去伴奏。父亲那么大的人陪着几个孩子玩了一下午，还挺高兴。我十七岁初恋，暑假里，在家写情书，他在一旁瞎出主意。后来我学会了抽烟喝酒。他喝酒，给我也倒一杯；抽烟，一次抽出两根，他一根我一根。他还总是先给我点上火。我们的这种关系，他人或以为怪。父亲说："我们是多年父子成兄弟。"

我和儿子的关系也是不错的。我戴了"右派分子"的帽子下放张家口农村劳动，儿子那时从幼儿园刚毕业，刚刚学会汉语拼音，用汉语拼音给我写了第一封信。我也只好赶紧学会汉语拼音，好给他写回信。"文化大革命"期间，我被打成"黑帮"，送进"牛棚"。偶尔回家，孩子们对我还是很亲热。我的老伴告诫他们"你们要和爸爸'划清界限'"，儿子反问母亲："那你怎么还给他打酒？"只有一件事，两代之间，曾有分歧。他下放山西"插队落户"，按规定，春节可以回京探亲。不料他同时带回了一个同学。他这个同学的父亲是一位正受林彪迫害搞得人囚家破的空军将领。这个同学在北京已经没有家，按规定是不能回北京的，但是这孩子很想回北京，在一伙同学的秘密帮助下，我的儿子就偷偷地把他带回来了。他连"临时户口"也不能上，是个"黑人"。儿子惹了这么一个麻烦，使我们非常为难。我和老伴把他叫到我们的卧室，对他的冒失行为表示很不满。我的儿子哭了，哭得很委屈，很伤心。我们当时立刻明白了：他是对的，我们是错的，我们对儿子和同学之间的义气缺乏理解，对他的感情不够尊重。他的同学在我们家一直住了四十多天，才离去。

对儿子的几次恋爱，我采取的态度是"闻而不问"。了解，但不干涉。

我的孩子有时叫我"爸"，有时叫我"老头子"！连我的孙女也跟着叫。我的亲家母说这孩子"没大没小"。我觉得一个现代的、充满人情味的家庭，首先必须做到"没大没小"。父母叫人敬畏，儿女"笔管条直"，最没有意思。

儿女是属于他们自己的。他们的现在，和他们的未来，都应由他们自己来设计。一个想用自己理想的模式塑造自己的孩子的父亲是愚蠢的，而且，可恶！另外，一个父亲，应该尽量保持一点童心。

（摘自《读者》2000 年第 8 期）

"样板"笑泪录

陈俊年

1968 年，我应征参军。服役三年，确切地说，当的是文艺兵，几乎未参加过严格的军事训练。记得唯一的投手榴弹实弹的机会，也是经过几番争取才赢得的。首长为我们的安全着想，特准投弹时从山顶往下扔，喜得我们像孩子们过年扔鞭炮似的。因为毫无武功，缺乏兵味，以至退伍后我说当过兵，许多人都幽默地点点头，说我当的是"扯大炮"的兵。

想起来也是的，新兵连集训一结束，我即调往团宣传股，当了"新闻报道员"。三个月后，团里成立"毛泽东思想业余文艺宣传队"，便调去当创作员。说是"业余"，其实近乎"专业"了。所有的队员都调离原来的连队，集中在团部练功、排戏，然后是长年累月上山下乡，辗转于部队驻地巡回演出。说来惭愧，我当创作员，是从学写"对口词""三句半"开始的。对口词往往是词语铿锵，集"假、大、空"的豪言壮语之大成；三句半则关键是最后那半句，滑稽幽默，逗人发笑。这些形式在那时大行其道，其流行的程度比现时的流行歌曲还广。

像我这般生就"O"形腿的人，在那个年代，未想到也被"相中"去演"革命样板戏"——扮演《沙家浜》中那位吊着绷带的伤员小王并兼饰反面人物"匪兵丙"。

正反面人物兼于一身的尴尬，实乃出于"革命需要"。因为当时，我所在的那个"省军区毛泽东思想业余文艺宣传队"，拢共才有三十来个人，要演《沙家浜》全剧，组织上便作出了庄严的决定：除了几个主要角色（如阿庆嫂、郭建光、胡传魁、刁德一等）各自自始至终是由一人扮演，确保一副面孔，其余演员（包括乐手）统统都要身兼数职，亦军亦民，亦兵亦匪，甚至上一场死了的下一场还要活过来再上场，直演到最后一场，该死的才不准"返生"。这种又敌又我，正反难分，枪毙接着平反，平反继续枪毙的折腾胡闹，也十足是当时的"天下大乱"的写照。整个演出过程，一会儿是郭建光的新四军扑上白粉儿变成了胡传魁的"忠义救国军"，一会儿是"忠义救国军"抹上红油彩变成新四军。"做人是你，扮鬼也是你"，数秒间的幕后"换妆"，常常弄得演员们慌慌乱乱地穿错衣、扣错纽，一出场就出尽洋相。令人捧腹的是，有一回，刚下场的"刁小三"又要去充当新四军，混乱之际错穿了一条特大号的军裤，匆匆忙忙上台去一亮相——不料，裤头松紧带一松，整条裤子顺势滑落，以致在追光灯之中和众目睽睽之下，竟显露出半截子的"庐山真面目"。

"刁小三"因此被揪了出来——第二天，全队开大会，严肃批判"刁小三"的"脱裤之举"，说他是"立场问题，态度问题"。上纲上线上得最高的，大概要数"程天明书记"的扮演者，他说"刁小三"蓄意破坏革命样板戏，"是可忍？孰不可忍！""刁小三"在会上做自我批判，一把鼻涕一把泪，满脸沮丧："说我立场有问题是对的，我本来就是扮反革命小丑的，却硬又要我去演新四军，这不就是'人还在，心不死'吗？所以，我还是申请早死早好，再也不准活过来。"说罢他又很习惯地扮一副"小刁"相，弄得大伙儿笑出了眼泪……

万万未想到，大概是半个月之后，"程天明书记"和"沙四龙"无意间竟合作"制造"出一个更大的笑话。

时值隆冬腊月，我们奉命冒着漫天大雪，乘船深入洞庭湖区，为驻守在劳改场的那些基层连队上演《沙家浜》。那夜冷得出奇，露天戏台是临时搭置的，朔风怒号，吹得幕布如同幡旗飘飘，鹅毛大雪飞舞在戏台上下。演《沙家浜》不像，像在演《智取威虎山》，可以戴皮帽穿皮袄，全体队员都冻得缩成一团当上了"团长"。演到第六场《授计》，可怜"沙四龙"上身只穿一件无袖的小褂子，露出手臂伏坐在春来茶馆里的一张小桌旁，冻得他两腿发抖，连小茶桌也在连连打冷战……好不容易熬到"程书记"来了，按剧情他是佯装为"沙四龙"看病而来的。一番切脉之后，"程书记"扶起"沙四龙"的额头说了句："看看舌苔。"就在此时，在"沙四龙"张口伸舌之际，"程书记"猛然真切地发现，"沙四龙"的鼻孔里突然溜出两条又长又粗的光闪闪的鼻涕！一刹那间——

程书记格格大笑……

沙四龙破涕为笑……

沙奶奶笑得从凳尾上翘了起来……

阿庆嫂笑得把茶壶也打翻在地……

"刘副官"愣头愣脑上场，感到莫名其妙，用湖南话说了句："你们这是干么了哟？"话音通过扩音器传遍了全场的每个角落，令台上台下笑成一团！"刘副官"欲演不成，忍俊不禁，转身站在那棵大树下，露出个浑身筛米似的背影……这时候，大幕迅速合上了，但人们却笑得合不拢嘴！

第二天全队照例又开批判会。这一回，轮到"刁小三"进行"阶级报复"了。他煞是气愤地责问道："'程天明'，你身为县委书记，竟敢放声嘲笑苦大仇深的沙奶奶的儿子'沙四龙'！你难道不知道'沙四龙'饥寒交迫吗？你的阶级感情到哪里去了？授计，授计，你授的是什么阴谋诡计？！"这个批判会的程序和水平真个是"三突出":"程书记"首当其冲受批判,其次是"阿庆嫂"、"沙奶奶"和"沙四龙"齐齐深刻做检讨,最后连"刘副官"也拴缚上了,说他那"浑身筛米似的背影",是"对无产阶级英雄群像的一次'无声的示威'"!

演其他"样板戏",我们宣传队也闹过不少笑话,比如,演《智取威虎山》,有一段座山雕与杨子荣比试枪法的戏,按原剧情,座山雕一枪只打灭一盏灯,杨子荣却一枪打灭两盏。有一回,我们演此段戏时,主持"效果"的人忙中出乱:待座山雕枪一响,他竟把三盏灯全拉灭了!杨子荣击发时,台上无灯可灭,主持"效果"者便急中生智,干脆将大电闸一把拉下,全场顿时漆黑一团,避免了一起严重的"政治事故"!又比如,演《白毛女》,杨白劳居然忘带红头绳上场,唱着唱着才有所发觉,于是,他斗胆地将原唱词"扯上了二尺红头绳,我给喜儿扎起来"篡改为"丢下了二尺红头绳,我去路上找回来",唱罢,即复下场又复上场,令观众笑得直不起腰!

我们还闹过一次集体性大笑话。

记不清是在岳阳还是在韶山的哪一次演出了,总之是为"学习毛著积代会"的专场演出。仍旧是演《沙家浜》,仍旧是演全剧,豪情更冲天。我至今仍记得,演到第五场《坚持》的末尾,经受了暴风雨洗礼的"十八棵青松",终于威武傲然地屹立在"泰山顶上"——"八千里风暴吹不倒,九千个雷霆也难轰!"按原剧情,"坚持"至此,大幕该闭合了。否则,这叠罗汉般的人物造型老"坚持"不散,那是任何神仙力量也难以支撑的。可是,不知何故,偏偏在这个不该再"坚持"的时刻,大幕却死死"坚持"不合拢!任凭司幕者由一人添至四人,再添上刁小三、刁德一和胡传魁,费尽九牛二虎之力去一拉再拉,它都"岿然不动"!这下子真苦煞了"十八棵青松",尤其是那些压在底层作"铺垫"的"青松"们,一个个牙根紧咬,死撑硬顶,继而气喘吁吁,手脚发抖,以至整座"英雄群雕"摇摇欲坠了!万一这时散架崩塌,其政治后果不堪设想,至少是"十八棵青松"统统都要受批判了。

说时迟，那时快，指导员郭建光不愧是"第一号英雄人物"，他面对受压的"青松"，突然灵机一动，拔枪一挥，吼出一句原本没有的台词——

"撤——"

几乎同时，"十八棵青松"应声解体，跳的跳，跌的跌，跌跌撞撞，一片混乱……而台下的观众则哄然大笑，整个剧场回响起一声声的"撤、撤、撤"……

（摘自《读者》2000 年第 16 期）

老 家

孙 犁

　　前几年，我曾诌过两句旧诗："梦中每迷还乡路，愈知晚途念桑梓。"最近几天，又接连做这样的梦：要回家，总是不自由；请假不准，或是路途遥远。有时决心起程，单人独行，又总是在日已西斜时，迷失路途，忘记要经过的村庄的名字，无法打听。或者是遇见雨水，道路泥泞；而所穿鞋子又不利于行路，有时鞋太大，有时鞋太小，有时倒穿着，有时横穿着，有时系以绳索。种种困扰，非弄到急醒了不可。

　　也好，醒了也就不再着急，我还是躺在原来的地方，原来的床上，舒一口气，翻一个身。

　　其实，"文化大革命"以后，我已经回过两次老家，这些年就再也没有回去过，也不想再回去了。一是，家里已经没有亲人，回去连给我做饭的人也没有了。二是，村中和我认识的老年人，越来越少，中年以下，都不认识，见面只能寒暄几句，没有什么意思。

　　前两次回去：一次是陪伴一位正在相爱的女人，一次是在和这位女人不睦之后。第一次，我们在村庄的周围走了走，在田头路边坐了坐。蘑菇也采过，柴火也拾过。第二次，我一个人，看见亲人丘陇、故园荒废触景生情，心绪很坏，不久就回来了。

现在，梦中思念故乡的情绪，又如此浓烈，究竟是什么道理呢？实在说不清楚。

我是十二岁离开故乡的。但有时出来，有时回去，老家还是我固定的巢，游子的归宿。中年以后，则在外之日多，居家之日少，且经战乱，行居无定。及至晚年，不管怎样说和如何想，回老家去住，是不可能的了。

是的，从我这一辈起，我这一家人，就要流落异乡了。

人对故乡，感情是难以割断的，而且会越来越萦绕在意识的深处，形成不断的梦境。

那里的河流，确已经干了，但风沙还是熟悉的；屋顶上的炊烟不见了，灶下做饭的人，也早已不在。老屋顶上长着很高的草，破旧不堪；村人故旧，都指点着说："这一家人，都到外面去了，不再回来了。"

我越来越思念我的故乡，也越来越尊重我的故乡。前不久，我写信给一位青年作家说："写文章得罪人，是免不了的。而我甚不愿因为写文章，得罪乡里。遇有此等情节，一定请你提醒我注意！"

最近有朋友到我们村里去了一趟，给我几间老屋拍了一张照片，在村支书家里，吃了一顿饺子。关于老屋，支书对他说："前几年，我去信问他，他回信说，不拆，也不卖，听其自然，倒了再说。看来，他对这几间破房，还是有感情的。"朋友告诉我：现在村里，新房林立；村外，果木成林。我那几间破房子留在那里，实在太不协调了。

我解嘲似的说："那总是一个标志，证明我曾是村中一户。人们路过那里，看到那破房，就会想起我、念叨我。不然，就真的会把我忘记了。"但是，新的正在突起，旧的终归要消失。

我的少女岁月

王安忆

那是 1966 年的冬季，"革命"的狂飙已走过上海的马路，进入城市心脏的各级政府机关大楼。6 月里扫"四旧"的热潮如同隔世般遥远，回想那摩登男女提着被剪断的尖头皮鞋赤脚在街道上疾走的情景，令人有一种莫名心悸的快意。

那年我们 12 岁，正上小学五年级。"革命"没我们的事，我们只能在街头走来走去看热闹。我们奔跑着抢夺传单，妄图引起散发传单的红卫兵的注意；我们跟在红卫兵的游行队伍后面，怎么赶也赶不走；我们学会了许多"造反"的歌曲和口号。而这时，"革命"走过了街头，撇下我们这些热情的观潮者。我们走在上海凄清的马路上，街灯一盏一盏地亮了。我们都在长身体的年龄，衣服有些嫌小，吊在身上。我们看上去孩子不像孩子，少女不像少女，又幼稚，又矜持，是一副古怪的难看样子。

这时，在我们前面走着两个女人。她们的短发和蓝布罩衫，带有经过

"革命"扫荡之后的摩登的残迹。她们中的一个，裤腿尤其触人眼目，令人起疑。我们走在她们后面，许久，交换眼色道："你们看，她的裤腿！"她的裤腿显然不到标准的 6 寸。我们沉默下来，一种激动而紧张的情绪攫住了我们。我们跟着她们，走过了一条马路。这时候，有一种冲动正在我们心中生出，并且迅速酝酿，变得不可抑制。它似乎是一种想去触犯什么不可触犯的东西的要求。

像我们这样规矩的小学生，从来没有机会去触犯什么，现在有了一个机会。我们想：这人的裤腿不到 6 寸，而红卫兵们都不在街上了。我们心跳得很快，一步不舍地紧跟在她们后面。我们似乎面临了一个选择，选择的时机转瞬即逝。当我们走过一面橱窗时，橱窗里的灯光照耀着我们，使人目眩，我们一步窜上前去，对那女人说："同志，等一等！"她们愕然地转过脸来，看着我们。我们牙齿打着战，脸色苍白。我们避开她们的眼睛，说："你的裤腿。"四下里忽地涌来了人群，包围了我们。

本来行人稀少的黄昏的马路上，顿时变得熙熙攘攘。人们互相问着："怎么了？怎么了？"那瘦裤腿的女人倚在她的同伴身上，软弱地说："怎么了？"我们浑身战栗，双腿发软地说："你的裤腿。"有一种大祸临头的感觉笼罩着我们。

我们中间那个比较勇敢的，带头走进旁边的商店，向一个店员说："借你的皮尺用用。"店堂里刹那间挤满了人，我们用颤抖的手去量她的裤腿，果然不到 6 寸。那女人倒在一把椅子上，用惶恐的眼睛望着我们，等待我们的处罚，而我们不知道接下来应该做什么，停顿了一会儿才说："你自己回去想想吧！"

也许就在这一瞬间，我们被她们窥破了虚实。她的同伴接过皮尺重新量了一量，说："明明是 6 寸嘛！"她还量给我们看。我们的惶恐与窘迫是无法形容的，我们中间最软弱的一个退缩在角落里，一声不出。她们越发看出了我们的虚弱，便越发厉害，指着我的裤腿说："你的才真正不到 6 寸呢！"我穿的是一条童装背带裤，两侧镶有红边，短短地吊在脚踝上。

那女人倚在她的同伴身上，悲愤地说："这么多的人都围过来了，多么难看啊！"店员们便用温和的言语安慰她，说："算了！算了！"我们从水泄不通的人群里挤了出去。我们相互间不说一句话，也不看一眼，匆匆分手，往自己家去了。

之后我们很长时间没有碰面，因为碰面会使我们想起这事，这使我们难堪。我们本想去触犯别人——别人的尊严就好像是一种权威，不料，却使我们自己受了伤，而我们当时正是那种受不起伤的年龄，将什么样的伤都要无意地夸大。这就是 1966 年的"街头革命"留给我们的最后回忆。

（摘自《读者》2016 年第 2 期，有删节）

偷 嘴
二 毛

除了饥饿能让本来不怎么好吃的东西变好吃以外，那就要数偷嘴了，它能使好吃的东西更加好吃。偷嘴是一个人的餐前自助，是借口品尝某种食物是否美味的一种吃法。

小时候，母亲给我 5 分钱让我去街上打甜酱或辣椒酱，在回家的路上，我一边走路一边舔食，到家时碗里只剩一半，这种偷嘴很大程度上是饿的表现。

偷嘴往往发生在肚子饿得咕咕叫的开饭之前，一般是走进厨房，假意问候下厨的人是否需要帮忙，眼睛却对着锅里、刀板上或盘子中来回骨碌碌地转。一旦瞅准可偷目标，拇指和食指以鸡捕虫子之势，将食物快速送进嘴里。

因为是偷，所以偷嘴者有时不太好意思，会不小心把本来很烫的食物迅速塞进嘴里，这时烫东西就会在舌头之上、口腔之中，不停地被翻滚咀嚼，烫得受不了甚至会瞪着双眼将食物吞进肚，而且在肚里都还在烫。如果嘴里偷塞进去的是肥美的家伙，那就一边嚼一边让油从两边嘴角流出来吧，你会感到那是世界上最幸福的油水。

我记得1972年的秋天，老家酉阳召开万人大会，全县的农民代表头包毛帕，身背背包，脚踏草鞋，手提木凳，从各自生产队徒步几十几百里地走到县城。当我得知母亲已被请去会场帮厨的那一刻，便知道偷嘴的机会到了。

有一天下午放学后，我直接去了会场厨房，正好碰见母亲在切做晚饭炒回锅肉要用的一块熟肉。趁旁边的人不注意，母亲切下一块厚厚的肥肉，蘸了点辣椒酱，迅速地塞进了我的嘴巴。我幸福地鼓着嘴，飞快地跑进了附近的树林里。

适合偷嘴而且又是最好吃的东西，当数刀板菜。所谓刀板菜，就是煮好了刚从锅里捞上刀板，正切着还带热气的东西。比如我老家的用柏香、花生壳、茶叶等熏过的香肠。香肠刚煮熟之后，肥四瘦六赤条条地躺在刀板上，这时你请求厨师从中间下刀，给你切一寸半长的一截，旋即将其送入口中，先大嚼，后转细嚼慢咽，让香味满溢，让幸福感在口腔中不断被拉长。

毫无疑问，这时的香肠要比切成薄片上桌后的好吃十倍，因为上桌后的香肠失去了烫，也就失去了一种香，还失去了厚度，也就是失去了肥瘦抱团相拥入口之口感。

好吃的刀板菜还有，趁热切一指厚肥七瘦三的老腊肉，整片软弹着入口；切一寸长的卤肥肠头，整截缠绵着入口；切一寸见方的酱猪头肉，整坨黏糯着入口，过瘾至极。

其次要推油炸的东西为偷嘴的上品。比如，炸酥肉，刚起油锅时又烫又软不是偷嘴的时候，等晾一会儿去偷才又香又脆。记得儿时过年的前几天，几乎每家都要炸一筲箕酥肉，大人怕我们小孩偷嘴，就把装酥肉的筲箕悬挂在小孩站在椅子上都够不着的木梁上，最后还是被我们兄弟俩一个骑在另一个人的肩膀上给偷吃了。

在北京，我常去著名美食家黄珂家喝酒吃饭。开宴之前，趁客人们没到来之际，我总要以"美食总监"的身份去厨房晃晃，便可堂而皇之地"品菜"、明目张胆地偷嘴。有一次，正巧看见一只刚出锅的两脚朝天的卤鸡，我立刻感到那油亮的大鸡腿就是冲着我们在挑逗，于是我拧下一只腿送入口中，黄珂见势也忍不住了，飞快地拧下另一只腿。为了使此次偷嘴名正言顺、心安理得，啃完之后，我俩得出同样的结论：像卤鸡腿这类东西就只适合饭前偷嘴，一旦上桌，人们基本上就不想碰它们了。

我相信好吃的人都曾有过这样的经历，20世纪六七十年代，过年之前，家家都要熬几大坛猪油以备来年之用。而刚熬出来的油渣即可偷嘴三吃，一吃本味，二加白糖吃，三加椒盐吃，又香又脆，同时又有酥的叠加之口感，是其他食物不可比拟的。

以前是为了熬猪油而顺便偷吃油渣，我现在是为了吃油渣而特地熬猪油。除了偷嘴三吃以外，我还做过海椒炒油渣、油渣炒莲白、油渣白菜汤、油渣酸菜粉丝汤、油渣肥肠汤面、油渣红糖汤圆等。

（摘自《读者》2017年第1期）

他 们
路 明

一

上海到蚌埠坐高铁只需两个小时。九点刚过，我在蚌埠南站拦下一辆去怀远县的班车，然后换小巴到双桥镇，再换更小的小巴。车厢被挤得满满当当，我和几只鹅坐在一起。窗外，初春的雨有一搭没一搭地下着。下车，深一脚浅一脚地踩在烂泥地里。

晌午，一身泥巴的我站在张东村的村口。这段路，母亲当年要走上两天一夜。

我找到了张见本，他是 40 年前母亲的生产队队长，他身板依旧硬朗，蹲在门口捧着大碗喝红薯粥。我问他是否还记得有个上海知青叫××，她是我母亲。他愣了好一会儿，突然蹦出一句："我的个娘嘞，××的儿子。"

老队长放下粥碗，领着我去看母亲和她的同学们住过的土屋——早已是废墟一片，又指给我看他们耕过的地、走过的路。他对每个路过的老人吼："看看，××的儿子。"老人们张大了嘴。一位大娘攥着我的手不放，眼泪都快掉下来了。

30多年来，我是头一个回到村里的知青后代。

母亲是个平凡的人。我寻找的，不过是一段平凡的历史。

二

母亲本不该去怀远。

1969年的秋天，16岁的母亲和同样热血沸腾的同学们响应领袖的号召，"接受贫下中农的再教育，很有必要"。六九届的初中生"一片红"，统统下乡插队。母亲的第一志愿是黑龙江呼玛，只因要"到最艰苦的地方去"。外婆心疼她身体弱，偷偷去学校找老师，把志愿改成了离上海较近的安徽省怀远县。

名单公布那天，母亲哭着回家，因为有同学说她是"叛徒""逃兵"。和外婆大吵若干架后，1970年3月23日，母亲坐上了开往蚌埠的"知青专列"。上海站挤满了送别的人，火车开动，哭声一片。十几个小时坐到蚌埠，迎接的人群敲锣打鼓。向领袖宣誓后，母亲和同学们坐上卡车，直奔双桥公社，然后换驴车，最后步行6公里，才来到张东小队——被称为"怀远县的西伯利亚"的地方。

迎接知青们的第一顿晚餐是绿豆籼米饭，黑乎乎一坨。上海来的姑娘们头一次看见这样的吃食，不知如何下口。一旁的村民悄悄咽着口水。六八届的老知青赶紧劝："快吃吧，以后连这个都吃不上了。"

母亲诧异地发现，村（那时叫生产队）里的孤儿特别多。有老人悄悄告诉她："1962年断粮，连树皮都被扒光。年轻的父母听不得娃儿饿得整夜哭，一口稀粥留半口给娃。实在没力气了，就卸下门板，躺在家里等死。"

母亲和另外四个上海姑娘住进一间黄土夯的屋子。每天天不亮就出工，耪地、除草、打谷、喂猪，夏天看瓜田，冬天磨豆腐。晚上点着蜡烛学习领袖著作，写心得体会。最辛苦的是抢收麦子。早上四点不到，生产队队长张见本的起床号就吹响了。干四小时活，然后回村里吃早饭，吃的是红薯粥就着红薯馍馍，吃完一抹嘴再往地里赶。午饭在地头解决，红薯馍馍拌辣椒。母亲的腰酸到直不起来，跪在地上继续割麦子。等收工号响起，已是繁星满天。回到屋里啃两口冷馍馍，倒头就睡，话都说不动了。

母亲憋着一口气，苦活累活抢着干，只为了不让农民看轻"城里来的姑娘"。滚一身泥巴，炼一颗红心嘛。她是五个女知青中唯一的"妇女全劳力"，一天的工分是8分8厘7。当时寄往上海的邮票8分钱一张，一天活干下来，寄封信的钱都不够。年底回上海探亲，大队会计一打算盘，刨去饭钱和其他开销，总共挣了10块钱。可就连这10块钱都发不下来。张队长过意不去，凑些黄豆、绿豆、粉条，还有极其珍贵的芝麻油，装在驴车上，送姑娘们去火车站。

母亲年年是标兵、知青代表，有机会去双桥公社或怀远县城开大会、听报告。开会是个美差，代表们自带面条，在会场统一下锅，拌上公家的芝麻油，喷香。有人教育母亲，开会前饿上两天。知青们干瘪的肠胃长期不见油水，一吃就拉肚子，拉完接着吃。某男知青吃到"两头冒"，最后被担架抬走，成就了一个传奇。

母亲的榜样是苏联电影《乡村女教师》中的华尔瓦拉·瓦西里耶夫娜。她的梦想是考上复旦大学中文系，毕业后当一名瓦西里耶夫娜式乡村女教师。那时上大学只有"工农兵大学生"一条路。1976年，公社下发一个读大学的名额，所有人都觉得非母亲莫属。公社领导找到她，语重心长，循循善诱，让她把名额让给另一个姑娘——"组织考验你的时候到了……明年一定送你读大学……"母亲答应了。不料1977年形势突变，"工农兵大学生"被取消，恢复高考。母亲让外公寄来复习资料，每晚看书到深夜，白天照样干活。不巧的是，考前一个月，母亲急性肝炎发作。病危电报发到上海，向来严肃的外公流泪了。

三

母亲说，1976 年毛主席逝世的消息传到公社，她哭到昏死过去。那时她最大的梦想，就是在天安门广场接受最高领袖的检阅——像无数狂热的少男少女一样，挥舞着"红宝书"，喊着震天的口号，任热泪横流。

母亲说，她也曾迷茫，甚至动摇过。第一次是外公被"打倒"。第二次是听说饿死人的事情。第三次最为刻骨铭心：公社有三个上海男知青，是出了名的"落后分子"，从来出工不出力，一有机会就躲在屋里看书。1977 年三人全部考上大学，风光离开。母亲年年被评为标兵、模范，到头来只落下一身的伤病。

然而今天她依然相信，相信自己其实是幸福的，相信这世界上最壮丽的是解放全人类的事业，相信人的一生应当这样度过。

她爱看老电影。看到《英雄儿女》中的王成一遍一遍呼喊着"向我开炮"，不觉已泪流满面。

她不在乎自己的户口至今回不了上海，不在乎每月只有 15 元的"知青补助"，不在乎"半文盲"的学历，不在乎过度劳累带来的膝关节劳损和腰椎间盘突出。

母亲那一代人承受着历史的剧变，几乎从未为自己而活过。当国家需要眼泪时，他们纵情地哭；需要歌颂时，他们真诚地笑；需要奉献时，他们付出了青春和汗水；需要理解时，他们无怨无悔。他们像入戏太深的群众演员，演完了所有的悲喜剧，拿着一份盒饭默默离开。

四

两年前他们组织了一次初中同学聚会。当年风华正茂的一代人，而今垂垂老矣。有人留在农村，成了最地道的农民；有人下岗多年，靠吃低保过活；更多人像母亲一样，日复一日地操劳，悄无声息地老去。没来的，有的是联系不上，有的已去世多年，当然，也有人混得好。

他们没忘记当初的理想，聊高兴了，一首一首唱起当年的歌。从《东方红》唱到《流浪者之歌》，从《莫斯科郊外的晚上》唱到《北京的金山上》，一起用力地"巴扎嘿"，纵然再也回不去了。

（摘自《读者》2015年第20期，有删节）

布　鞋

童庆炳

　　我从小穿的就是母亲做的布鞋。每年一双就足够了。因为南方天气热，我们那里的习惯，早晨一起床，穿的是木屐。早饭后一出门，或干活儿，或赶路，或上学，都是赤脚的。只有在冬天或生病的时候才穿布鞋，而且是光着脚穿的。只有地主老爷或乡绅什么的才穿着长长的白袜子加布鞋。

　　1955 年我来北京上大学，母亲给我做了两双布鞋，我以为这足够我穿一年的了。哪里想到来北京后，在去学校的路上看到：农民穿着袜子和布鞋在地里耕地。我们几个从福建来的学生大为惊奇，觉得这在我们家乡是不可思议的事情。我们那里都是水田，一脚下去就没膝深，你穿着鞋袜如何下田？当然大学同学们平时进出都一律穿布鞋或胶鞋，个别有钱的穿皮鞋。我却觉得不习惯，不如赤脚自在。

　　起初半个月，只好"入乡随俗"，勉强穿布鞋去上课。过了些日子，我们三个福建来的同学基于共同的感受，就议论着要"革命"，要把北京人的这个"坏习惯"改一改。我们约好同一天在校园里当"赤脚大仙"。哦，赤脚走在水泥地上，吧嗒，吧嗒，凉凉的，硬硬的，平平的，自由自在，那种舒坦的感觉，简直美极了。虽然我们三人的举动引来学校师生异样的眼光和窃窃私语，但在我们看来这只是城里人的"偏见"罢了，他们看看也就习惯了，况且"学生守则"里并没有一条规定：学校里不许赤脚。就这样我们大概"自由"了半个月。有一次，校党委书记给全校师生作报告，在谈到学校当前的不良风气时，突然不点名地批评了最近校园里有少数学生打赤脚的问题。党委书记严厉地说："竟然有学生赤着脚在校园里大摇大摆，像什么样子，太不文明了吧！"我们第一次听到赤脚"不文明"的理论。我们赤脚的自由生活方式不堪一击，"自由"一下子就被"剥夺"了。

于是母亲做的布鞋成为我生活的必需。似乎母亲是有预见的，要不她为什么要往我的行李里塞两双布鞋呢？可布鞋毕竟是布做的，并不结实。当北京的杨树掉叶子的时候，第一双布鞋见底了。等到冬天的第一场雪降落大地，让我这个南方人对着漫天飞舞的雪花欢呼雀跃的时候，我发现第二双布鞋也穿底了。我那时每月只有3元助学金，只够买笔记本、墨水和牙膏什么的，根本没有钱买对当时的我来说很昂贵的鞋。我天天想着母亲临别时说的话：她会给我寄布鞋来。又害怕地想：她不会忘记吧？如果她记得的话，什么时候可以做好呢？什么时候可以寄来呢？从家乡寄出，路上要经过多少日子才能到北京呢？路上不会弄丢吧？在等待布鞋的日子里，我能做的事是，将破报纸叠起来，垫到布鞋的前后底两个不断扩大的洞上维持着。可纸比起布的结实来又差了许多，所以每天我都要避开同学的眼光，偷偷地往布鞋里垫一回报纸。而且每天都在"检讨"自己：某次打篮球是可以赤脚的，某次长跑也是可以赤脚的，为什么自己当时就没有想到布鞋也要节省着穿呢？弄到今天如此狼狈不堪，这不是自作自受吗？北京的冬天刚刚开始，我就嫌它太漫长了……我一生有过许多的等待，大学期间等待母亲的布鞋是最难熬的等待了。在这之前，我从未想过母亲做布鞋复杂的全部"工艺流程"，可在那些日子连做梦也是母亲和祖母在灯下纳鞋底的情景了。

在春节前几天，我终于收到了母亲寄来的两双新布鞋，在每只布鞋里，母亲都放了一张红色的剪纸，那图案是两只眼睛都朝一面的伸长脖子啼叫的公鸡。我知道这肯定是母亲的作品，以"公鸡啼叫"的形象对我寄予某种希望。我从小穿的就是母亲做的布鞋，但从未如此认真地、细心地、诗意地欣赏过她做的鞋。我抚摸着那两双新布鞋，觉得每一个针眼里都灌满了母亲的爱意与希望，心里那种暖融融、甜滋滋的感觉至今不忘。是的，世界上有许多你热衷的事情都会转瞬即逝，不过是过眼烟云，唯有母亲的爱是真实而永恒的。

（摘自《读者》2016 年第 9 期）

凤冠霞帔

肖复兴

　　小王太太搬进我们大院南房的时候，孤身一人，带的箱子却有十几个。老街坊中有明眼懂行的，看着箱子，啧啧赞叹："好家伙，都是樟木的！"

　　那时候，小王太太也就四十多岁，人长得小巧玲珑，面容白净秀气，而且总爱穿一袭旗袍，袅袅婷婷的，属于典型的徐娘半老，风韵犹存。只是她不能开口说话，一说话，嗓音沙哑得厉害，大院的街坊便常常感叹："唉，真的是'甘蔗难得两头甜'！"

　　大约过了不到两年，前院东房新搬来一位姓丁的，是前门大街一家饭馆的白案大师傅，我们都管他叫丁师傅。丁师傅不到五十，也是个一人吃饱全家不饿的主儿，下了班，没事干，就爱唱戏。一到晚上，他常搬个小马扎儿，拿着把京胡，弦上擦满松香，就开始坐在门口自拉自唱。有意思的是，丁师傅长得胖乎乎的，像个阿福，唱的却是女角儿，咿咿呀呀的，婉转悠扬，一句词儿带好几个弯儿。

一连听丁师傅唱了好几个晚上之后，破天荒，一直深居简出的小王太太莲步轻摇，出了自家房门，走到丁师傅的面前，说了一句："是学程先生程派的吧？您《锁麟囊》'春秋亭'这一段唱得不错！"那天，我们一帮小孩子正围着丁师傅听热闹，看到丁师傅站起身来，恭恭敬敬地对小王太太说："跟着戏匣子学的，学得不好，您指教！"

我们大院里的人更没想到，打这以后，丁师傅不再在自家门口唱，改到小王太太家里唱了。而且大家最没有想到的是，除了丁师傅唱，小王太太居然也在唱，虽然她嗓音沙哑得像磨砂玻璃，但在丁师傅胡琴的伴奏下，抑扬顿挫，起起伏伏，即使我们听不懂里面的戏词，也都感觉得到似有一股清水缓缓地流淌而来，韵味十足。

有些好心又好事的街坊，在丁师傅和小王太太这一拉一唱中，居然听出了弦外之音，觉得他们是挺好的一对，虽说一个胖点儿，一个嗓子坏点儿，老天却在成全他们呢。这样的议论多了，小王太太整天待在家里不怎么出门，听不到；丁师傅却听在耳朵里，脸上有些挂不住。小王太太再请他到屋里唱戏，丁师傅会拉上我。因为那时候，我迷胡琴，磨着父亲买了把京胡，天天晚上跟着丁师傅学拉琴。因此，我成了丁师傅的小跟班，进了小王太太的家门。

那时候，我上小学四年级，正是对什么事情都好奇的年龄。小王太太的家显得挺宽敞，因为除了一张单人床，就是她那一排樟木箱子，没有其他杂乱东西，好像她不食人间烟火。床和箱子中间用一道布帘隔开，露出一点儿缝，风从窗户吹进来，吹得布帘飘飘悠悠，很有点儿神秘感。

令我没有想到的是，小王太太唱到兴头上的时候，会对丁师傅说句："咱们来一段彩唱怎么样？"然后，她伸出兰花指，轻轻撩开布帘，一个水袖的动作，转身走进去。再走出来的时候，浑身上下换了戏装，凤冠霞帔，漂亮得耀人眼睛。每次随丁师傅到小王太太家，我总盼着这一出，小王太太的扮相，一颦一蹙，举手投足，都那么好看。然后，我会在心里暗暗叹口气：

小王太太要是嗓子也好，该多好啊！我曾经把这话对丁师傅讲过。丁师傅叹口气说："小王太太曾是剧团里正经程派的好演员，可惜嗓子坏了，没办法再唱了，才离开了舞台。"

丁师傅去世得早，他在饭馆白案前一个跟头跌倒，再也没有起来。亏了他死得早，第二年夏天，"文化大革命"就来了。一帮红卫兵闯进我们大院，不由分说，把小王太太揪出去批斗。她的那些樟木箱子也跟着一起遭殃，被翻得乱七八糟。人们才知道，箱子里面全是她以前演出穿过的戏装。

天天批斗，让她的身心大受刺激。一天清早，红卫兵又到她家要拉她批斗，一推门，见她身穿戏装，凤冠霞帔，站在床上，正咿咿呀呀地唱戏，怎么拉都拉不下来。人们知道，她疯了。

不过，小王太太长寿，一直活到"文革"结束。我从北大荒回来，还去看过她。她还住在大院南房，见到我，非要穿戏装给我看，说是落实政策还给她的，不全了，只剩下几身，最可惜的是凤冠霞帔一件都没有了。她说这番话时，我不知道她的病是好了还是没好。

（摘自《读者》2015 年第 7 期）

放 鸭

莫 言

青草湖里鱼虾很多，水草繁茂。青草湖边的人家古来就有养鸭的习惯。这里出产的鸭蛋个儿大，双黄的多，半个省都有名。有些年，因为"割资本主义尾巴"，湖上鸭子绝了迹。这几年政策好了，湖上的鸭群像一簇簇白云。

李老壮是养鸭专业户，天天撑着小船赶着鸭群在湖上漂荡。沿湖十八村，村村都有人在湖上放鸭。放鸭人有老汉，有姑娘，大家经常在湖上碰面，彼此都混得很熟。

春天里，湖边的柳枝抽出了嫩芽儿，桃花盛开，杏花怒放，湖里长出了鲜嫩的水草，放鸭人开始赶鸭子下湖了。

湖水绿得像翡翠，水面上露出了荷叶尖尖的角，成双逐对的青蛙呱呱叫着，真是满湖春色，一片蛙鸣。老壮一下湖就想和对面王庄的放鸭人老王头见见面，可一连好几天也没碰上。

这天，对面来了个赶着鸭群的姑娘。姑娘鸭蛋脸儿，黑葡萄眼儿，渔歌唱得脆响，像在满湖里撒珍珠。

两群鸭子齐头并进，姑娘在船上递话过来：

"大伯，您是哪个村的？"

"湖东李村，"老壮瓮气瓮气地回答，"你呢，姑娘？"

"湖西王庄。"

"老王呢？"

"老了，退休了。"姑娘抬起竹篙，用力一撑，小船转向，鸭群拐了个弯儿。

"再见，大伯！"

他们就这样认识了。

有一天，老壮又和姑娘在湖上碰了面。几句闲话之后，姑娘郑重其事地问："大伯，你们村有个叫李老壮的吗？"

老壮愣了一下神，反问道：

"有这么个人，你问他干什么？"

姑娘的脸红了，上嘴唇咬咬下嘴唇，说：

"没事，随便问问。"

"不会是随便问问吧？"老壮耷拉着眼皮说。

"这户人家怎么样？"姑娘问。

"难说。"

"听说李老壮手脚不太干净，前几年偷队里的鸭子被抓住，在湖东八个村里游过乡？"

"游过。"老壮掉转船头，把鸭子撵得惊飞起来。

姑娘提起的这件事戳到了李老壮的伤疤上。"四人帮"横行那些年，上头下令，不准个人养鸭，李老壮家的那十几只鸭子被生产队"共了产"，老壮甭提有多心疼了。家里的油盐钱全靠抠这几个鸭屁股啊！那时，村子里主事的是一个好吃懒做的主任，"共产"来的鸭子，被他和他的造反派战友们当夜宵吃得没剩几只了。老壮本来是村子里有名的老实人，老实人爱生哑巴气，一生气就办了荒唐事。他深更半夜摸到鸭棚里提了两只鸭子——运气不济——被巡夜的民兵当场抓住了。

主任没打他，也没骂他，只是把两只鸭子拴在一起，挂在他的脖子上，在湖东八个村里游乡。主任带队，一个民兵敲着铜锣，两个民兵端着大枪，招来了成群结队的人，像看耍猴的一样。为这事，老壮差点上了吊。

姑娘提起这事，不由老壮不窝火。从此，他对她起了反感。他尽量避免和她碰面，实在躲不过了，也爱理不理地冷落人家。姑娘还是那么热情，那么开朗。一见面，先送他一串银铃般的笑声，再送他一堆蜜甜的"大伯"。老壮面子上应付着，心里却在暗暗地骂：瞧你那个鲤鱼精样子，浪说浪笑，不是好货！

一转眼春去夏来，湖上又换了一番景色。荷田里荷花开了，湖里整日荡漾着清幽的香气。有一天，晴朗的天空突然布满了乌云，雷鸣电闪地下了一场暴雨。李老壮好不容易才拢住鸭群，人被浇成一只落汤鸡。暴雨过后，天空格外明净，湖上水草绿得发蓝，荷叶、苇叶上，都挂着珍珠一样的水珠儿。在一片芦苇边上，老壮碰到了十几只鸭子。他知道这一定是刚才的暴风雨把哪个放鸭人的鸭群冲散了。"好鸭！"老壮不由得赞了一声。只见这十几只鸭子浑身雪白，身体肥硕，像一只只小船在水面上漂荡，十分招人喜爱。老壮突然想起在湖西王庄公社农技站工作的儿子说过，他们刚从京郊引进了一批良种鸭，大概就是这些吧？老壮一边想着，一边把这十几只肥鸭赶进自己的鸭群。

第二天，老壮一进湖就碰上了王庄的放鸭姑娘。

"大伯，你看没看到十几只鸭子？昨儿个的暴风雨把我的鸭群冲散了，回家一点数，少了十四只。是刚从农技站买的良种鸭，我急得一夜都没睡好觉呢！"

"姑娘，你可是问巧了！"老壮看到姑娘那着急的样子，早已忘记了前些日子的不快，用手一指鸭群，说："那不是，一只也不少，都在我这儿呢。"

"太谢谢您啦，大伯。我把鸭赶过来吧？"

"我来。"李老壮挥动竹篙，把那十四只白鸭从自家鸭群里轰出来。放鸭姑娘"嘎嘎"地唤着，白鸭归了群。

"大伯，咱们在一个湖里放了大半年鸭子，俺还不知道您姓甚名谁呢！"姑娘把小船撑到老壮的小船边，用唱歌般的发音发问。

"姓李，名老壮！"

"呀！您就是苇林、李苇林，不，李技术员的……"

"不差，我就是李苇林他爹，"李老壮把胡子翘起来，好像和姑娘斗气似的说，"我就是那个因为偷鸭子游过乡的李老壮！"

姑娘又一次惊叫起来。她双眼瞪得杏子圆，脸红成了一朵粉荷花。

"大伯，谢谢您……"她匆匆忙忙地对着老壮鞠了一躬，撑着船，赶着鸭，没命地逃了。

"姑娘，你认识我家苇林？见到他捎个话儿，让他带几只良种鸭回来！"李老壮高声喊着。

一片芦苇挡住了姑娘和她的鸭群。

李老壮长舒了一口气，感到十分轻松愉快。他自言自语地说：

"这姑娘，真是好相貌，人品也好，怪不得人说青草湖边出美人呢！"

（摘自《读者》2012 年第 23 期）

风中的小辫

和 谷

1968 年，我 16 岁，便结束了十年寒窗的学生时代，回乡当了农民。于是，成家立业、生儿育女、养老送终，所谓的传统农民的生存套路在我眼前渐次展现开来。祖父 16 岁时已经成婚，父亲有我时也还不足 20 岁。我是长子长孙，赶紧问个媳妇，成了当务之急。

那是一个冬日里的晴天，正赶镇上集市，逢的是农历二五八，乡人称集市叫过会。会散之后，我像一只小羊跟在祖父和媒人身后，去相媳妇。沿着长长的铁路走了十多里，又途经羊肠小道，翻过高高的山梁，再登上山塬，浑身汗涔涔地进了一家种着洋槐树的小土院。午后的阳光照在窑背上，洋槐枝叶沙沙地响。踏入寂静的土院时，我感觉到了心跳，有点冷也有点暖和。未来的丈母娘热情地让我们坐在热炕上，她喊大媒叫舅，张罗茶饭中不时打量她未来的女婿娃。随后，我透过贴满窗花的玻璃看见了走进土院的一个秀溜的女娃，小辫齐肩，悠悠地抖擞着，叫声"妈"，利落地进了土窑。她浓眉大眼，鸭蛋脸盘，红扑扑的，笑得好看。问候过老舅和祖父，便坐在炕前的灶火旁拉动风箱。我们对视着，捉迷藏似的交换着眼神，彼此羞怯而友好，看来该是中意的未来夫妻。

之后，"小辫"随母亲来到我家看家境，不嫌穷家当，不挑我人样。我也看中她的相貌，只是她幼年辍学，没文化。我想，农家媳妇只要认得钱、粮票和布证，算得清工分账，就行了。身体健康、劳动好，尤其为人谦和、晓得事理，就是好媳妇。过了几天，两家人到城里吃酒席，订婚谢媒，然后照相、扯布、做衣服。我有生第一次吃到糖醋里脊这道菜，酸甜交融，感慨世界上还有这么好吃的东西。后来婚事蹉跎，回想那天订婚照未拍成，可能是一个不吉利的兆头。走到照相馆门口，我和她不约而同地甩开家人，一起赶上前去推门，竟成了幸福的定格。门却未开，我们被关在门外，于是爱情与幸运之门便拒绝了我和她，之后我也不曾与她拍过一张合影。当时，她甩着小辫，一脸的沮丧。至此，我还没和她对过一句话，我们不曾单独在一起相处一刻钟。

那时，我们是多么封建、愚昧，又多么无知。用一句流行的话说，那时我们不懂得爱情。订婚后的每年正月，我们礼尚往来，相互拜年是仅有的公开会面机会。礼品无非是白皮点心、鸡蛋糕、苹果罐头、芝麻糖一类，所谓的四色彩礼是手帕、袜子、鞋和头巾。相聚时，我们很少说话，只是在你送我一程我送你一程的离别时，才有一句没一句地搭讪，净是些客套话，也似乎不去正视对方的眼神，但心里头还是滋润的。我们循规蹈矩，正儿八经的，身体始终保持一定距离。"亲口口拉手手"的情形只是民歌里唱的，谁也不敢那么放肆，那么浪漫。

最困扰家人的是这桩婚事的彩礼——720元，得在嫁娶前交割清。当时的彩礼少则500元，多则1000元，我问的媳妇价码居中。冰天雪地我挑一担百十斤重的柿子去20里外的城里叫卖，一毛钱4个，鸡叫出门，赶黑回家，得款3元左右。一头猪，母亲从春喂到冬，赚钱不到百元。一个劳动日10个工分，每个劳动日3毛7分钱，年底分红时扣除口粮钱剩不了百八十块。算算这笔账，彩礼便是一个天文数字。但千人一理，行情在市上，谁也怨不得规矩——大人欠娃的是一个媳妇一间房，孩子欠老人的是一副棺木，这是乡里人的规矩。我明白其间事理，但受心理压力的影响，难免有迁怨对方的时候。

不久后我当了一家水泥厂的开山矿工，月薪34元，省吃俭用，总算清了彩礼。两年后，我到西安上了大学，一餐饭想多吃一个5分钱的馍也成了奢望。我过年去给未来丈人拜年，想讨个费用，每次得到的不过一二十元，觉得很扫兴。这又让我难免迁怨于无辜的"小辫"，甚至在我幼稚的心里有一种抵触"买卖婚姻"的冲动。"一年土，二年洋，三年不认爹和娘"，我认为不是说我，但我还是心虚。如何了却这桩婚事，成了我的心病。老实说，此时的我并无其他对象，来往的女子中，我不奢望与她们发展关系，主要是我自卑，只因为我不是城里人。同学中，谁的父亲是个股长，他都敢来吓唬我。于是，我们这些乡巴佬也就穷则思变，誓死改变人生的命运。

这时候，"小辫"在老家高高的山塬上修地送肥，拉着架子车疯跑。她期待着当了大学生的女婿娃来信，但是信愈来愈少，她的心事愈来愈重。后来我才知道，她是读不懂我的信的，甚至许多字都不认识。她寄给我的情书，也是她的一个上中学的堂弟代写的。这简直让我蒙了。有次过年见面，她妈抹着泪对我说："我真后悔当初没让娃念书，一个'穷'字把我娃害了，害了一辈子。"起先我在农村时，几个自然村在一起搞誓师大会，好在我们能照一照面，但说句话也难。之后一年顶多见一面，就越来越尴尬。

记得最后一次在她家，我看到了她的一张照片，四寸大，很好看。尽管那时我已心猿意马，但还是想得到这张照片。她不给，我伸手去夺，她的小辫扫在我的脸上麻酥酥的，同时我奇异地感触到彼此手臂贴肤的温存。然后我们触电般分开，像犯了错误似的不敢对视。在我们订婚的6年里，这是唯一的一次亲昵，因而难忘。

　　我们在麦穗扬花的季节分手，我送她回家，顺路去赶火车上学校。我和她都默默地走，各自揣摩心事。黄土路弯弯曲曲，藏在半人高的麦海里。走累了，我们在一棵大柿树的树荫里歇息，坐下来，依然保持一定的距离。感伤、叹息、怨艾、无奈，各自心底悄悄流淌的是一条无名的河。她玩弄着辫梢，始终一言不发。就在临分手的三岔路口，我们驻足，她说："去我家吧！"她在乞求我，神色凄美无限。我还是硬着头皮拿定主意说："不了。"她泪如泉涌，掩面回头，甩了一下小辫，快步踏上回家的路。我呆立在风里，她未回首，消失在小路的尽头。我的脚很沉，"一碗凉水一张纸"，卖了良心的是我，负心郎是我，伪君子还是我。

　　大学毕业后，我被分配在西安当记者，数九寒冬的天去陕北采访。返程路过老家时，在小城郊野的铁路旁，又奇迹般地遇到"小辫"。那时我头发很长，胡子好久也未刮过，裹着件棉大衣，一副流浪汉的样子。过铁道时，一位留短发、抱小孩的媳妇在我面前站住了。她望着我，我不认识她，我径直走了过去。不对！我的心砰的一声，碎了！她不就是我曾经的"小辫"吗？我站住脚，回首望去，不可名状。这一次，是她驻足守望，而我却走开了。走好远了，我回头望望，她还立在风中。回到家，我告诉祖父在路上看到她的情景，祖父嫌我没搭话，老人家长长叹了一口气，唉！

（摘自《读者》2015 年第 14 期）

等鱼断气
胡展奋

大概是 1969 年前后，母亲因肝病导致脸部浮肿。肝病一向有"女怕脸肿，男怕脚肿"的说法，除此之外，她还伴有黄疸、全身乏力、脾肿大等症状。当时医生授一消肿利水的奇方——鲫鱼汤。医生认为，患者急需补充优质蛋白。既是优质蛋白，又能消肿利水的，首推鲜活鲫鱼，且要三两以上，药效才好。

这可难住了父亲，要知道在那个时候，物质极度匮乏，菜市场里绝对没有活鱼供应。他便去"黑市"，也就是地下自由市场购买，说是市场，其实就是鱼贩的流动摊位，如同间歇泉一般地时隐时现。更要命的是，因为"历史问题"，父亲还是"戴罪之身"，常去黑市是犯忌的。

但为了母亲，他义无反顾地去黑市买鲫鱼。买回来后，他马上开始操作，先是为母亲"退黄"，按每碗鱼汤一百克鱼计算，剖二百克鲜鱼熬约三十分钟，待骨肉分离时捞出骨渣，这时鱼汁呈白色，略注黄酒与蜂蜜，再熬十分钟，倒入两碗，早晚服用。十天后，母亲脸部的黄疸消退，再服十天，两眼黄疸大退，月余黄疸全消。他们即去医生处报捷，医生看了一眼说："浮肿未退，继续。"父亲一听，傻了，医生这可是站着说话不腰疼啊。当时父亲的月收入才三十六块。虽说食堂里的红烧大排才一毛七一块，荷包蛋也才八分，但时值冬令，鲫鱼原本就少而贵，鲜活的、三两以上的更贵，每天一条，总得八毛钱左右，甚至一元，一个月下来，岂不是要把家里掏空了。而且医生还不知道，为了抢一条活鱼，父亲多少次揎拳捋袖，和人在鱼摊前撕打作一团。

父亲默不作声。医生继续说："鲫鱼三四两，去肠留鳞，以商陆、赤小豆等分，填满扎定，水半锅，煮糜去鱼，食豆饮汁。忌盐、酱二十天。""一定要活鱼吗？"父亲只问了一句。"当然！"医生顿了顿，又说，"刚咽气的也行。李时珍说过，杀取动物用其肉，骨子里是欠仁爱的，肉还不冷，灵性还在，所以现杀不能现吃，应候其肉冷再烹。忌与大蒜、砂糖、芥菜、猪肝、鸡肉同食。"

父亲一回家就去了黑市，而且很久没回来，母亲不放心了："怎么回事呢？阿二去看看吧！"

天已摸黑。路灯下，我远远地看见父亲正蹲在地上，两眼一眨不眨地盯着搪瓷盆子——那时卖鱼的都把鱼放在搪瓷盆里，以便稍有风吹草动就提盆走人。而鱼贩则尴尬地注视着父亲，二人之间似乎是一种对峙。此时的西北风像野兽一样咆哮着，父亲蜷缩着冻得簌簌发抖的身子，但仍然坚定地蹲着。见我在他身边蹲下，父亲转脸尴尬地对我笑笑，然后附着我耳朵悄悄地说："我在等鱼断气。"

我不解地看着他，没说话。为什么活鱼不买，非要等到它咽气呢？后来我才知道，这是黑市的规矩，鱼一死，就腰斩而沽，一条一元的鲫鱼就可能暴跌到四五毛。

天越来越冷，也越来越暗，搪瓷盆里的鲫鱼，盖着水草，那腮帮子还在一口气、一口气地翕动着，越来越缓，越来越缓，忽然它不动了。

父亲胜利似的叫起来："看！它不动了！"鱼贩恹恹地叹了口气："好吧，拿去吧，算我输拜侬！蹲了两个钟头伊港！"

然而父亲还没完，说时迟，那时快，只见他飞快地抽出一把剪刀，钱还没付，就一刀刺入鱼腹，剐出鱼肠，那鱼心还在一翕一张呢。

"马上放血，和活鱼有什么两样呢？"他得意地对我眨眨眼，那鱼贩见状，眼珠瞪得老大，傻了。

这以后，父亲就成了"老蹲"，只要有耐心，就不怕等不到刚断气的鱼。刚死的鱼或处于弥留之际的鱼，尽管半价，价格还是高于久死之鱼。或许被父亲的举动所感动，或许觉得父亲"老举识货"，可以省却与人的反复解释，鱼贩到后来都会主动招呼他："过来吧，老胡，格条鱼，快勿来赛哉！"

西北风还是没有饶过他，大概第一天蹲守时他就着了凉，以后他天天拖着清鼻涕去蹲守，撑了十天左右终于倒下了，发高烧到四十度。

眼见母亲的浮肿在慢慢消退，不能功亏一篑，父亲决定派我去蹲守。医生也听说了父亲的故事，急颁手谕："不必死抠鲫鱼，其他消肿利水的河鱼也可以，比如鲤鱼、泥鳅（炖豆腐，专治湿热黄疸）、黑鱼、青鱼等，只要如前法炮制，均可。"

"等断气"的范围扩大了。问题是青鱼太贵，且鱼身过大；鲤鱼固然能消肿，但系著名的"发物"，忌；泥鳅口感太差；黑鱼，利水效果好，口感也好，无奈一口气总是断不了，你就是等它通宵，兴许它还在一翕一张呢。

我那时还小，天天蹲在寒风里发抖，鱼贩看了心不忍，常常主动喊我去拿将死未死之鱼，有的甚至将刚死之鱼直接剖了，扔过来，也不收钱。长大后读书，每每读到"仗义每从屠狗辈"，我便会想到他们。

大概一个月后，母亲的浮肿全然退去。

那是 1969 年上海的冬天。高天固然滚滚寒流急，大地却仍有微微暖气吹。

（摘自《读者》2017 年第 24 期）

请裁缝

梁玉静

　　小的时候，一到腊月，大院里家家户户除了置办年货，还有一件重要的事情要做，那就是请裁缝，做新衣。把裁缝请到家里，量体裁衣，想做什么样式的衣服就跟裁缝说，只要不太出格，基本都能如愿。

　　不知谁家先请了裁缝，然后各家就纷纷预约，你家两天，他家三天，轮流请，最多的人家要请个十来天才能做完，因为那时各家孩子多，棉衣、单衣的做一堆，一圈做下来，裁缝要在大院里待上两个月。

　　请裁缝管吃不管住，一日三餐待为上宾，把家里最好吃的拿出来招待，是中华民族的待客之道，当然，也希望裁缝把衣服做得细致一点、好一点，做得快一点。一是快过年了，想早日看到新衣服的成品；二是按天付工钱，能往前赶那是最好的。

　　妈妈早早地计划在过年时给我们每人添件新衣服，问好了尺寸，去绸布店精心挑选了布料。那会儿时兴涤卡布、的确良、灯芯绒。涤卡布一般做冬春男士外套、大衣之类的，的确良做夏季衬衫和裤子，灯芯绒则给孩子做衣裤最适合。

开工那天，裁缝拿一皮尺依次给每个人量尺寸，肩宽、袖长、领围、衣长、腰围、臀围，简单几个数据记在纸上，心里就有了数。铺开布料，一把竹尺，一块划粉，手起粉落，涂涂画画，只见布料上满是直线和几何图形，然后，一把大剪刀，沿着画线"嘎吱嘎吱"将布料剪成大大小小的布片，接着，坐在缝纫机前将那些碎片缝缀起来，随着脚下踏板"哒哒哒哒"的声音，一件衣服就已初具成型。妈妈帮着扦边、盘花扣，等熨烫平整、试穿合适后，就暂时叠放起来，只等春节到来。

家里的缝纫机是当时的大件，即所谓的"三转一响带咔嚓"中的一转，牌子也响亮，是"飞马牌"，这台缝纫机一直用了半个世纪，直到前些年才处理掉。

正好是寒假期间，买菜做饭的任务就落在了我和姐姐身上。提前想好明天都吃什么，就开始准备，标准的四菜一汤，还记得经常吃的有：肉炒蚕豆、麻豆腐、土豆丝、小油菜、花菜、摊鸡蛋、五香花生米。那时还没有听说过大棚蔬菜，因此，冬天菜品极少，都是一些时令小菜，只能变着花样尽量招待好。

吃饭是有规矩的，把饭菜摆好，请裁缝一个人先吃，吃完以后我们才可以上桌。如果炖了鱼和肉，我们就特别馋，躲在一边偷偷瞄着裁缝吃，心里则希望裁缝能少吃一些，多给我们留一点。

我喜欢站在那里看裁缝干活，看一块花布演绎成花袄的过程，十分有趣。我非常佩服裁缝的记忆力，那些零零碎碎的尺寸不用都记在纸上，都装在他脑子里。裁缝的手脚麻利，那一块块布料在他手上翻来覆去、拼拼接接，就变成了漂亮的衣服。我跟着妈妈学会了简单的扦裤边、盘花扣。

还记得那时流行双排扣的列宁装军大衣，还有掐腰小翻领的女兵服，都让裁缝给做了，满足了我们爱美的愿望。

　　我第一次学做衣服是十九岁那年，按照裁剪书上的样子画了草图，然后去商场挑了喜欢的泡泡纱，淡淡的粉红色上面带黑色的小圆点，又买了几尺蕾丝边，剪裁、缝缀、上蕾丝花边，捣鼓了好多天，一件精美漂亮的连衣裙终于做好了。穿上一试特别合身，穿出去也很抢眼，关键是在当时那个年代属于款式新颖的，没有卖的。那件粉红色泡泡纱连衣裙至今都是我的骄傲。

　　之后，就有了第二件、第三件，还有人相中了让给做两件，于是，给朋友家孩子做点小件，人家也没嫌弃。

　　岁月流年，如今早已没有了请裁缝到家里做活这等事情，想买什么样漂亮的服装都能买到，现代化的购物商城鳞次栉比，实体店、各种网店，比比皆是，大到国际品牌，小到私家手工，若能找裁缝定做，那叫私人订制，高端大气上档次。

　　时代在变，今非昔比了。

　　过年了，又想起那年请裁缝到家里做衣服的情景，一把竹尺，一把剪刀，还有一件件新衣服……

（摘自搜狐网，2018 年 2 月 17 日）

烦恼与我无缘

叶 斌

　　1970 年，我在干校劳动，妻子大专毕业在农场接受再教育。在患难中，我们认识、相爱而结合了。1972 年，妻子生了个儿子，她被上调在一个织布厂当保全工。我们相亲相爱，同我母亲生活在一起，关系融洽，生活过得也挺美满的。然而，1977 年，当我妻子生下第二个孩子时，却遇到了不幸。

　　那是初春 3 月的一天早晨，街上人影稀疏，我搀扶腆着大肚子的妻子，往医院走去。妻子的身体很健壮，送到医院不多久，就生了个女孩。一男一女，挺称心的。我高高兴兴地领着儿子去买东西。不想，刚跨进家门，却见母亲正伤心地落泪。原来，当我刚离开妻子不一会儿，她突然感到一阵剧烈的头痛，昏死了过去。

　　艰难的生活就此开始了。妻子昏死，直到 26 天后才慢慢苏醒过来。抢救时，她的身上插了氧气管、输液管、胃管、导尿管，我日日夜夜守护在她身边，妻子患的是脑出血，虽然活过来了，但留下了不少后遗症。小脑共济失调使她走路不稳。我尽心去安慰她、照料她，使她对生活产生了信心。

然而，不幸的事又接连着发生。妻子在医院住了 3 个多月，病情有了很大好转。有一天，隔壁病房一个病人死了，病人家属对主治医生大打出手，一直打到我妻子病床边，而那位医生也正是我妻子的主治医生。在这样的惊险场面中，妻子吓坏了，得了严重的精神分裂症。病没有好，她却大吵大闹，说什么"再待在医院里要被人杀了"等等，我只得背着她乘车，回到了家里。

妻子的精神分裂症越来越厉害，有时，她一个人站在弄堂口哇啦哇啦不停地胡叫乱说，一讲就是三四个小时，嘴唇干裂还是不停；有时，猜疑我母亲在她的饭菜里放了毒药，把碗往地上摔；有时，整夜不睡倚在门上说是不让坏人进来害她……妻子、孩子、母亲都靠我一人照料，我处于"三面夹攻"的境地。尤其是妻子，她那些不正常的现象是一种病态，我悉心看护她，既怕她在外面伤害别人，又要防止她寻短见。我想，当妻子遇到不幸时，做丈夫的更应该百倍去疼爱她，只有在精神上很好地去安慰她，在生活上精心照顾她，才能使她的病很快好转。所以，即使妻子发病很厉害时，我也没有打过她、骂过她。

我还要照顾我的母亲。母亲 70 多岁了，体弱多病，常常因胃黏膜脱垂疼痛而卧床不起。她老人家上了年纪，不理解我妻子的病，经常同她对骂，甚至跪在地上哭我殁了的父亲。而我妻子一受刺激，病情就明显加重。在这种情况下，我只好耐心对母亲解释，同时请我表姐来住几天，专门照顾我母亲。

当时，我儿子只有 5 岁，女儿才半岁。谁来照顾他们呢？我妻子所在厂的领导很关心，同意我女儿在厂里全托，这样，我还得三天两头去厂托儿所送东西。逢厂休日，又得将女儿抱回家来照料。

我爱我的母亲、妻子、儿子和女儿。爱，终于促使他们更理解我所处的"三面夹攻"的处境，于是就产生了一种谅解，缓和了矛盾，为了使老母亲安度晚年，有个安定的住处，我就同表姐调换了住房，让表姐同我母亲生活在一起，还把女儿寄放在表姐家。而我们住的公房却是三家合用灶间、卫生间的，搬到了新居，新的矛盾又发生了。

一天我下班回家，刚跨进大门，邻居一位老太太气呼呼地对我说，我妻子在她的水壶中放了一块肥皂，直到一壶水都烧开了，她才发觉。以后，接二连三又发生了不少"侵犯"邻居的事情。这显然是我妻子在犯病了。于是，我耐心地向住在一个大套间里的另外两家道歉和解释。9年来，我妻子4次被送到上海市精神病防治院住院治疗，每次住院一个月左右，医院由于病床十分紧张要"赶"她出来，不过，更主要的原因是，医生认为我妻子的精神病是因为出血所引起，很难治好，要么作为一个废人送社会福利院，要么回家去静养。我把这些情况向邻居说了，在平时也尽量从各方面搞好关系，邻居对我这个既做爸爸又做妈妈的男人十分同情，在买菜、烧菜、照顾孩子等各方面向我伸出了热情的双手。这种友爱、和睦的气氛，使我的妻子的病有了一些好转。她有时做了"侵犯"邻居的事，邻居非但不骂她、打她，还很客气地送馄饨、饼什么的给她吃。就这样，我同我母亲分居之后，妻子反倒多了不少照顾她的"亲人"。我在妻子住精神病院时，了解到不少精神病患者由于家属、邻居的歧视以至打骂导致病情愈益严重的情况，为此我深深感到，如果把爱倾注到这些病人身上，那将会比吃各种镇静剂要好许多倍。因为，他们是人，有一定的思维能力，也懂得好恶，懂得爱和关怀。

妻子的不幸、家务的劳累，并没有使我沉浸在苦恼之中而置事业于不顾。我时常感到身上有一股奋发的力量。我从来没有主动向组织和同志诉说过自己的困难和苦恼，也不需要旁人带有怜悯的同情和照顾，我希望自己在事业上有新的发现和成就。

我在儿童杂志的编辑部工作，并担任编辑部主任。我热爱这项工作，因为儿童的心灵是纯洁的，而作为一个儿童杂志的编辑更需要有一颗欢乐的童心。每天下班回家，帮助妻子做家务，直忙到8点。8点半一过，我就催促着妻子吃药片和儿子一起睡觉，这时，四周显得特别安静。我就忙开了看稿、改稿以及写稿的工作，往往搞到晚上 11—12 点才睡。第二天，6 点不到就要起床，去买菜，做早点。我的家离编辑部很远，乘车需要一个半小时。路上，我设法背些外语单词，或对儿童科学小品、童话或关于儿童文学理论文章进行创作构思。9 年来，我为各地少儿出版社编著了 10 多本书，有科学文艺《太阳之爱》《爱发脾气的炸药》《在你身边的力学》《益智物理故事 100个》，童话《两个蚂蚁小姐妹》，儿童文学理论《中国现代儿童文学选》及有关中国古代童话的论文等，还写了几百篇文章，在儿童文学事业上取得了一些成就。这些成就更使我对生活充满了信心。我把这些成绩告诉妻子，并用稿酬为她添置她所喜爱的东西，使她很高兴。

对妻子、对事业所倾注的爱，必然会带来欣慰的收获。9 年来，妻子的病奇迹般地好转了，她虽然还不能工作，但在家里能做饭、洗衣服、打毛衣、缝衣服，成了我的贤内助，使我在儿童文学事业上能做更多的事。如果我整日处于苦恼、灰心、焦躁之中，那生活也不会向我敞开幸福的门。

（摘自《读者》1987 年第 11 期）

自行车之歌

苏 童

　　一条宽阔的缺乏风景的街道，除了偶尔经过的公共汽车、东风牌或解放牌卡车，小汽车非常罕见，繁忙的交通主要体现在自行车的两个轮子上。许多自行车轮子上的镀光已经剥落，露出锈迹，许多穿着灰色、蓝色和军绿色服装的人骑着自行车在街道两侧川流不息，这是一部西方电影对 20 世纪 70 年代北京的描述——多么笨拙却又准确的描述。所有人都知道，看到自行车的海洋就看到了中国。

　　电影镜头遗漏的细部描写现在由我来补充。那些自行车大多是黑色的，车型为二十六英寸或者二十四英寸，后者通常被称为女车，但女车其实也很男性化，造型与男车同样地显得憨厚而坚固。偶尔地会出现几辆红色和蓝色的跑车，它们的刹车线不是裸露垂直的钢丝，而是一种被化纤材料修饰过的交叉线，在自行车龙头前形成时髦的标志——就像如今中央电视台的台标。彩色自行车的主人往往是一些不同寻常的年轻人，家中或许有钱，或许有权。这样的自行车经过某些年轻人的面前时，有时会遇到刻意的阻拦。拦车人用意不一，有的只是出于嫉妒，故意给你制造一点麻烦；有的年轻人则很离谱，他们胁迫主人下车，然后争先恐后地跨上去，借别人的车在街道上风光了一回。

我们现在要说的是普通的黑色的随处可见的自行车，它们主要由三个品牌组成：永久、凤凰和飞鸽。飞鸽是天津自行车厂的产品，在南方一带比较少见。我们那里的普通家庭所梦想的是一辆上海产的永久或者凤凰牌自行车，已经有一辆永久的人家毫不掩饰地告诉别人，还想搞一辆凤凰；已经有一辆男车的人家很贪心地找到在商场工作的亲戚，问能不能再弄到一辆二十四英寸的女车。然而在一个物质匮乏的时代，这样的要求就像你现在去向人家借钱炒股票，只能引起对方的反感。

有些刚刚得到自行车的愣头青在街上"飙"车，为的是炫耀他的车和车技。看到这些家伙风驰电掣般地掠过狭窄的街道，泼辣的妇女们会在后面骂："去充军啊！"骑车的听不见，他们就像如今的赛车手在环形赛道上那样享受着高速的快乐。也有骑车骑得太慢的人，同样惹人侧目。我一直忘不了一个穿旧军装的骑车的中年男人，也许是因为过于爱惜他的新车，也许是车技不好，他骑车的姿势看上去很怪，歪着身子，头部几乎要趴在自行车龙头上，他大概想不到有好多人在看他骑车。不巧的是，这个人总是在黄昏经过我们的街道，孩子们都在街上无事生非，不知为什么，那个人骑车的姿势引起了孩子们一致的反感，认为他骑车姿势像一只乌龟。有一天我们突然冲着他大叫起来："乌龟！乌龟！"我记得他回过头向我们看了一眼，没有理睬我们。但是这样的态度并不能改变我们对这个骑车人莫名的厌恶。第二天，我们等在街头，当他准时从我们的地盘经过时，昨天的声音更响亮、更整齐地追逐着他："乌龟，乌龟！"那个无辜的人终于愤怒了，我记得他跳下了车，双目怒睁向我们跑来，大家纷纷向自己家逃散。我当然也是逃，但我跑进自家大门时向他望了一眼，正好看见他突然站住，回头张望。很明显，他对倚在墙边的自行车放心不下。我忘不了他站在街中央时的犹豫，最后他转过身跑向他的自行车。这个可怜的男人，为了保卫自行车，承受了一群孩子无端的污辱。

我父亲的那辆自行车是20世纪60年代出产的永久牌。从我记事到20世纪80年代离家求学，我父亲一直骑着它早出晚归。星期天的早晨，我总是能看见父亲在院子里用纱线擦拭他的自行车。现在，我是以感恩的心情想起了那辆自行车，因为它曾经维系着我的生命。童年多病，许多早晨和黄昏我坐在父亲的自行车上来往于去医院的路上。曾经有一次，我父亲用自行车带着我骑了二十里路，去乡村寻找一个握有家传秘方的赤脚医生。我难以忘记这二十里路，大约十里是苏州城内的那种石子路、青石板路（那时候的水泥沥青路段只是在交通要道装扮市容），另外十里路就是乡村地带海浪般起伏的泥路了。我像一只小舢板一样在父亲身后颠簸，而我父亲就像一个熟悉水情的水手，尽量让自行车的航行保持通畅。就像自信自己的车技一样，他对我坐车的能力表示了充分的信任，他说："没事，没事，你坐稳些，我们马上就到啦！"

多少中国人对父亲的自行车怀有异样的亲情。多少孩子在星期天骑上父亲的自行车偷偷地出了门，去干什么？不干什么，就是去骑车！我记得我第一次骑车在苏州城漫游的经历。我去了市中心的小广场，小广场四周有三家电影院，一家商场。我在三家电影院的橱窗前看海报，同一部样板戏，画的都是女英雄柯湘，但有的柯湘是圆脸，有的柯湘却画成了个马脸，这让我很快对电影海报的制作水平作出了判断。然后我进商场去转了一圈，空荡荡的货架没有引起我的任何兴趣。等我从商场出来，突然感到十分恐慌，巨大的恐慌感恰好就是自行车给我带来的：我发现广场空地上早已成为一片自行车的海洋，起码有几千辆自行车摆放在一起，黑压压的一片，每辆自行车看上去都像我们家的那一辆。

我记住了它摆放的位置，但车辆管理员总是在擅自搬动你的车，我拿着钥匙在自行车堆里走过来走过去，头脑中一片晕眩，我在惊慌中感受了当时中国自行车业的切肤之痛：设计雷同，不仅车的色泽和款式，甚至连车锁都是一模一样的！我找不到我的自行车了，我的钥匙能够捅进好多自行车的车锁眼里，但最后却不能把锁打开。车辆管理员在一边制止我盲目的行为，她一直在向我嚷嚷："是哪一辆，你看好了再开！"可我恰恰失去了分辨能力，这不怪我，令人不可思议的事情总是发生在自行车上。我觉得许多半新不旧的"永久"自行车的坐垫和书包架上，都散发出我父亲和我自己身上的气息，怎能不让我感到迷惑？

自行车的故事总与找不到自行车有关，不怪车辆管理员们，只怪自行车太多了。相信许多与我遭遇相仿的孩子都在问他们的父母："自行车那么难买，为什么外面还有那么多的自行车？"这个问题大概是容易解答的，只是答案与自行车无关。答案是：中国，人太多了。

到了 20 世纪 70 年代末期，一种常州产的金狮牌自行车涌入了市场。人们评价说金狮自行车质量不如上海的永久和凤凰，但不管怎么说，新的自行车终于出现了。购买"金狮"还是需要购车券，打上"金狮一辆"记号的购车券同样也很难觅。我有个邻居，女儿的对象是自行车商场的，那份职业使所有的街坊邻居感兴趣，他们普遍羡慕那个姑娘的婚姻前景，并试探着打听未来女婿给未来岳父母带了什么礼物。那个将做岳父的也很坦率，当场从口袋里掏出一张盖着蓝印的纸券，说："没带什么，就是金狮一辆！"

自行车高贵的岁月仍然在延续，不过应了一句革命格言："排除万难，去争取胜利。"我们街上的许多人家后来品尝了自行车的胜利，至少拥有了一辆金狮，而我父亲在多年的公务员生涯中利用了一切能利用的关系，给我们家的院子推进了第三辆自行车——他不要"金狮"，主要是缘于对新产品天生的怀疑，他迷信"永久"和"凤凰"，情愿为此付出多倍的努力。

第三辆车是我父亲替我买的，那是 1980 年我中学毕业的前夕，父母说假如我考不上大学，这车就给我上班用。但我考上了。我父母又说，车放在家里，等我大学毕业了，回家工作后再用。后来我大学毕业了，却没有回家乡工作。于是我父母脸上流露出一种失望的表情，说，那就只好把车托运到南京去了，反正还是给我用。

一个闷热的初秋下午，我从南京西站的货仓里找到了从苏州托运来的那辆自行车。车子的三角杠都用布条细致地包缠着，是为了避免装卸工的野蛮装卸弄坏了车子。我摸了一下轮胎，轮胎鼓鼓的，托运之前一定刚刚打了气，这么周到而细致的事情一定是我父母合作的结晶。我骑上我的第一辆自行车离开了车站的货仓，初秋的阳光洒在南京的马路上，仍然热辣辣的，我的心也是热的，因为我知道从这一天起，生活将有所改变，我有了自行车，就像听到了奔向新生活的发令枪，我必须出发了。

那辆自行车我用了五年，是一辆黑色的二十六英寸的凤凰牌自行车，与我父亲的那辆"永久"何其相似。自行车国度的父母，总是为他们的孩子挑选一辆结实耐用的自行车，他们以为它会陪伴孩子们的大半个人生。但现实既令人感伤又使人欣喜，五年以后我的自行车被一个偷车人骑走了。我几乎是怀着一种卸却负担的轻松心情，跑到自行车商店里，挑选了一辆当时流行的十速跑车，是蓝色的，是我孩提时代无法想象的一辆漂亮的威风凛凛的自行车。

这世界变化快——包括我们的自行车，我们的人生。许多年以后我仍然喜欢骑着自行车出门，我仍然喜欢打量年轻人的如同时装般新颖美丽的自行车，有时我能从车流中发现一辆老"永久"或者老"凤凰"，它们就像一张老人的写满沧桑的脸，让你想起一些行将失传的自行车的故事。我曾经跟在这么一辆老"凤凰"后面骑了很长时间，车的主人是一个五十来岁的男人，他的身边是一个同样骑车的背书包的女孩，女孩骑的是一辆当时非常流行的捷安特，是橘红色的山地车，很明显那是父女俩。我也赶路，没有留心那父女俩一路上说了些什么，但我要告诉大家的是，两辆自行车在并驾齐驱的时候一定也在交谈，两辆自行车会说些什么呢？其实大家都能猜到，是一种非常简单的交流——

　　黑色的老"凤凰"说："你走慢一点，想想过去！"

　　橘红色的"捷安特"却说："你走快一点，想想未来！"

（摘自人民文学出版社《自行车之歌》一书）

那年的欢喜

郑彦英

应该是在 1966 年，我上高小，暑假的时候，咸阳北塬上的马庄逢集，母亲给了我两毛钱，叫我带三个弟弟到集上逛逛，顺便买一斤盐。

一到集上，小弟弟就兴奋地指着吃食摊子嚷嚷："油糕，麻糖，还有馄饨。哥，妈不是给你钱了吗！"

我一声喝住了："还要买盐呢！一斤盐两毛钱，能吃半年。一碗馄饨两毛钱，一吧嗒嘴就没了！"

小弟弟没敢再吭声，二弟和三弟见我瞪眼，也都噤了声。

集市东头是百货店，那里卖盐，但是要到那里，必须穿过叫卖各种吃食的街道。我就在街道上走得很快，唯恐哪个弟弟被什么美食勾住了。当然最担心的还是我的小弟弟，就拉着他的手走，没想到他走到一个炒凉粉摊跟前，猛然挣脱我的手，坐在凉粉摊前的条凳上。

二弟和三弟都看着我，其实我也被炒凉粉那特别的香味馋得直咽口水，但我还是去拉小弟弟,说:"走,买盐去。"

小弟弟不走,死犟着坐在凉粉摊子前,我把他提起来,他又坐下去,如一摊泥。

凉粉摊的师傅很懂公关,知道我主事,就不看我,有意大声叫卖:"吃一口能解一年馋,才五分钱一盘!"说着就开始炒,油在鏊子里发出吱啦吱啦的声音,引得我肚子里的馋虫乱爬。

我不再吭气,心里盘算着,吃一盘凉粉,就要少称二两半的盐!于是我吼:"走,不走就不要你了!"

但是我吓不倒他,小弟弟铁了心,他硬着头皮死坐着,不看我。

我实在没法子了,捏着口袋里的两毛钱,转过身,背对着三个弟弟和凉粉摊子。但是,炒凉粉师傅的每一个动作,我都听得清清楚楚,特别是炒到最后,铲锅底那一层黄灿灿的凉粉锅巴的时候,师傅有意铲得浅、铲得慢,一下一下地,引诱着一街的人。

凉粉铲到盘子里了,筷子重重地放到矮桌上,随后,放凉粉盘子的咯噔声响在小弟弟的面前。

我还是不转身,我知道三个弟弟这时候肯定都看着我,等我发话。

二弟拽拽我的衣服,小声地叫:"哥!"三弟见我不吭声,走到我面前,怯怯地看着我。我低下头,深深地吸了一口气。

这时候小弟弟说话了:"哥,闻着把人香死咧,我只吃一口,剩下的你们三个吃。"

小弟弟这一句话后来感动了我几十年。当我转过身来的时候,看见小弟弟眼巴巴地看着我,我软软地说了一句:"吃吧。"他立即笑了,拿起筷子,却只夹了小小一点,放到嘴里,没敢嚼,似乎在等着凉粉化在嘴里,等到咽的时候,声音却很大,我知道那是和着口水咽下去的。

小弟弟站起来,把筷子递给我,真诚地说:"哥,好吃得不得了,里头还有豆瓣酱呢!"我说:"我不爱吃凉粉,你们三个吃。"说着把筷子递给二弟。

二弟和三弟推让着，一人吃了一口，又让我吃，我自然还是推。小弟弟夹起一筷子炒凉粉送到我的嘴边，那棕红的酱色，那飘忽的白色蒸汽，顿时攻破了我的所有防线。

我吃了，有意咽得很快，却不张嘴，让那美味在嘴里回旋，同时把筷子递给小弟弟。

小弟弟又推，我便把凉粉在盘子里分成三堆，让他们一人吃一堆，然后把筷子咯噔往矮桌上一放，说："你们吃，我去付钱。"

我怎么也没有想到，三个弟弟吃了两堆，剩下一堆，让我吃，我问是谁没吃，二弟说是小弟弟没吃，留给我的。

我没有再说话，其实也就小小三块，我吃了一块，夹起两块喂到小弟弟嘴里。

回到家里，母亲见我们弟兄四个满面红光，什么也没问，就招呼我们吃饭。我把盐袋放到盐罐子上，母亲掂了一下，笑着说："吃饭。"

从这天开始的几个月里，我总觉得饭菜的味道淡了，少放了盐。我悄悄地问几个弟弟，他们也说感觉出来了，不敢问。

多年以后，我问母亲那天掂出盐的重量了没，母亲笑着说："咋能掂不出来？"

我又问："你知道我们把钱花在啥地方了？"母亲笑笑说："五分钱买了四个娃的欢喜，还有比这便宜的事吗！"

（摘自《读者》2015 年第 17 期）

最接近永恒的时刻

毛 尖

　　我上学前，外婆在江北区工人文化宫做清洁工，每个月工钱 10 元。对于童养媳出身的外婆，这是一份很有意义的工作。有了这份工作，她跟外公吵架的时候，能声音很响地说话。每个月 8 号，外婆发工资，我们吃好午饭就等在弄堂口，远远看到外婆，就合唱"外婆外婆外外婆"，总是搞得她心慌意乱地跑向我们，一路又是挥手又是示意。示意什么呢？到了跟前我们才听清："你们小点声，否则全宝记弄都知道我发工资了。"

　　我们每人从外婆手里领到一毛钱，拔腿就往"书店"赶。"书店"其实根本不能算书店，不过，对于我们孩子来说，这样一个有几百册小人书可以租看的小店铺，就像黄昏里挂起的一盏灯。

　　等我和表弟都上了学，姐姐就带着我们到书店去看真正的书了。可惜我们只能隔着玻璃橱柜看，营业员的态度也不怎么好，因为知道我们不是买得起书的人。好在天从人愿，姐姐的同学的姐姐和书店里一个营业员谈上了恋爱，于是每个星期天逢这个小伙子当班，我们就往书店跑。

我们簇拥着姐姐的同学进入书店，简直像过节一样。小伙子看到未来的小姨子，自然满脸堆笑。而如果小伙子的恋人肯带我们去，那大家就有鸡犬升天的感觉。不过，一般是头几分钟，小伙子会很热情地帮我们拿书。到他们聊得火热的时候，就不太搭理我们了。所以，我们得拼命赶在前几分钟提出各类要求，等到小伙子和大姐姐约好看电影的时间和地点，我们的好时光就差不多结束了。今天回想起来，那依然是最幸福的时光。偶尔从书页中抬头，看到恋爱中的男女，女的白衬衫，男的白衬衫，玻璃柜里的书也穿着白衬衫，你会觉得，天堂书店也不过如此。

20 世纪 70 年代，凭票供应《基度山伯爵》。一个亲戚从北京来，带了一套给我们，那套礼物的贵重程度可以从当晚的伙食看出来：杀了一只老母鸡，买了一条大黄鱼。

到了我们上中学的时候，《射雕英雄传》《笑傲江湖》《天龙八部》《冰川天女传》《萍踪侠影录》……全面取代了书包中的教科书，我们为这些武侠小说包上书皮，上书"语文练习三百题"。那是一段惊心动魄的日子，班上有很多男生开始学武功，表弟脚上绑着沙袋睡觉，说要不了多久，他就可以飞起来，不需要从正门出入学校。

《理想的冲突》风靡校园，标志着我们少年时代的结束，我们开始对西方思想和哲学感兴趣。"走向未来"丛书应运而生，但凡觉得自己有点深度的人，一定是看过这套丛书的。这样，理想被打败的时候，想起我们曾经在那么贫穷的年代那么用力地生活，就觉得自己还有力气往前走。

20 世纪 80 年代末，我离开宁波到上海读书。出版了 10 多本书后，我自己有时也会恍惚：我的写作是不是在内心深处，不断地想安慰当年那个如饥似渴的少年？我觉得，少年时代是我们最接近永恒的时刻，而今天，我们离永恒越来越远。

（摘自《读者》2017 年第 2 期）

我的大学

贾平凹

1972 年 4 月 28 日，汽车将一个 19 岁的孩子拉进西大校内，这孩子和他的那只破绿皮箱就被搁置在了陌生的地方。

这是一个十分屠弱的生命，梦幻般的机遇并没有使他发狂，巨大的忧郁和孤独，使他只能小心地睁眼看世界。他数过，从宿舍到教室是 524 步，从教室到图书馆是 303 步。因为他老是低着头，他发现学校的蚂蚁很多。当眼前出现各类鞋子时，他就踽踽地走了。他走路的样子很滑稽，一个极大的书包，使他的一个肩膀低下去，一个肩膀高上来。他唯有一次上台参加过集体歌咏比赛，其实嘴张着并没有发声。所以，谁也未注意过他。这正合他的心意。他是一个没有上过高中的乡下人，学识上的自卑使他敬畏一切人。他悄无声息地坐在阅览室的一角，用一个指头敲老师的家门，默默地听同窗高谈阔论。但是，旁人的议论和嘲笑并没有使他惶恐和消沉。一次，政治考试分数过低，他将试卷贴于床头，让耻辱早晚盯着自己。

他当过宿舍的舍长，当然尽职尽责。遗憾的是他没有蚊帐，夏日的蚊子轮番向他进攻。烦躁到极致，他反倒冷静了，心想：小小的蚊子能吃了我吗？这蚊子或许叮过什么更有知识的人，那么，这蚊子也是知识化了的蚊子，它传染给我的也一定是知识吧。冬天，他的被子太薄，长长的夜里他的膝盖以下总是凉的，他一直蜷着睡。这虽然影响了他以后继续长高，却练就了他聚集内力的功夫。

他无意于将来成为一个作家，只是什么书都看，看了就做笔记，什么话也不讲。黄昏时，一个人独行于校内树林里，面对所有杨树上那长疤的地方，认定那是人之眼，是天地神灵之大眼，便充裕而坚定。他还喜欢长久仰望树上的云朵，总发现那云活活就是一群腾龙跃虎。

他的身体早先还好，虽然打篮球别人因他个子小不给传球而让他从此兴趣殆尽，虽然他跳不过鞍马，虽然打乒乓球尽败给女生，但是，自那次献血活动中被抽去 300 毫升血，又将献血补助购买了书，不久他就患了一场大病，再未恢复过来。这下好，他却因此住上了单间，有了不上操、不按时熄灯的方便，创作活动由此开始。当今有人批评他的文章多少有病态意味，其实根源也正在此。

最不幸的是肚子常饥，一下课就去排长长的队买饭，叮叮当当敲自己的碗，然后将一块玉米面发糕和一大勺烩菜不品滋味地胡乱吞下。他有他改善生活的日子。一首诗或一篇文章发表，四角五分钱的收入，他可以去边家村食堂买一碗米饭和一碗鸡蛋汤。因为饭菜的诱惑，所以他那时写作极勤。但他的诗只能在班里的壁报上发表。

他忘不了教授过他知识的每一位老师，年长的，年轻的。他热爱每一个同学，男的，女的。他梦里还常梦到图书馆二楼阅览室的那把木椅，那树林中的一块怪模怪样的石头，那宿舍窗外的一棵粗桩和细枝组合的杨树，以及那树叶上一只裂背的仅剩了空壳的蝉。

整整 15 年后，他才敢说，他曾经撕过阅览室一张报纸上的一篇文章，而且是预谋了一个上午。他掏三倍价钱为图书馆赔偿的那本书，当时说丢了，那是谎言，其实现在还珍藏在他的书柜里。他曾在学校偷偷吸烟。他曾为远远看见的一个留辫子的女学生作了一首连他自己也吃惊的情诗。

1975 年的 9 月，他毕业了。离开校门时，他依旧提着那只破绿皮箱，又走向了另一个陌生的地方。

（摘自《读者》2009 年第 19 期）

曾经有一个那样的女人

梁晓声

　　"文革"前一年，一个农村少女，暗恋上了县剧团的一名男演员。一次看他演出，在他卸妆后偷走了他的戏靴，这当然引起了非议，也使他大为恼火。她父亲问她为什么要那样做？她说她爱上他了，今后非他不嫁，而她当时才 16 岁。以后剧团再到附近演戏，她父亲便捆了她手脚，将她锁进仓房。她磨断绳子，撬断窗棂，又光着脚板跑出十几公里去看他演戏。她感动了她的一位婶婶，后者有次领着她去见他，央求他给她一张照片。他没有照片给她，给了她一张用笔画的拙劣的海报，签上了他的名字。海报上面是似他非他的一个着戏装的男人。他二十六七岁，是县剧团的"台柱子"。在他眼里，她不过是一个情感有点儿偏执的小女孩儿。后来就"文革"了。他被游斗了。一次游斗到她那个村，她发了疯似的要救他，冲入人群，与游斗者们厮打，咬伤了他们许多人的手。她没救成他，反而加重了他的罪，使他从此被关进了牛棚。一天夜里，她偷偷跑到县里去看他，但没见着。看守的"造反派"头头当然不许他们相见。但是调戏她说,如果她肯把她的身子给他一次,他将想办法早点儿"解放"她所爱的人。她当夜给了。不久她又去县里探望她爱的人,又没见着。为所爱之人,又将自己的身子给了"造反派"一次。而这一切,她爱的人一无所知。东窗事发,"丑闻"四播。她的父母比她更没脸见人了,于是将她跨省远嫁到安徽某农村,丈夫是个白痴。十余年转眼过去。"文革"后,她所爱的人成了县剧团团长。一次又率团到那个村去演出,村中有人将她的遭遇告诉了他。他闻言震惊,追问她的下落。然而她父母已死,婶婶也死了。村中人只知她远嫁安徽,嫁给了一个白痴。他当时正要结婚,于是解除婚约,剧团团长也不当了,十余次下安徽,足迹遍布安徽全省农村,终于在同情者们的帮助下,寻访到了她的下落。他亲自开着一辆吉普车前去找她,要带她走,要给她后半生幸福。而她得到妇联方面的预先通知,从家中躲出去了,不肯见他。他只见着了她的傻丈夫——一个又老又傻的男人,和一对双胞胎傻儿子。三个傻子靠她一个女人养活,家里穷得可以想象。他还看见了一样东西——他当年签了名送给她的那张海报,用塑料薄膜罩在自制的粗陋的相框里,挂在倾斜的土墙上。她一定希望有一个她认为配得上那海报的相框,却分明是买不起。他怅然地离开了她的家。半路上,他的车陷在一个水坑里,正巧有一个农妇背着柴从山上下来。他请她帮忙。那憔悴又黑瘦的农妇便默默用自己的柴垫他的车轮,那农妇便是当年爱他的少女。他当然是万万想不到也认不出她来的,而她却知道眼前的正是自己永爱不泯的男人,但是她一句话都没说。她当时又能说什么呢?看着他的车轮碾着她的柴转出水坑,她只不过重新收集起弄得又是泥又是水的柴,重新背起罢了。他觉得过意不去,给了她 100 元钱作为酬谢。那 100 元钱当然是她的生活非常需要的,但是她竟没接。她默默对他鞠了一躬,背着柴捆,压得腰弯下去,一步一蹒跚地走了⋯⋯

他们之间这一段相见的情形,是记者分头采访了他们双方才知道的。

当地妇联有意成全他们,表示要代她办理一切离婚手续。

她说："那我的两个儿子怎么办？他们虽然傻，但是还没傻到不要我这个娘的地步。我抛弃了他们，他们一定会终生悲伤的。"

他给她写信，表示愿意为她的两个儿子承担起一个父亲的责任和义务。

她没给他回信。通过当地妇联转告他——他才五十来岁，重新组建一个幸福家庭还来得及。娶一个像她这样的女人，对于他已不可能有爱可享。再被两个并非是他的血脉的傻儿子拖累，他的后半生也将苦不堪言。这对他太不公平。他不忘她，她已知足了……

他便无奈了。

不久他因悲郁而患了癌症。他希望自己死后埋在她家对面的山坡上，希望单位能破例保留他的抚恤金并转在她名下……

（摘自《读者》2002 年第 22 期）

暗藏的身影

赵兰振

　　那时，我刚满 15 岁，不可能明白什么是爱情；再说"文革"刚刚结束，从一个禁锢的年代走过来，爱情被认为是一件很不好的事情。第一次知道她，是在班里排队上操时。点名的时候她还没到，我听人小声说她家是县城的。我们班是恢复考试制度后全县招收的第一届重点高中班，学生都是真正凭成绩考上来的，差不多全是农村的孩子，城里人寥寥无几。这寥寥无几的城里人自然就成了众人所瞩目的对象。

　　她很快就引起了我的注意。说实话，她长得并不怎么出色，个头不高，微胖，脸上又有许多雀斑。就是这些雀斑，有一段时间是那么令我神往，觉得天底下的女性要是脸上不长雀斑，实在是太可怜了，因为雀斑是那么美丽，似乎每一粒都闪闪发光。她就坐在我的前排，当她仰头听课的时候，那两条粗粗的发辫偶尔会拂到我的桌子上，这时候我就再没有听课的心思了。我还发现，在她的耳朵和发际之间有一颗黑痣，就像一颗星星那么明亮，直到今天，我还是觉得女人的耳后要是没有一颗痣，所有的美丽都要打折。

但受大环境的制约，无论我怎么少年狂热，都不会做出任何稍稍出格的事来。我不可能给她写情书，也不可能主动接近她，就是这样，暗地里想想她，要是被人知道了，也会笑掉大牙。再说我又是那么敏感、那么自尊，要是我这些见不得人的想法真被人知道，人家的大牙不掉，我这条小命也会被羞死。所以我很谨慎，不但把想法藏得很好，而且很快，对目光也实行了管制。一直到毕业，我都没有找她搭过话，前后排坐了三年，我和她说的话总共不超过五句。

她家离学校不远，住在百货大楼旁边的一个大院里。当时，百货大楼是县城最高的建筑，四层，通过三层楼梯间的窗户，就能望见她家的小院。不止一次，我偷偷地站在那扇窗户后，侦察那处小院的动静。但我十次有八次会落空，很少有机会看见她。要是有一次能望见她，我就兴奋莫名，觉得一下子和她近了，跟在班里看她的感觉很不一样，似乎这样的时刻只有我们俩，是我们两个人私下里共同拥有的一个秘密。

每天吃过晚饭，我一个人从学校溜出来，等在离百货大楼不远的一个路口。那是个很热闹的路口，算是小小县城的中心地带，混迹在人群中，我不会被人注意。这是我经过精心挑选选中的地方。我的双眼紧盯着大街上的人群，唯恐漏掉她那并不婀娜但在我看来却很漂亮的身影。我就那么不远不近地跟着她，是那么痴迷，又是那么幸福。每天的这个时候，是我最快乐的时候，多少年后想起来，我依旧怦然心动，就像又回到了当年的街角，又看见了那垂着两条发辫的圆圆的头顶，还有那件在晚风中飘动的白色的确良衬衫……这一切是那么美好，好像是一幅天上的图画。

我只是不能自已，从来没有想过以后会和她怎么着，我只是深深沉浸在想象里自我陶醉罢了。三年时间就这样不知不觉过去了，我的成绩当然是不理想。迷迷糊糊地参加完高考，又迷迷糊糊地毕了业。刚离开学校那阵儿，我觉得还是像每年放暑假一样，隔一段时间，又能回到熟悉的校园，又能继续无边无际的梦。一个多月过去了，我才明白我已经毕业了，不可能再坐在她的后边，偷偷地观察她的后脑勺，还有那条从头顶垂落下来的有点发青的诱人分发线……我的心猛地失落，情绪一下子沮丧起来。我甚至不太关注我考没考上，像刚刚过去的三年一样，我的整个心都在她身上，在那个离我看似很近实际却是遥不可及的美好的身影上。

我终于忍不住，在一个晴朗的清晨，骑上自行车，咣里咣啷地向县城进发。我家离县城有三十多公里，但我只用了一个多小时就到了。我没有去学校，我知道那个时候她不可能在学校。我径直去了百货大楼，径直登上了三层楼梯，站到了我不知站过多少次的那扇窗户前。

我站在那扇窗户前，眼睛一眨也不眨地盯着那个院子。一个小时过去了，又一个小时过去了……我没看见我渴望的那个身影，但我的双脚一点儿也不想挪动，不想就这么一无所获地走开。那天要是看不见她，我真的会大哭一场。

中午时分，我终于看见了她。她从正屋走出来，可能是去厨房帮她妈妈做饭。她在院子里的自来水龙头下洗了洗手，又用毛巾擦了把脸。我真羡慕那只铁制的水龙头和那条毛巾，它们离她是那么近，该是多么幸福啊！她把毛巾拧干搭在绳子上的时候，仰起的脸正朝向我这边，我看到那张脸仍是那么美丽，那些好看的雀斑好像一个也不少，仍那么光辉灿烂、疏密有致地散布在她挺直的鼻梁以及两侧的鼻翼……我直着眼睛望着她，唯恐错过任何一个细节。

回家的路上我仍然激动不已，把自行车折磨得差点散架。我疯狂地蹬着车子，老想唱歌。

正如预想的那样，那一年我没有考好，只考取了本省的农业专科学校。自从那次暑假看见她后，我再没见过她。听说她的成绩也不理想，只上了个本地区的林业学校。

但我无论如何也没有想到，大学毕业后会和她分配到同一个单位。在外地上学的时候，我没有跟她通过信，倒不是我另有所欢，而是不再有这个愿望，尽管这时候，老同学通通信已是平常事，不一定非要有什么用意。不想，就是不想，好像以前的一切都是假的，没有存在过，甚至几年后再见到她，也不感到新鲜惊异了，仅仅是对分到同一个单位感到意外，好像是被人开了一个恶意的玩笑。

她身上牢牢摄住我心魄的东西哪儿去了？我的热情和激动哪儿去了？难道我和她都变成了和原先不同的两个人……我弄不明白。但有一点是真的，我想也没想，一口回绝了那个想做我和她的媒人的人。

现在我和她仍在一个单位，各自也早已生儿育女，过着平常得不能再平常的家居日子。我们仅仅是老同学，需要的时候互相照应一下，但并不是推心置腹的朋友。所有的浪漫都成了明日黄花，曾经有过的一切，我都懒得去回忆一下，但有个结论我却一直记着：当你恋爱的时候，其实是在和自己的想象恋爱，与现实中的对方联系并不大。

即使知道这个结论的残酷、知道爱情的虚幻，但我仍然想再爱一次，想再度燃烧一次，因为爱情实在是太美好。爱着，是世界上最美妙无比的事情。

半世情缘半世歌

苏　杭

1975 年仲秋的一个夜晚，我和他被朋友生拉硬拽地见面了。那时的我们，已经一里一外地站在而立之年的门口了。

我们似乎都不能接受"搞对象"这个动宾词组，它的明确内涵使人觉得自己庸俗不堪。抱着应付差事而来、敷衍搪塞而去的想法，只为不负介绍人的一片热心。

被人介绍过上百次对象的他已觉得山穷水尽了。我呢？一场不测的生死恋弄得心如枯井。

见面时的尴尬过去了。谈话间，我惊讶地发现他的相貌气质竟与我的哥哥有相似之处。顿时，儿时的画面浮现在我的眼前：长相酷似苏联功勋演员熊班诺夫的我的哥哥，伟岸地站在耀华中学合唱团面前，潇洒地指挥着苏联歌曲大合唱。年仅 5 岁的我在台下聚精会神地看着、听着，津津有味、煞有介事地跟着哼唱，逗得周围观众边笑边议论："这小家伙怎么首首都会唱，简直是个小苏联歌曲迷！"

这油然而生的亲切，一下子把我和他拉近了。他那发自丹田的声音和暗藏于眉间的喜色鼓舞了我，禁不住问了一声："你喜欢苏联歌曲吗？"在那封心噤口、言必称斗争的荒诞岁月，这无疑是犯忌的。可话已出口，无法收回了！没想到，他却小声地有些羞涩地唱起了我十分熟悉的《保尔·柯察金》插曲：

> 在乌克兰辽阔的原野上，
>
> 在那静静的小河旁，
>
> 长着两棵美丽的白杨，
>
> 这里就是我的故乡……

如同电闪雷击，他驱散了我心中的压抑和孤独。小屋的空气顿时变得既温暖又清新。他唱得十分动情，声音悠扬醇厚。我被带入了美丽隽永的油画之中，他那酷似"老外"的长相使我的思绪飘向了保尔的故乡。

那一霎，我已感觉到：他就是命运为我安排的终生并立的另一棵白杨！也许，过去的一切都是今天的铺垫？也许，我们相识之前，就已在这些歌曲的陶冶中枝叶相融、根须相握了？从此，我们经常躲进小屋，用棉被堵住窗口，找来一台劫后余生的破唱机，偷听一首首苏联歌曲，连听带唱，让悠扬的歌声润泽我们干渴的心田。

我给他唱插队知青改编的《红莓花儿开》：

> "修理地球来到塞外小村庄，
>
> 熬鱼炖肉炸虾使我日夜想，
>
> 新蒸的窝头吃不到嘴，
>
> 只好围在锅台旁等着窝头凉
>
> ……

在他充满磁性的朗声大笑中，我早已泪水滂沱。我一刻也忘不了尚在插队的苦难同伴，更忘不了因生活窘迫而狠心弃我而去的骅——我们曾信誓旦且相约终身。

我向他展开那揉皱我心的"绝交信"——骅带泪的殷红的笔迹，似离人眼中的血：

爱情我带走，请你莫伤怀，

重找知心人，结婚永相爱。

这是苏联歌曲《草原》的最后一段歌词。身高 1.86 米的骅，常常顶风冒雪护送我为乡亲们针灸治病，而我总是痴情地为他唱这首歌。一天，骅要求我反复唱最后一段，他自己愣愣地傻听。在清朗的月光下，骅突然拉住我的手，摄人魂魄的漂亮眼睛有些恍惚，轻声但不容置疑地说："这马车夫不是可怜虫，一个就要冻死的人能有这胸怀，真正的男子汉！"我竟然没有联想到，那时知青已经在陆续返城，有海外关系的骅已知道自己是"永久"牌，不可能有"飞鸽"的前程……

我终于提前选调了，尽管我肝肠寸断不肯一个人走，骅仍不顾一切地为我办理返城手续。返城 5 年，我苦苦等待着骅，骅也拼命地干活做最后的努力。他被评上劳模先进却无法改变出身，两次考工农兵大学都是地区第一名，却不被录取。绝望中，骅终于把对马车夫的敬佩化做自我牺牲的决心：为了拒收我每月不吃早点寄给他的钱，为了我那瘫痪在床、需要照料的母亲，为了干脆彻底断掉我的杂念，骅匆匆地娶了一个目不识丁的农村姑娘。而那时，我正为他的选调奔波于千里长途，没钱买票就扒火车，中途被赶下车，强迫砸铺路基的石子儿以补偿票款。

往事不堪回首，叙述一个爱情故事不容易，经历一个爱情故事则更艰难。眼前的他，那陷入初恋狂潮的心能与我共同品味这杯泪酒？我毫无把握。

他沉默良久，扔出一句话："一个人的感情历程也是他品行的最好鉴定，我珍惜你的经历。"

婚后我才发现他与骅早就成了好朋友。怪不得结婚前一天，我们正愁没有像样的衣服，却意外地收到了骅寄来的邮包，里面是骅亲手为我们设计赶制的服装。从骅的信中我才发现，他曾给骅寄过许多营养品和钱。这些年两个家庭在艰难中鼎力相助，成了人生旅途中最可信赖的依托。

迟到的春天里，我考入大学。秉烛夜读，还要业余授课赚钱为婆婆治病，家庭的重担集于一身。

他把所有的歉意都装进苏联歌曲中，每次短暂的聚会，他边洗尿布边唱歌：《灯光》《喀秋莎》《莫斯科郊外的晚上》《山楂树》，直唱得我疲惫顿失、气血顺畅。

又是一个十年。多年的体力精力超负荷运转，我被一场重病击倒，不能行走，也失去了往日的容颜。熟人相见不相识，不敢相信这个体态臃肿的人就是当年那身材高挑、粉面桃腮的"瓷娃娃"。难道就这样了此残生？不！决不能让铁一般的意志装进软棉花般的四肢，决不能做倒下的白杨树，我还要和他终生并立笑迎风雨。于是，左手吊着输液瓶，右手修改一篇篇稿件；上午刚因酸中毒抢救，下午又投入了工作。大家说我是铁女子，也没忘记礼赞我的那一棵白杨。他床前车后奔波劳顿，病妻幼女百难不烦。他常用三轮或自行车载我上街，遇上熟人仍是骄傲地介绍："这是我爱人！"一度我因服激素体重超过 90 公斤，羞于见人，他却恳切地说："在我心里，你永远是那一棵美丽的白杨。"

去年夏天，他护送我到外省领文学论文奖，恰巧骅在该城一所大学服装设计系任教，我们一家三口受邀去他家小住。

多年不见，诸多感慨，饭桌上才知骅也患了和我一样的糖尿病，这是苦涩的昨天留给我们的永久纪念。昔日的村姑，已是拥有两子、风姿绰约的教授夫人。骅对她百般疼爱，教她初通文字，已能写长信。她拿出一张珍藏已久的照片悄悄地给我看：两匹枣红马上，我和骅灿烂的青春迎风招展。她说："刚结婚时，老想偷着撕了它，而这些年又总怕丢了它。你们那些歌，我是怕听又爱听。大姐，你还会唱吗？"

深沉、含蓄的苏联歌曲，难道你真有那么神奇的威力？走入你的韵律，就少了一分世故、多了一分纯净，少了一分"精明"、多了一分"痴情"。我的眼睛再也留不住感动的泪滴。

临别的那天，我们一起唱卡拉OK。他和骅合唱了一支苏联歌曲《山楂树》，他们诙谐地冲着我张开臂膀："山楂树下两青年在把你盼望……"歌声在我病体内注进青春的活力。这两个50岁的老青年，用他们自己的浪漫和忠诚，给这支歌曲拓宽了爱情与友谊的天地！

（摘自《读者》2001年第13期）

二十年前的女性

苏 童

对于女性的印象和感觉，年复一年地发生着变化。世界上只有两类性别的人，女性作为其中之一，当然也符合事物发展变化的基本规律，因此一切都是符合科学原理和我个人的推测预料的。

20 年前我作为男童看身边的女人，至今还有清晰的记忆。恰逢 20 世纪70 年代的动荡社会，我的听觉中常常出现一个清脆的洪亮的女人的高呼声，那是街头上高音喇叭里传来的群众大会的现场录音，或者是我在附近工厂会场的亲耳所闻。女性有一种得天独厚的嗓音条件，特别适宜于会场领呼口号的角色，这是当时一个很顽固的印象。

20 世纪 70 年代的女性穿着蓝、灰、军绿色或者小碎花的衣裳，穿着蓝、灰、军绿色或者黑色的裁剪肥大的裤子。夏天也有人穿裙子，只有学龄女孩穿花裙子，成年妇女的裙子则也是蓝、灰、黑的，裙子上小心翼翼地打了褶，最时髦的追求美的姑娘会穿白裙子，质地是白"的确良"的，因为布料的原因，有时隐约可见裙子里面的内裤的颜色，这种白裙引来老年妇女和男性的侧目而视，在我们那条街上，穿白裙的姑娘，往往被视为"不学好"的浪女。

女孩子过了18岁大多到乡下插队锻炼去了，街上来回走动的大多是已婚的中年妇女，她们拎着篮子去菜场排队买豆腐或青菜，我那时所见最多的女性就是那些拎着菜篮子边走边大声聊天的中年妇女。还有少数几个留城的年轻姑娘，我不知道谁比谁美丽，也根本不懂得女性是人类一个美丽的性别。

我记得有一个50岁左右的苍白而干瘦的女人，梳着古怪的发髻，每天脖子上挂着一块铁牌从街上走过，铁牌上写着"反革命资本家"几个黑字，我听说那女人其实只是某个资本家的小老婆，令我奇怪的是，她在那样的环境里仍然保持着爱美之心，她的发髻显得独特而仪态万方。这种发型引起了别人的愤慨，后来就有人把她的头发剪成了男人的阴阳头。显示着罪孽的阴阳头在街头随处可见，那剃了阴阳头的女人反而不再令人吃惊。

那时候的女孩子最理想的择偶对象就是军人，只有最漂亮的女孩才能做军人的妻子，退而求其次的一般也喜欢退伍军人，似乎女孩子和他们的父母都崇尚那种庄严的绿军装、红领章，假如街上的哪个女孩被挑选当了女兵，她的女伴大多会又羡又妒得直掉眼泪。

没有哪个女孩愿意与地、富、反、坏、右的儿子结婚，所以后者的婚配对象除却同病相怜者之外，就是一些自身条件很差的女孩子。多少年以后那些嫁给"狗崽子"的女孩恰恰得到了另外的补偿，拨乱反正和落实政策给他们带来了经济和住房以及其他方面的好处。多少年以后，他们已步入中年，回忆往事大多有苦尽甘来的感叹。

有些女孩插队下乡后与农村的小伙子结为伴侣，类似的婚事在当时常常登载在报纸上，作为一种革命风气的提倡。那样的城市女孩被人视为新时代女性的楷模，她们的照片几乎如出一辙：站在农村的稻田里，短发，戴草帽，赤脚，手握一把稻穗，草帽上隐约可见"广阔天地，大有作为"一圈红字。

浪漫的恋爱和隐秘的偷情在那个年代也是有的，女孩子有时坐在男友的自行车后座上，羞羞答答穿过街坊邻居的视线。这样的傍晚时分女孩需要格外小心，他们或者会到免费开放的公园里去，假如女孩无法抵御男友的青春冲动，假如他们躲在树丛后面接吻，极有可能招致联防人员的突袭，最终被双双带进某个办公室里接受盘诘或者羞辱。敢于在公园谈恋爱的女孩有时不免陷入种种窘境之中。

而偷情的女性有着前景黯淡的厄运，就像霍桑《红字》里的女主角，她将背负一个沉重的红字，不是在面颊上，而是在心灵深处。没有人同情这样的女性，没有人对奸情后面的动因和内涵感兴趣，人们鄙视痛恨这一类女人，即使是七八岁的小孩。我记得我上小学时有两个女同学吵架，其中一个以冷酷而成熟的语气对另一个说："你妈妈跟人轧姘头，你妈妈是个不要脸的贱货。"另一个以牙还牙地回骂说："你妈妈才跟人轧姘头呢，让人抓住了，我亲眼看见的。"

为什么没有人去指责或捏造父亲的通奸事实？对于孩子们来说，这很奇怪。如此看来人类社会不管处于什么阶段，不管是在老人眼里还是孩子眼里，人们最易于挑剔的是女性这个性别，人们对女性的道德要求较之于男性要高得多。

前几年读波伏娃的《女性：第二性》，很认同她书中的精髓观点。在我的印象中，女性亦是一种被动的受委屈的性别，说来荒诞的是，这个印象是20世纪70年代我年幼无知时形成的，至今想来没有太多的道理。

如今的女性与20世纪70年代女性不可同日而语，相信每一个男性对此都有深刻的认识，不必细细赘述。我要说的是前不久在电视机里观看南京小姐评选活动时我的感慨，屏幕上的女孩可谓群芳斗艳、流光溢彩，20年沧桑，还女性以美丽的性别面目，男人们都说，惊鸿一瞥，而我在为20世纪70年代曾经美丽的女孩惋惜……

（摘自《读者》1994年第2期，有删节）

我的时尚物品简史

叶延滨

真快，转眼共和国就成立 60 周年了。记得我上高中第一篇获奖的作文，题目就是《我和祖国一道成长》。60 年对一个国家来说，大概算过了青春期，进入"成年"的成熟期了，想到这个题目，突然就想到对于我来说一些有趣的"时尚"用品，也许凝聚着许多同代人的记忆。

"百雀羚雪花膏"。我在成都读的小学名字叫育才小学，是所干部子弟学校，住宿，实行供给制的时候还发衣服，冬天发的毛呢小大衣，在 20 世纪 50 年代的省城十分招眼。好像 1957 年"整风"的时候，这件小大衣让育才小学成了"贵族化"的证据。这所城市"整风"的成绩之一，就是取消了育才小学，这是后话。其实，这所学校并不像人们想象的那么舒服，倒像一所少年军校。我记忆中最深的印象就是每天起床后，值日生第一件工作就是给全寝室的同学倒尿桶。一间大宿舍 20 多个孩子，夜里就在门口的尿桶小便，到早上就会有满满一桶。轮值的两位小同学就要提着桶沿上的铁环，把尿桶送到操场尽头的厕所。手和鞋都会溅上污渍，而清早在排排水龙头前，只能用凉水洗漱。孩子们的手和脸在冬天都皲裂了，学校里统一用凡士林和有特别臭味的蛤蜊油，好像这种装在贝壳里的油膏每只 3 分钱。1957 年学校撤销了，我转到成都第二师范附小读书。这是省城的名牌学校。到了学校以后，班主任每天留下我们几个转学生训话，说要杀杀我们的"八旗子弟恶习"。转学后，母亲给我买了一盒"百雀羚"，我问："好孩子能用这个吗？""为什么不能？""育才小学的阿姨讲了，地主资本家的小姐少爷才抹雪花膏喷香水呢！"母亲摇摇头："没事，抹吧！"

"英雄金笔"。我在大凉山的西昌读的高中。学校原址是所教堂，也算是资深名校，当时全区 10 多个县，就这所学校的学生能考上大学。全校作文比赛，我那篇《我和祖国一道成长》得了第一名。学校给我的奖品是一本《毛主席诗词》。母亲给我的奖品是一只"英雄金笔"，黑杆，金尖，好像要八九块钱，和我一个月的生活费差不多。母亲用细毛线勾了个笔套，还织了根带子，挂在脖子上神气得很。那是 1964 年，学雷锋的年代。

"上海牌尼龙袜子"。也是 1964 年，在清华读书的姐姐寄来一双尼龙袜子，这在大凉山区的学校里，大概是第一双。北京也不是满大街都有，要用购货券。这双袜子激发了许多同学对考上北京的向往，这双袜子也让我大大改善了脚踏实地的方式。那时，我只有一双胶鞋，只能上体育课穿，因为棉袜不耐穿，买袜子要布票，平时都穿草鞋，一双草鞋穿一个星期。有了尼龙袜，天天穿胶鞋，耐穿，快干。穿草鞋的时代从此结束了，天天穿解放鞋，这就像红军直接变成解放军，省略了穿布鞋的八路军阶段。

"北京手表"。1973 年刚参加工作，手表是当时重要的物件，手腕上有只表，说明是个"有单位有工作的人"。当时的表也少，"上海牌""北京牌"再加上天津的"海鸥牌"。上海全钢十七钻，120 元；北京全钢十七钻，110元。10 块钱是一个月的饭钱。于是买了"北京牌"。这只表，一直戴到上大学。上大学后，出现了电子表，从此"北京表"也不再风光了。

　　"永久牌自行车"。1977 年我从秦岭工厂调回四川，厂里的工友把一张自行车票送给我，于是我买了一辆 28 型的永久牌自行车带回四川。十分爱惜，天天骑用后擦拭得锃亮。第二年，上班途中遭遇飞来之祸，路口在大树上砍树枝的人没有警戒，砍落的树干将我砸伤，自行车被砸得两只车轮还立着而三脚架却挨着地皮。我因伤不能上班在家养病，抓紧复习功课，因祸得福，考上了大学。砍树的人赔了一副三脚架，修配好自行车，送到家里。母亲觉得这车差点要了儿子的命，在我上学期间便宜地卖掉了它。

　　我进大学后，中国国门大开，全球化浪潮让时尚的新物件如走马灯似的出现在生活中，太阳镜、电子表、砖头录音机、黑白电视、彩电、电话、寻呼机、大哥大、手机、电脑……盛世富民啊，于是前 30 年的这几件物品，清晰地勾勒出共和国艰难起步中，一个普通公民的生存状态。

（摘自《人民日报·海外版》 2009 年 7 月 27 日）

1970 年的记忆

张亚凌

在收到舅舅的来信得知外婆要来看我们的消息后，母亲的表现很奇怪，奇怪得让我有点害怕。

她一会儿紧紧地搂着弟弟，蹭着弟弟的脸蛋儿，满脸是笑："柱子，我娘要来看我了，你外婆要来看你了。真的，真的要来了，马上就来了。"一会儿又松开弟弟，用手背抹着泪花，自顾自唠叨："咋办呀？这日子过得都是窟窿眼，遮不住丑！咋办呀……"

母亲一会儿笑，一会儿哭，脸上挂着泪，嘴巴却撇成下弦月，看起来真是滑稽。我从来没见过母亲这副表情，她遇事一直很镇定的。记得有一次我从沟边摔下去折了腿，被别人背回了家。母亲非但没有表现出一丝惊慌，反倒戳着我的额头骂道："沟能走还是能跑？走路不看，活该。"只是外婆要来，她至于吓成这样？

看着母亲的表情，我想笑，却笑不出来。弟弟干脆咧开嘴大哭起来。我赶忙搂着弟弟哄他："外婆来了，咱们就能吃到好东西了，就不饿了。"弟弟啃着手指头，哭声才渐渐小了下来。

母亲在院子里转着圈，似乎看啥都不顺眼，嘴里嘀咕着"这烂屋里，这烂屋里"。一向忙于活计的母亲，好像一下子对干啥都没了兴趣，只是焦躁地转着圈儿，晃得我眼花。

父亲刚一进门，一向很镇定的母亲突然像疯了般呜呜地哭了起来，边哭边嘟哝："我娘要来了，咋办哩，我娘要来了。"

好像外婆要来看她就像天要塌下来一样可怕。父亲扶着母亲的肩说："怕就不来了？别怕，有我哩，我给咱想办法。"

我们就开始为了迎接外婆而准备。记忆里就像过年一样，每间房子及院子里的各个角落都打扫得干干净净。母亲打发我拿个洋瓷碗出去借麦面，我兴奋得跳了起来。

那时，我们吃的东西主要是红薯，早晨红薯块熬稀饭，中午红薯面条，下午红薯馍馍就着炒红薯丝。红薯吃得人一开口就是一股酸味儿，连放的屁也是酸酸的红薯屁！实在吃不下去了，母亲就加点其他杂粮，也不过是玉米或糜子。只有来了贵客或是过年，才吃得上白白的麦面。

我拿着洋瓷碗，雪花婶家、二狗家、北巷婶家、杏花姨家，我从各家一共借了一碗面。捧着那盛满面粉的碗，我的手一直在打战：外婆来真好啊，外婆来就可以吃上过年才能吃到的麦面了！我皱着鼻子闻，也没闻出面粉的香甜味儿。我很遗憾，要是我能变成一个搪瓷碗，多好啊。

父亲还借了天柱叔家的大桌子、顺锁伯家的大立柜摆在我们家，我们家一下子变得很阔气。

外婆来真好，家里整个都变了。

那会儿，我只有一个想法，外婆来了就不要走了，那样我们天天都可以吃麦面，爬大桌子摸大立柜。

父亲借了生产队的牛，驾着车，我们穿戴得整整齐齐就像过年般去十里外的镇上接外婆。

记得外婆来的第一顿饭，母亲做得很费心：一碟凉拌莲菜，一碟小葱拌豆腐，一碟炒洋芋丝，一碟凉拌胡萝卜丝，白萝卜叶在开水里一焯又是一碟凉菜，白生生的白菜帮加了几丝青椒炒了一碟菜，中间是一碟炒鸡蛋，饭桌上一下子就摆了七个碟子。

那天母亲擀了面条。面条很薄很薄，挑在筷子上真的可以看见蓝天白云。绿绿的白菜叶子撒在锅里，看着都好吃。

母亲先给外婆舀了一碗，是稠的。我们的呢，是有几根面条的稀汤水。

"咋给娃娃舀了那么点？"外婆问。

"天天都吃，不爱吃，吃不完就糟蹋了。"母亲说话时瞪了我们一眼，可弟弟却说"不是"，我赶紧狠狠地踩了一下他的脚，他直接大哭起来。

我笑着给外婆解释，我把弟弟撞了一下，他就疼得胡喊叫。

也就是自那次以后，我有了个艰巨的任务——快吃饭时就带着弟弟去外面玩，省得他一不小心露馅了。那种难受劲儿，甭提了，我真想一脚把那小东西踹到村头的池塘里去。

晚上，外婆跟我母亲坐在炕上闲聊，我在写作业。一转头，看见弟弟竟然用小刀在桌子上划道道，我一巴掌扇过去，喊了声"把桌子弄坏了咋给人家还"，而后，我捂住了自己的嘴巴，紧张地看着母亲。

屋子里只有弟弟的哭声。

外婆看着我母亲，我母亲很尴尬地笑着，就像外婆要来前她的神情一样，分不清是哭还是笑。

"还有啥是借的？"外婆说。

母亲说："咋会是借的？自家的，甭听娃胡说。"

"还有啥？"外婆又问。

母亲不吭声了。弟弟也不哭了，跑到立柜边说："这个也是人家的。"

"那咱就一个土炕啊。得，至少有地方睡觉。"外婆拍着炕，脸上好像是笑，好像又不是。"这就是我女子家，我女子就在这样的屋里头过日子。当妈的，都不晓得自家娃过的是啥日子……"

外婆唠叨时，母亲哭了。母亲哭着拉着外婆的胳膊说："娘，没事，我的日子能过好，就是怕你操心才……"

外婆走后我才知道，外婆当初不愿意让母亲随父亲远嫁合阳，与母亲断绝了母女关系。加之母亲来到合阳后，日子过得捉襟见肘，就没敢主动联系外婆。

多年后，母亲说要来城里看我。住在出租屋，恨不得把一块钱掰成几瓣花的我，很奢侈地买了一台电风扇，买了好些蔬菜水果——我不能因为工作不稳定就让母亲担心，我得让我的母亲觉得自己的闺女过得还不错！

那一刻，我的记忆又回到了1970年。

（摘自《读者》2015年第4期）

文化名人在北大荒

赵国春

在北大荒（黑龙江垦区）50 年的开发历史上，除了 10 万转业官兵和 50 万城市知识青年外，还有一支被称为"特殊的垦荒队"的队伍，那就是 1500 名来自中央机关各部门的、"反右"扩大化造成的一批"当代流人"，其中，有些是文化界名人。此文记述的是他们来北大荒后的轶事。

分场副场长艾青

著名诗人艾青，下放到北大荒后，王震将军再三嘱咐八五二农场领导："政治上要帮助老艾，尽快让他摘掉帽子，回到党内来，要让他接触群众，了解农垦战士。"

身材高大、年近半百的艾青，在王震将军的关怀下，当时担任八五二农场林业分场副场长，他是当时来北大荒的 1500 名"右派"中，唯一挂了领导职务的。

艾青当时住的俄式木壳笼填锯末的房子，这是八五二农场总场部最高级的。当时，总场部有四幢这种高级房子，党委书记李桂莲原是少将军衔，场长和副场长是师级干部，又是老红军，他们四家各住一幢。艾青每天早早起床，从总场部和他爱人高瑛步行到示范林场上班，风雨无阻。

有一次，转业军官、他的浙江同乡孟达问他："艾青同志，听说你在写长诗《老头店》？"

他警觉地问："你听谁说的？"

孟达看了他那窘态笑道："我不会告发，你放心。"

一天，艾青把新写的长诗《老头店》拿给王震将军看，王震看后对他说："诗写得不错，但目前还不能拿出去发表。"

长诗就此压了下来，诗人继续默默地干他的活。1959年底，艾青把王震给他的一封信交给了示范林场的领导。王震在信中说：他要到新疆生产建设兵团视察，问艾青愿不愿意同他一起到新疆去一趟。

林场领导看艾青愿意换个环境，只好让他走了。

艾青虽然在北大荒才待了一年，但给人们留下的印象是深刻的。因为他用自己的稿费，给林场添置了发电机、圆盘锯、扩大器、话筒、电唱机等，每当人们看到林场里那通亮的电灯、听到高音喇叭传出的音乐时，都会想起诗人的笑貌。

打杂的美编丁聪

著名漫画家、原人民画报社副总编丁聪，40岁那年，当了"右派"后，来到北大荒的云山农场。

丁聪来到云山农场后，先后参加了修"五一"水库和云山水库的劳动。他回忆当年在工地劳动时的情景时说："真是一辈子也忘不掉的，劳动强度相当大，铲土运土，抬土上坎，来往穿梭……好在我当时才40岁，身体比较棒，拼命干活，也就把心里苦闷的事丢在脑后了。"

为了不荒废时光，丁聪临来北大荒时，偷偷从家带来一卷日本宣纸，卷得紧紧的，塞在箱里，生怕旁人特别是领导发觉。空闲时，他就偷偷地画，或者追记工地劳动时的场景和人物。

没有尺子，他就在皮带上面划上一道道的刻度，用时就解下来，挺方便，旁人也发觉不了。

一天，王震将军找到他说："你要好好地发挥你的专长，把复转官兵开发北大荒、抢建北大荒'人工湖'的事迹，用图片形象地记载下来……人手不够，由你亲自挑选。"

丁聪愉快地接受了编画册的任务，挑选了原人民画报社的记者吕向全——一个从小参加八路军的年轻记者，由于受了他的牵连也被打成了"右派"，做他的助手。云山水库竣工，丁聪就把编完的《云山水库画册》画稿，交给农垦局有关部门。

后来，丁聪同聂绀弩一样，被当作一名戴"右派"帽子的特殊编辑，调到由当年日本关东军驻虎林机关的气象站改成的《北大荒文艺》编辑部，负责封面设计、插图、刊头补白、画版样等所有美编的活，另加跑印刷厂，搞发行。他每天都有条不紊地忙着。每期10万字，他要一个字一个字地校对，直到装订成册送往邮局，他才松口气。

当时印刷厂设在密山，刚建成的密虎铁路行驶着已淘汰的闷罐车，冬天不保暖，生着火炉……他穿着棉袄，头戴狗皮帽子，风尘仆仆地在密山与虎林之间穿梭。

丁聪为《北大荒文艺》画了不少插图，笔名不叫"小丁"，改为"学普""阿皮"。但熟悉丁聪的人一看就知道是他画的。别人在《北大荒文艺》上发稿可以领到稿费，而他画插图不得一文。这一切都未使他感到不公平，因为只要允许他拿画笔，就可以使本来单调的生活变得更充实。

"纵火犯"聂绀弩

当代著名文学家、杰出杂文家，人民文学出版社副社长兼古典文学部主任聂绀弩，被文化部当成"右派"揪出来后，于 1958 年 7 月 30 日坐火车从北京到达虎林，分配到八五〇农场四分场二队。正是"八一"建军节前夕，这位已过了"知天命"之年的老人就磨刀霍霍，随大队人马下地割麦子了。

后来，大家看到他人老体弱，没让他下田干重活，安排他经管宿舍，为大伙烧一烧炕。当时气温是零下三四十度，这位老眼昏花的书呆子，竟无意中把宿舍烧掉了，结果被关进了虎林监狱。

当时蹲在班房里的聂绀弩心里直发毛，他托人给老伴周颖捎了封信。周颖虽然也是个"右派"，但当时还挂着一个全国政协委员的头衔，她匆忙赶到北大荒，营救狱中老聂……农垦局党组织的领导同志既照顾全国政协的面子，又颇有需要承担点"包庇右派兼纵火犯"的风险的勇气，相信革命几十年的聂绀弩虽然在政治上被定为右派，还不至于去放火。不久，聂绀弩被放出来，并且调到了《北大荒文艺》编辑部。

聂绀弩干瘦，高个，好抽烟，沉默寡言，性子倔强而又诙谐。整天坐在案前，抽烟喝茶，伏案看稿。

有一次，大伙谈到他因烧炕起火进了班房的事，七嘴八舌，说他坐过国民党的牢，也坐过日本鬼子的牢，又坐了共产党的牢，感慨万千。聂老听了，幽默地说："还是共产党的好！"大伙不解地说："为啥？"他笑吟吟地讲：他进虎林监狱那阵，正赶上新年、春节一起过，每人发一百个冻饺子，作为两个节日的改善伙食。他年老体衰，食量很小，这一百个饺子使他连续改善了好几天伙食，所以，还是共产党的监狱好嘛……

聂绀弩就在编辑部——虎林郊外日本鬼子当年扔弃的冷屋里杯酒作歌："北大荒，天苍苍，地茫茫，一片衰草枯苇塘……"他写下了真实反映北部边疆黑土地的原始风貌，豪放浓郁的千古绝唱——《北大荒歌》。

《北大荒人》的"助产士"吴祖光

著名剧作家吴祖光，1958年3月告别了妻子新凤霞，随同国务院直属各部、委、局的600多名老"右"，乘坐"专列"来到了北大荒。

吴祖光被分到八五三农场二分场六队参加劳动。后来，农垦局成立了文工团，要写一个反映10万转业官兵开发"北大荒"的大型话剧。剧本初稿由业余作者写出来后，因为这些业余作者不懂戏路子，文工团就从"右派队"借来两位名人，其中就有吴祖光。

平时少言寡语的吴祖光，早就从事戏剧事业并卓有成就。他曾任国立戏剧专科学校讲师，中央青年剧社、中华剧艺社编导，中央电影局、北京电影制片厂编导，北京京剧团编剧，文化部艺术局专业作家等。当他看完了《北大荒人》（当时剧名叫《雁窝岛》）初稿后，曾提出了几条很不错的建议，可是这些建议在集体讨论中被否定了。有人说："搞不好会有'人性论''人情味'的危险。"

当时作为剧本的执笔者范国栋，看到吴祖光那天挂在嘴角的一丝苦笑，心里只有遗憾。虽然他脑中也有"怕"字，还是采纳了吴祖光的一些意见。

剧本几经修改，《北大荒人》在首都正式公演了。中国戏剧家协会主席田汉给予了高度评价，北京电影制片厂还将它拍成电影，向全国发行，成为新中国第一部反映北大荒的故事影片。

三年的北大荒特殊生活，为吴老的创作提供了丰富的素材。在北大荒，他与人共同创作过大型话剧《卫星城》《光明曲》，还为牡丹江农垦文工团写了京剧剧本《夜闯完达山》。

（摘自《读者》1998年第2期）

最初的晚餐

陈忠实

想到这件难忘的事，忽然联想到《最后的晚餐》这幅名画的名字，不过对我来说，那一次难忘的晚餐不是最后的，而是最初的一次，这就是我平生第一次陪外国人共进的晚餐。

那时候我三十出头，在公社学大寨正学得忙活。有一天接到省文艺创作研究室的电话，通知我去参加接待一个日本文化访华团。接到电话的最初一瞬就愣住了，我的第一反应是我穿什么衣服呀？我便毫不犹豫地推辞，说我在乡村学大寨的工作多么多么忙。回答说接待人名单是省革委会定的，这是"政治任务"，必须完成。这就意味着不许推辞更不许含糊。

我能进入那个接待作陪的名单，是因为我在《陕西文艺》上刚刚发表过两篇短篇小说，都是注释演绎"阶级斗争"这个"纲"的，而且是被认为演绎注释得不错的。接待作陪的人员组成考虑到方方面面，大学革委会主任、革命演员、革命工程师等，我也算革命的工农兵业余作者。陕西最具影响的几位作家几棵大树都被整垮了，我怎么也清楚我是猴子称王地被列入……

最紧迫的事便是衣服问题。我身上穿的和包袱里包的外衣和衬衣，几乎找不到一件不打补丁的，连袜子也不例外。我那时工资39元，连我在内养活着一个五口之家，添一件新衣服大约两年才能做到。为接待外宾而添一件新衣造成家庭经济的失衡，太划不来了。我很快拿定主意：借。

借衣服的对象第一个便瞄中了李旭升。他和我同龄，个头高低身材粗细也都差不多。他的人样俊气且不论，平时穿戴比较讲究，我几乎没见过他衣帽邋遢的时候。他的衣服质料也总是高一档，应该说他的衣着代表着20世纪70年代中期我们那个公社地区的最高水平。"四清"运动时，工作组对他在经济问题上的怀疑首先是由他的穿着诱发的，不贪污公款怎么能穿这么阔气的衣服？我借了一件半新的上装和裤子，虽然有点褪色却很平整，大约是哗叽料吧，我已记不清了。衬衣没有借，我的衬衣上的补丁是看不见的。

我带着这一套行头回到驻队的村子。我的三个组员经过一番认真的审查，还是觉得太旧了点，而且再三点示我这不是个人问题，是一个"政治影响"问题，影响国家声誉的问题……其中一位老大姐第二天从家里带来了她丈夫的一套黄呢军装，硬要我穿上试试。结果连她自己也失望地摇头了，因为那套属于将军或校官的黄呢军装整个把我装饰得面目全非了，或者是我的老百姓的涣散气性把这套军装搞得不伦不类了。我最后只选用了她丈夫的一双皮鞋，稍微小了点，但可以凑合。

第二天中午搭郊区公共车进西安，先到作家协会等候指令。《陕西文艺》副主编贺抒玉见了，又是从头到脚的一番审视，和我的那三位工作组员英雄所见一致：太旧。我没有好意思说透，就这旧衣服还是借来的。她也点示我不能马虎穿戴，这不是个人问题，而是"国家影响政治影响"的大事。我从那时候直到现在都为这一点感动，大家都首先考虑国家面子。老贺随即从家里取来李若冰的蓝呢上衣，我换上以后倒很合身。老贺说很好，其他几位编辑都说好，说我整个儿都气派了。

接待作陪的事已经淡忘模糊了，外宾是些什么人也早已忘记，只记得有一位女作家，中年人，大约长我 10 岁。我第一眼瞧见她，首先看见的是那红嘴唇。她挨着我坐着，我总是由不得看她的红嘴唇，那么红啊！我竟然暗暗替她操心，如果她单个走在街上，会不会被红卫兵逮住像剪烫发砍高跟鞋一样把她的红嘴唇给割了削了？

那顿晚餐散席之后我累极了，比学大寨拉车挑担还累。

现在，因为工作的关系我常常接待外宾并作陪吃饭，自然不再为一件衣服而惶惶奔走告借了；再说，国家的面子也不需要一个公民靠借来的衣服去撑持了；还有，我也不会为那位日本女作家的红嘴被割削而操心担忧了，因为中国城市女人的红嘴唇已经灿若云霞红如海洋了。

（摘自北京十月文艺出版社《原下的日子》一书）

我要留住这一天

冯骥才

　　在我的私人藏品中，有一个发黄而陈旧的信封，里面装着十几张唐山大地震后一切化为废墟的照片，那里曾是我的"家"。还有一页大地震当天的日历，薄薄的白纸上印着漆黑的字：1976 年 7 月 28 日。

　　变得怎么异样？是过于沉重吗？是曾经的一种绝望又袭上心头吗？记得一位朋友知道地震中我家覆灭的经历，便问我："你有没有想到过死？哪怕一闪念？"我看了他一眼。显然这位朋友没有经历过大地震，不知这种突然的大难降临是何感受。

　　如果说绝望，那只是在地震猛烈地摇晃的那几十秒钟的时间里。我感觉这次大地震持续的时间实在太长了。后来我楼下的邻居说，在整个地动山摇的过程中我一直在喊，叫得很惨，但我不知道自己在叫。

　　我的家在唐山大地震中化为一片瓦砾。墙角的一堆砖石差点埋葬了我和儿子。

当时由于天气闷热，我睡在阁楼的地板上。在我被突如其来的狂跳的地面猛烈弹起的一瞬，完全出于本能，我扑向睡在小铁床上的儿子。我刚刚把儿子拉起来，小铁床的上半部就被一堆塌落的砖块压了下去。如果我的动作慢一点，后果不堪设想。我紧抱着儿子，试图翻过身把他压在身下，但已经没有可能。小铁床像大风大浪中的小船那般颠簸。屋顶老朽的木架发出嘎吱嘎吱的可怕巨响，顶上的砖瓦大雨一般落入屋中。我亲眼看见北边的山墙连同窗户，像一面大帆飞落到深深的后胡同里。闪电般的地光照亮我房后那片老楼，它们全在狂抖，冒着烟土，声音震耳欲聋。然而，大地发疯似的摇晃不停，好像根本停不下来了，我感到楼房马上要塌掉。睡在过道上的妻子此刻不知在哪里，我听不到她的呼叫。我感到儿子的双手死死地抓着我的肩背。那一刻，我感到了末日来临。

但就在这时，大地的震动突然停止，好像列车的急刹车。这一瞬的感觉极其奇妙，恐怖的一切突然消失，整个世界一片漆黑，没有声音。我赶紧踹开盖在腿上的砖块跳下床，呼喊妻子。我听到了她的应答。原来她就在房门的门框下，趴在那里，门框保护了她。我忽然感到浑身热血沸腾，就像从地狱里逃出来，第一次充满强烈的再生快感和求生渴望。我大声叫着："快逃出去。"我怕地震再次袭来！

过道的楼顶已经塌下来。楼梯被柁架、檩木和乱砖塞住。我们拼力扒开一个出口，像老鼠那样钻出去，并迅速逃出这座只要再一震就可能垮掉的老楼。待跑出胡同，看到街上全是惊魂未定而到处乱跑的人。许多人半裸着。他们也都是从死神手缝里逃出的侥幸的生还者。我抱着儿子，与妻子跑到街口一个开阔地，看看四周没有高楼和电线杆，比较安全，便从一家副食店门口拉来一个菜筐，反扣过来，叫妻儿坐在上边，说："你们千万别走开，我去看看咱们两家的人。"

我跑回家去找自行车。邻居见我没有外裤，便给我一条带背带的工作裤。我腿长，裤子太短，两条小腿露在外边。这时候什么也顾不得了，活着就是一切。我跨上车，去看父母与岳父岳母。车子拐到后街上，我才知道这次地震的厉害。窄窄的街面已经被震得扭曲变形，波浪般一起一伏，一些树木和电线杆横在街上，仿佛刚遭遇过炮火的轰击。供电全部中断，街两边漆黑的楼里传出呼叫声。多亏昨晚我睡觉前没有摘下手表，抬起手腕看看表，大约是凌晨4点半。

幸好父母与岳父岳母都住在一楼，房子没坏，人都平安，他们都已经逃到比较宽阔的街上。待安顿好长辈，回到家时，天已大亮。这时，我们才彼此发现，我们的脸和胳膊全是黑的。原来地震时从屋顶落下来的陈年灰尘全落在脸上和身上。我先将妻儿送到一位朋友家，这家的主妇是妻子小学时的老师，与我们关系甚好，我又急匆匆跨上车，去看我的朋友们。

从清晨直到下午4时，一连去了16家，都是平日要好的朋友。此时相互看望，目的很简单，就是看人出没出事，只要人平安，谢天谢地，打个照面转身便走。我的朋友们都还算幸运，只有一位画画的朋友后腰被砸伤，其他人全都逃过这一劫。一路上，看到不少尸首，身上盖一块被单停放在道边，我已经搞不清自己到底是怎样还活在这世上的。中午骑车在道上，我被一些穿白大褂的人拦住，他们是来自医院的志愿者，正忙着在街头设立救护站。经他们告知，我才知道自己的双腿都被砸伤，有的地方还在淌血。护士给我消毒后涂上紫药水，双腿花花的，我看上去很像个挂了彩的伤员。

这样，在路上再遇到的朋友和熟人，他们得知我的家已经完了，都毫不犹豫地从口袋掏出钱来——不要是不可能的！他们硬把钱塞到我借穿的那件工作服胸前的小口袋里。那时的人钱很少，有的一两块，多的三五块。我的朋友多，胸前的钱塞得愈来愈鼓。大地震后这天奇热，我跑了一天，满身的汗，下午回来时塞在口袋里的钱便紧紧粘成一个硬邦邦、拳头大的球儿。掏出来掰开，和妻子数一数，竟有71元。我被深深地打动！当时谁给了我几块钱，我都记得清清楚楚。现在30年过去了，我已经记不清那些名字，却记得人间真正的财富是什么，而且知道这财富藏在哪里，究竟什么时候它才会出现。

画家尼玛泽仁曾经对我说："在西藏那块土地上，人生存起来太艰难了。它贫瘠、缺氧、闭塞，但藏族人靠着什么坚韧地活下来呢？靠着一种精神，靠着信仰与心灵——个人对信念的恪守和彼此间心灵的抚慰。"

我相信，真正的冰冷在世上，真正的温暖在人间。

大地震后的第三天，我鼓起勇气，冒着频频不绝的余震，爬上我家那座危楼。我惊奇地发现，隔壁巨大而沉重的烟囱竟在我的屋子中央，它到底是怎样飞进来的？然而我首先要做的，不是找寻衣物。我已经历了两次一无所有。我对财物有种轻蔑感。此刻，我只是举着一台借来的海鸥牌相机，把所有真实的景象全部记录下来。此时，忽见一堵残墙上还垂挂着一本日历，日历那页正是地震的日子。我把它扯下来，一直珍存到今天。

我要留住这一天。人生中有些日子是要设法留住的。在这种日子里，人总是在失去很多东西的同时，得到更多——关键是我们能否看到。如果看到了，就会被改变，并因之受益一生。

（摘自《读者》2016 年第 20 期）

生命的抉择

张 萍

1976 年 7 月 28 日凌晨，对于唐山人来说是一场噩梦。蓝光闪过后的瞬间，一座城市被夷为平地，几十万人葬身其中，无数个家庭支离破碎。这个故事就发生在那场逐渐被淡忘的灾难中。

他们是在震后的第三天被救援战士发现的。巨大的房梁横压在他们身上，一头压住了女人的下半身，另一头死死地压在男人的右上身，俩人相隔数米，相互看不见。房梁太长，只能移动一头儿，但另一头下的人就会被房梁上面的废墟再次掩埋。而移走上面所有堆积的废墟，显然不是这几个战士所能办到的。战士们四处查看，希望能找到将俩人同时救出的突破口，结果一无所获，救援被迫停止。压在横梁下的男人和女人也意识了这一点。空气凝固着，没有人说话。一个战士将水壶送到女人嘴边，女人哭了，满是血污的脸依稀可见往日的眉清目秀。

这时，压在横梁下的男人说话了，声音缓慢却非常坚定："解放军同志，把她救出去吧！她是我们京剧团的台柱子，很多人都喜欢听她唱京剧……"女人听了，急忙打断男人的话："不，他是我们团的团长，团里的一切还要靠他支撑。救他吧，团里没有他不行。"男人摇摇头，犹豫了一下："我……我不行了，救出去也活不了多久。况且我已年近半百，她还年轻，路还长着呢。""你骗人，你说过只要搬走房梁你就会像兔子一样蹿起来。"男人笑了，有点不好意思："我怕你闷，逗你玩的。解放军同志，快去救她吧。""团长，我单身一人无牵无挂，你还有嫂子和儿子……你刚才还说，得救后，一定带他们去北戴河旅游压惊呢！"女人哽咽了。男人神色黯然，沉默一会儿说："不过，去北戴河旅游的确是你嫂子多年的心愿……这样吧，你答应我件事，等你身体恢复了，抽空带她和侄子去一趟，让她们娘儿俩见见大海。""不，团长，她们娘儿俩不能没有你……"女人有点泣不成声，泪水落了一脸。

战士们的眼睛湿润了。这几天，他们曾多次被生离死别的场面所感动，然而眼前的一切却强烈地震撼着他们的心。班长喊一声："咱们再看一看，能不能把他们俩都救出来。"战士们再一次仔细地搜寻着，然而仍没有任何希望。男人和女人只是不停地说救她（他）。他们都想把生的可能留给对方。战士们的心非常沉重，他们无奈地相互看着，然后又一齐把目光射向班长。班长低下头，汗水渗透了整个军衣，看来他也拿不定主意。

一阵余震，使房梁上的碎石瓦块更加摇摇欲坠。男人着急了："同志们，你们再犹豫，我们俩全都完了。快去救她吧，她是个有前途的姑娘……""不，救他，他是我们团长……""同志，我是党员，有责任保护群众的利益和生命，"男人的口气硬得不容商量，"别再拖延了，来，大家快点动手，我唱一段给你们鼓鼓劲。"说完，他用尽平生的气力唱起了大家都非常熟悉的京剧段子《共产党员越是艰险越向前》："共产党员时刻听从党召唤，专拣重担挑在肩……"战士们都哭了，他们恨自己的无能，恨这可恶的房梁，恨这场突如其来的灾难。他们扒着堆在女人身边的废墟，没有了指甲的双手又重新血肉模糊。汗水、泪水、血水交织着滴在废墟上，留下斑斑痕迹。女人早已说不出话来，只任泪水在脸上流淌。

女人被救出了，房梁的另一头轰然倒塌，但那铿锵的曲调依然弥漫在整个废墟上空……

这是我当兵的堂哥讲给我的故事，他是当时救援的战士之一。那年，我16岁。从此，我理解了生命的真正意义。

（摘自《读者》2001 年第 12 期）

分把钱的事儿

刘玉堂

前几天至潍坊，旧地重游，忽然想起了我的一个战友说起的往事。

20世纪70年代中期，我所在的基地欲在山东设一个测量团，我这个战友是参与勘查选址的。他们几个人开着两辆北京吉普，风餐露宿，沿渤海湾一路勘查，来到了潍坊境内。途中歇息的时候，遇见一个十二三岁的小男孩，扛着一个大南瓜，神情落寞又十分疲惫地走着。男孩一见到他们，突然有点儿兴奋，遂问道："解放军叔叔，今晚放电影吗？"几个人愣了一下，待反应过来就哈哈地笑了，问他："你怎么会认为我们是放电影的？"男孩说："我们这里整年看不上一回电影，也就是解放军叔叔来野营拉练的时候给放一场，看你们拉着机器——是发电机吧？"那几个人告诉他："我们不放电影，这个发电机是露营的时候照明用的。"之后，他们问他扛着这么大个南瓜干什么去。男孩说，赶集去，窜了8里地，没卖成，又扛回来了！那几人里面有个炊事员，就问他："你准备卖多少钱？"那男孩说："卖个能买本子的钱就行了，一毛二！"那炊事员跟那男孩讨价还价，说8分钱行吧？男孩子犹豫了一会儿，说，行吧，再扛回家卖不掉，更不值钱了！遂成交了。

这个讨价还价的过程，我那个战友并没有亲眼见到，他当时在一棵大树底下，正跟其他几个参谋绘制军用地图，离那个讨价还价的现场有一段距离。待他们绘制完了，那小男孩也走远了，我战友方知此事。那炊事员是想在我战友面前卖乖，说自己如何占了个大便宜，不想被我战友一拳给打倒了："你太欺负人了，你就缺那4分钱，让那孩子买不上个本子？"之后立即让司机开着吉普车追那男孩去了。最后追到男孩所在的村里，好不容易找到那孩子，给了他4分钱。

我战友选址回来，给我说这件事，说着说着还掉了眼泪。

20世纪70年代末，我去广州出差，住在位于珠江边上的南海舰队招待所。这天傍晚，我到珠江边散步，在一座桥头上，遇到一位50岁左右的妇女，蹲在那里卖香蕉。那是个典型的广东女人，肤色黝黑，身材瘦小，赤着脚，旁边是两大嘟噜新鲜的香蕉，用一根竹子扁担插着，一看就是刚砍下来的。说起话来，我才知道这妇女是广州郊区的，来此要步行30多里，香蕉是一毛钱一斤。她说，这香蕉在当地卖，只有8分钱一斤，挑到这里，若是卖好了，每斤能多赚两分钱。我试着提了一下那根两头都插在香蕉嘟噜里的扁担，应该不止60斤。也正因为那香蕉是刚砍下来的，还不熟，不能马上吃，故而我在旁边瞅了半个多小时，竟然没有一个人买。本来我是很想买的，想帮她减轻些负担，但因为还要转几个城市，不能马上带回家，买了暂时又不能吃，几度犹豫也就没买。晚上10点多了，我从招待所5楼的窗口望去，看见那女人还蜷曲在两大嘟噜香蕉中间，看上去比其中的一嘟噜香蕉还小似的。待我睡了一觉起来，再从窗口看出去，那女人不见了。看不出市区有她的亲戚啊，那么她是又将那两大嘟噜比她的身形还要大的香蕉挑回去了吗？一种没能帮上她忙的情绪在心中纠结，之后我再也没睡着，一晚上就在那里寻思：60多斤香蕉，一斤也没卖掉，连口水也没喝，又是赤着脚，黑灯瞎火的，30多里地，怎么走呢……就为了两分钱啊！

　　下边的故事，是著名作家王愿坚老师在一次笔会上讲的。他说："一个人坐长途汽车，可能会打瞌睡，也可能会看本书，可你见过有人拿着账本当书看的吗？我就见到过。"一次出差，王愿坚老师见一个人在车上拿着一本账簿在那里翻，且嘴里念念有词，有时还唉声叹气，遂问他："一个账簿有什么可看的，你怎么会这么专心致志？"那人就说："我是大队的会计，一个数字就是一件事，我是从数字上想那些故事啊！这且别说，我能将这本账上的所有数字都背下来！"王愿坚老师不信，接过账本，随意点了几个人的名字，那会计即将每家几口人，去年挣了多少工分，分了多少粮，又得了几块钱，背得分文不差，而且还能补充一些家长里短。之后他说："我不是特意要背的，而是这些数字太小、太可怜，也太好背了，一个工分二毛七，你挣得再多，也不过就是多个几分钱，所以一张口就能说出来！"

　　全是些苦涩的小数字！为什么要说这些事？一是这里面的有些事物连同它们承载的故事，完全成了历史，再也不会出现或发生了。不写出来，一代人之后也许就无人能知了。比方说，一分钱两分钱是怎么个价值？你问"90后"的孩子，他根本就没有概念。二是可以温故而知新，让你时时不忘自己的身份，不忘曾经有过的生活，更加珍惜现在的日子。

（摘自《读者》2015年第19期）

内心的武士

河 西

不要以为四肢发达的人就一定头脑简单，李小龙迷都知道，李小龙是位货真价实的知识分子。他特别喜欢和别人探讨哲学问题。他推崇尼采，经常把叔本华、萨特、老子、庄子的哲学思想挂在嘴边，在拍片和练功之余，有时兴之所至，他会随手抓住一个演员或工作人员，开始大谈人生哲学和截拳道的哲学意义，也不管对方有没有兴趣。李小龙的研究权威约翰·里特写的《武士之心：李小龙的人生哲学》，就专门研究李小龙的人生哲学。

和截拳道以咏春拳为基础而融会各家相似，李小龙是从道家出发，兼容并包，构筑了自己的哲学世界。具体来讲，牵涉阴阳、禅宗、晋代女诗人子夜的诗歌、古希腊苏格拉底和柏拉图的哲学，甚至量子力学。他如饥似渴地阅读铃木大拙、艾伦·沃茨、克里希那穆提等人的著作，思考世界之道、功夫和人生的意义，以及灵魂的终极本质，因此约翰·里特得出结论："哲学才是李小龙的真正激情所在，武术只不过是他阐释哲学的工具而已。"

　　李小龙要是活着，跟你狂侃半天哲学，你八成会晕菜。不过稍微梳理一下，你就知道，李小龙的思想说简单也简单，那就是他所追求的——超脱的艺术。

　　李小龙一开始向叶问学咏春的时候并不能完全领会其精髓，叶问告诉他："忘记自己，随对手的动作而动。让你的头脑不假思索地去做动作，学会超脱的艺术。放松就好。"

　　可是李小龙发现，他越是要求自己放松下来，越是没办法放松，因为意识到自己要放松，就证明自己其实并没有放松。他花了好多时间冥想也无济于事，这让他感到非常沮丧。有一天，他出海散心，心中抑郁，用手击打海水，就是那一刹那，给李小龙带来了老子般的顿悟。他说："这海上最寻常不过的海水，不就是功夫的本质吗？我用拳头击打它，它却没有遭受痛苦。我用尽全力，它却毫发不伤。虽然它看上去软弱，却可以穿透世界上最坚硬的物质。就是这样！我想要做一个像水一样的人。"

　　老子说"上善若水"，看来，李小龙也看到了水的至柔无形以及流水不腐、水滴石穿的能量。我相信，他的内心居住着一位领悟了宇宙之道的武士，这样的他，不仅可以在拳脚上击败对手，在灵魂上更占据了哲学的高度，这才可以在真正意义上打遍天下无敌手！

　　不过，我一直也没想明白，一心要成为水的李小龙，最后怎么反而练成一套刚猛凌厉的腿法和双节棍？你看他眼神中的杀气，舞动双节棍时的虎虎生风，那一句李小龙标志性的"啊打"，哪一点像是在学水的以柔克刚？哪一点像是领悟了超脱的艺术？

　　问题出在哪呢？是不是可以说，李小龙是分裂的？他内心对平静的水的状态的渴望，和外在身体对快速力量快感的追求，是不是形成了一种最终撕裂他生命的力量？所以，存在着两个李小龙——武术家李小龙和哲学家李小龙。而真正在与他搏斗的，不是他人，是他自己。

（摘自《读者》2015 年第 21 期）

光与影

北　岛

一

在儿时，北京的夜晚很暗很暗，至多是如今的百分之一。举个例子，我家邻居郑方龙住两居室，共有三盏日光灯：客厅八瓦，卧室三瓦，厕所和厨房共用三瓦（挂在毗邻的小窗上）。也就是说，当全家过年或豁出去不过日子时，总功率也不过十四瓦，还没如今那时髦穿衣镜上的环形灯泡中的一个亮。

这在三不老胡同 1 号或许是个极端的例子，可就全北京而言，恐怕远低于这个水平。我的同学往往全家一间屋一盏灯，由家长实行"灯火管制"。一关灯，那功课怎么办？少废话，明儿再说。

灯泡一般都不带灯罩，昏黄柔润，罩有一圈神秘的光晕，抹掉黑暗的众多细节，突出某个高光点。那时的女孩儿不化妆不打扮，反而特别美，肯定与这灯光有关。日光灯的出现是一种灾难，夺目刺眼，铺天盖地，无遮无拦。正如养鸡场夜间照明是为了让母鸡多下蛋一样，日光灯创造的是白天的假象，人不下蛋，就更不得安宁，心烦意乱。可惜的是美人不再美，那脸光板铁青，怎么涂脂抹粉也没用。其实受害最深的还是孩子，在日光灯下，他们无处躲藏，失去想象的空间，过早迈向野蛮的广场。

据我们的物理老师说，当人进入黑暗，短短几分钟内视力可增长二十万倍。看来黑暗让人对事物洞若观火。灯火本来是人类进化的标志之一，但这进化一旦过了头，反而让人成了睁眼瞎。想当年，我们就像狼一样目光敏锐，迅速调节聚焦：刷——看到火光，刷——看到羊群，刷——看到无比美好的母狼。

当年北京路灯少，很多胡同根本没有路灯，即使有，也相隔三五十米，只能照亮路灯跟前那点儿地盘。大人常用"拍花子"来吓唬我们。所谓"拍花子"，指的是坏人用迷魂药绑架拐卖孩子。这故事本身就是迷魂药，让多少孩子困惑，谁也说不清细节，比如用什么玩意儿在脑袋上一拍，孩子就自动跟坏人走了？没准儿是旧社会某个犯罪案例，在口口相传中被添油加醋，顺着历史的胡同一直延伸到我们的童年。

路灯少，出门得自备车灯。20世纪50年代末骑车还有用纸灯笼的，有侯宝林的相声《夜行记》为证。那时大多数人用的是方形手电式车灯，插在车把当中。再高级些的是摩电灯，即用贴在瓦圈上的小磁子发电。由于车速不均，车灯忽明忽暗。那可是当年北京夜里的一景。

我自幼和弟弟妹妹玩影子游戏，两手交叉，借灯光在墙上变幻成各种动物，或弱小或凶猛，追逐厮杀。

对孩子来说，黑暗的最大好处就是方便捉迷藏。一旦退到灯光区域外，到处可藏身，尤其是犄角旮旯。刚搬进三不老胡同1号，院里还有假山，奇形怪状的太湖石，夜里人说什么就像什么。那是捉迷藏的好去处。捉、藏双方都肝儿颤——谁能保证不撞上郑和或那帮丫鬟的幽灵呢？听那带颤音的呼唤就透着心虚："早看见你啦，别装蒜，快出来吧——"待冷不丁背后传来一声尖叫，全都起一身鸡皮疙瘩。

"文革"期间，我们白天闹革命，夜里大讲鬼故事，似乎鬼和革命并不矛盾。我住四中学生宿舍。先关灯，用口技配乐烘托气氛。到关键处，有人顺手推倒护床板或扔出破脸盆。在特技效果的攻势下，那些自称胆儿大的没一个经得住考验。

日光灯自 20 世纪 70 年代初被广泛应用，让北京一下亮堂了。幸好经常停电，一停电，家家户户点上蜡烛，那是对消逝的童年生活的一种追忆与悼念。

二

醒来，天花板被大雪的反光照亮。暖气掀动窗帘，其后模糊的窗框随光流移动，如缓缓行进的列车，把我带向远方。我赖在床上，直到父母催促才起来。

大雪是城市的幻象，像一面供自我审视的镜子。很快这镜子就支离破碎了，转瞬间，到处是泥泞。上学路上，我披着"棉猴儿"，抄起一把湿漉漉的雪，攥成雪球，往胡同口那棵老槐树扔去，可惜没击中。冲进教室，上课铃声响了。教室窗户又像列车驶离站台，不断加速。室内幽暗，老师的身影转动，粉笔末儿飞扬，那些黑板上的数字出现又消失。

随着下课的铃声响起，春天到了。房檐吸附过多的水分，由白变黑；天空弯下来，被无数枝头染绿；蜜蜂牵动着阳光，嗡嗡作响；女孩儿奔跑中的影子如风筝，谁也抓不到那线头；柳絮纷纷扬扬，让人心烦。

在无风的日子，云影停在操场上空，一动不动。那个肌肉发达的高年级同学，在双杠上机械般荡悠着，影子像节拍器。我在单杠下，运足气准备做引体向上。按规定，要连续做六个才及格。做到第二个我已筋疲力尽，连蹬带踹，脑门刚够到铁杆。我似乎在竭尽全力爬上天空，偷看那舒卷自如的白云。

夏天的阳光把街道切成两半。阴影下清凉如水，我跟着人群鱼贯而行。我突然改变主意，走到阳光暴晒的一边，孤单而骄傲，踩着自己的影子，满头大汗，直到浑身湿透。在目的地我买了根冰棍，犒劳自己。

我喜欢在大街上闲逛，无所事事。在成人的世界中，我们有一种被忽略的安全感。只要不仰视，看到的都是胸以下的部分，不必为长得太丑的人难过，也不必为人间喜怒哀乐分心。一旦卷入拥挤的人流，天空翳暗，密不透风，奋力挣扎才冲出重围。人小的好处是视角独特：镀镍门把上自己变形的脸，玻璃橱窗里的重重人影，无数只脚踩踏过的烟头，一张糖纸沿马路牙起落，自行车辐条上的阳光，公共汽车一闪一闪的尾灯……

我喜欢下雨天，光与影的界限被抹去，水乳交融，像业余画家的调色板。乌云压低到避雷针的高度，大树枝头空空的老鸹窝，鲜艳的雨伞萍水相逢，雨滴在玻璃上留下的痕迹，公告栏中字迹模糊的判决书，水洼的反光被我一脚踏碎。

每个孩子天生都有很多幻觉，这幻觉和光与影，和想象的空间，甚至和身体状态都有关系。孩子长大后，多半都会忘了，时间、社会习俗、知识系统强迫他们忘却，似乎那是进入成人世界的条件。

（摘自《读者》2016 年第 5 期，有删节）

呵护百岁母亲如女儿

冯骥才

留在昔时中国人记忆里的，总有一个挂在脖子上小巧而好看的长命锁。那是长辈请人用纯银打制的，锁下边坠着一些精巧的小铃，锁上刻着四个字——长命百岁。这四个字是对一个新生儿最美好的祝福，是一种极致的吉祥话语，一种遥不可及的人间向往，然而我从来没想到它能在我亲人的身上实现。天竟赐我这样的洪福！

天下有多少人能活到三位数的年龄？谁能叫自己的生命装进整整一个世纪的岁久年长？我骄傲地说——我的母亲！

过去，我不曾有母亲活过百岁的奢望。但是在母亲过九十岁生日的时候，我萌生出这种浪漫的痴望。太美好的想法总是伴随着隐隐的担忧。我和家人们嘴里全不说，却都分外用心照料母亲，心照不宣地为她的百岁目标使劲了。我的兄弟姐妹多，大家各尽其心，又彼此合力，第三代的孙男娣女也加入进来。特别是母亲患病时，我们必须一起迎接挑战。每逢此时我们就像一支训练有素的球队，凭着默契的配合和倾力倾情，赢下一场场"赛事"。母亲历经磨难，父亲离去后，更加多愁善感。多年来，为母亲消解心结已是我们每个人都擅长的事。这些年，为了母亲的快乐与健康，我们手足之间反反复复不知通了多少次电话。

然而近年来，每当母亲生日我们笑呵呵地聚在一起时，我发现作为子女的我们也都是满头华发。小弟已七十岁，大姐都八十岁了。可是在母亲面前，我们永远是孩子。人只有岁数大了，才会知道做孩子的感觉多珍贵、多温馨。谁能像我这样，七十五岁了还是儿子，还有身在一棵大树下的感觉，有故乡、故土和家的感觉，还能闻到只有母亲身上才有的气息？

人生很奇特。当你小的时候，母亲照料你、保护你，每当有外人敲门，母亲便会起身去开门，绝不会叫你去。可是等到你成长起来，母亲老了，再有外人敲门时，去开门的一定是你——该轮到你来呵护母亲了，人间的角色自然而然地发生转变，这就是美好的人伦与人伦的美好。一种奇异的感觉出现了，我似乎觉得母亲愈来愈像我的女儿，我要把她放在手心里，我要保护她，叫她实现自古以来人间最瑰丽的梦想——长命百岁！

母亲住在我弟弟家。我每周二、周五下班之后一定要去看她，雷打不动。母亲知道我忙，怕我担心她的身体，这一天她都会提前洗脸擦油，拢好头发，提起精神来给我看。母亲兴趣很多，喜欢我带来天南地北的消息，我笑她"心怀天下"。她还是个微信老手，天天将亲友们发给她的美丽图片和有趣的视频转发给他人。有时我在外地开会，忽然收到她的微信："儿子，你累吗？"可是，我在与她聊天时，还是要多方"刺探"她身体存在哪些小问题，以便尽快为她消除。就这样，那个浪漫又遥远的百岁目标渐渐进入眼帘了。

去年，母亲九十九周岁。她身体很好，有力量，想象力依然活跃。我开始设想来年如何为她庆寿时，她忽然说："我明年不过生日了，后年我过一百〇一岁生日。"我先是不解，后来才明白，"百岁"这个日子确实太辉煌，她把它看成一道高高的门槛了。我知道，这是她对生命的一种本能的畏惧，又是一种渴望。于是我与兄弟姐妹们说好，不再对她说百岁生日，不给她压力，等到百岁那天聚到一起自然就庆贺了。可是我心里也生出了一种担心——怕她在生日前生病。

然而，担心变成了现实。今年，就在她生日前的两个月，突然丹毒袭体，来势极猛，她发冷发烧，小腿红肿得发亮。我们赶紧把她送进医院，打针输液，病情刚刚好转，旋又复发，再次入院，直到生日前三日才出院。虽然病魔被赶走，但是一连五十天输液、吃药，伤了胃口，母亲变得体弱神衰。于是兄弟姐妹们商定，百岁这天，大家轮流去向她祝贺生日，说说话，稍坐即离，不让她劳累。午餐时，只由我和爱人、弟弟陪她吃寿面。我们相约依照传统，待到母亲身体康复后，一家老小再为她好好补寿。

尽管在这百年难逢的日子里，这样做尴尬又难堪，不能尽大喜之兴，不能让这人间盛事如花般盛开，但是现在，母亲已经站在这里——站在生命长途上一个用金子搭成的驿站上了。一百年漫长又崎岖的路已然记载在她生命的行程里。

故而，我们没有华庭盛筵，没有四世同堂，只有一张小桌，摆几个适合母亲口味的家常小菜，一碗用木耳、面筋、鸡蛋和少许嫩肉烧成的拌卤，一点点红酒，无限温馨地为母亲举杯祝贺。母亲那天没有梳妆，不能拍照留念，我只能把眼前如此珍贵的画面记在心里。母亲还是有些虚弱，只吃了七八根面条、一点绿色的菠菜，饮小半口酒。能与母亲长久相伴下去就是儿辈莫大的幸福了，我相信世间很多人内心深处都有这句话。

此刻，我愿意把此情此景告诉我所有的朋友与熟人，这才是一件可以和朋友们共享的人间幸福。

（摘自《读者》2018 年第 14 期）

缅怀母亲

汪光明

我母亲姓尹，名美德，不识字，地道的农村妇女。

农民靠勤耕苦做，是社会地位低、生活最艰苦的群体。而我母亲尤以为甚。在我的记忆里，在母亲漫漫的生命历程中，就其外表而言，除了她较高大的身材、宽而慈祥的面庞等特点外，与一般农妇并无大异。母亲几乎终年都是一身落着补丁的衣裤，且身后跟着一串贫寒的儿女。因此，无论她怎样能干、怎样拼死拼活地劳动，也改变不了受穷的命运。但母亲却不气馁，不短志，勤劳不息，矢志不渝，一心想挣出个好光景。记得我曾在一篇文章里这样写道："母亲一生那艰难困苦的细节，虽大多随时光流逝了，但她那张憔悴的脸、那双粗糙开裂的手，和留在她过肩疤（肩背交接处的大补丁）上的白花花的汗迹，却深深地刻印在我的记忆里……"

还在青少年时代，我就读懂了我的父母，尤其是忙了农活忙家务，丢下锄头进灶屋，深更半夜还在弄猪草，或埋头在油灯下默默为我们缝缝补补的含辛茹苦的母亲啊！中年后的母亲，虽依旧勤劳，精神也旺盛，但毕竟岁月不饶人。特别是抢种抢收大忙时节，疲惫至极的母亲一边说"哎哟，我的骨头都快散架了"，一边却又说"人家长了一双手，你也长了一双手，人家的田里长粮，你家的田里长草养蛇，有脸吗"。母亲的话语很朴素，可里面全是志气和自尊。而母亲讲这话的时候，已是她年近花甲、集体土地开始承包到户的时候。人生最可贵的是什么？是勇气，是信心，是无畏和不懈的奋斗精神！都说，生命不息，奋斗不止。是的啊，母亲在她的人生道路上所迈出的每一步都是艰辛的、勇敢的。比如，她年轻时白日劳作了一整天，晚上还要和做大米加工生意赚苦力钱的父亲在油灯下，共踩一条石碓上的沉重的木踏板，挥汗如雨，劳作至深夜；集体生产时，她不顾连日"夜战"的疲劳，和社员们一道，蹲在阴雨夜色中的秧母水田里，不知苦累连夜为生产队拔夜秧（次日待栽的稻苗）；年老体衰时，不顾我们的劝阻和气喘病对她的折磨，坚持用猪食桶半桶半桶地提粪水去浇灌菜园……

母亲的勤劳可歌，而她勤俭持家的品德同样值得我们铭记和传承，尽管今天的一些年轻人不以为然。我母亲命苦。听说，她不满 16 岁就嫁给了我父亲，而当时我爷爷家穷得连油灯都点不起。其实，我母亲若不是童年过早地痛逝双亲，或许往后的情形会好一点。但事物总是利弊共存的。也许正缘于此，她才过早地认识了生活的艰难，而激励和培养了她珍惜生活、不甘示弱、勤劳俭朴、自强不息的奋斗精神。还在少年时，我就发现我母亲是位很会生活、极为节俭的女人。在她眼里，哪怕是一叶菜、一粒粮，一块旧布片，甚或一小片掉在地上的冷饭锅巴，她都舍不得随便抛弃。对这些小节，父亲多不在意，有时甚至反感。你有本事就坐办公室去呀；农民过日子就是这个样子，十颗汗水里也没见到一粒粮呢！母亲一番数落，父亲就哑言了。是人，就得珍惜劳动成果。这是无文化的母亲想要表达的道理。而有点文化的我，却是在历经了三年大饥馑年月和自己成家后才体会到的：人啊，不当家就不知柴米油盐贵！记得，在此前，特别是在我吃"长饭"的青少年时期，因为吃，我曾埋怨过母亲，总觉得母亲的节省太过分，而致使我常有种饥虚之感。而事实上也是没法吃饱。因为那是个全国农民靠秤杆分粮的时代。而我极为节俭的母亲，对粮食就更敏感了。记得母亲总是在每次做饭之前，先将大量粗块粮倾入锅内，再加入少许白米。而每次加米都不忘抓出一小把放回米缸里。试想一家六七口本就"僧多粥少"，再如此这般，我们的肚子岂能不亏？为此我曾与母亲理论过，但我说不服她。

我至今也忘不了母亲说的话："莫将歉年当丰年，要在有时思无时。"正是由于母亲有如此认识，在多年的集体生产分粮水平普遍低下的艰苦年代里，我家不仅未有过"罐子吊起做钟打"的特困局面，反倒成了当时村民心目中的"富户"。记得是1958年秋前青黄不接的时候，在社员带粮入公共食堂时，在众多农户只能交出很少一点粮食的情况下，我家居然能一次性向集体食堂交出近千斤黄谷。当时，我和父母都想不通，觉得太吃亏，但当听到众口不绝的一片赞声，内心又油然生出一份自豪。毕竟是同一杆秤分粮啊！

我从小随父母客居在外婆的村子，而且我后来的婚姻亦如父亲，同院而居的我的隔房大舅就是我岳父。在家族观念很重的农村，要扮演好一个"客家人"角色并不容易，但我们家却例外，原因是：我父母，特别是我母亲，不但性情平和，而且为人公正善良。记得有一年，是我岳父生日吧，我和几位远道而来的妻姐襟兄，正在席间为岳父举杯祝寿，而岳母和院子的吴表嫂却突然吵起来了。生性不饶人的岳母不示弱，而形象和家境均不如人的吴表嫂却仗着自己生的是一窝儿子的优势则更不示弱，而且指指戳戳，以极其粗野下流的语言中伤岳母及其女儿们。我和几位襟兄实在听不下去了，就出屋去劝阻。但对方不但不听，反而掉转矛头直指我们几位"族外人"，并且无比嚣张地说："你们几个放明白点儿，这是我们'尹家'的地盘，没有你们说话的份儿！我一听就火冒三丈，说："你姓尹的有什么了不得，未必我还怕了……"局势愈来愈糟，矛盾不断升级，我忍无可忍，险些丧失理智要出手打人。而对方非但不怕，反而不无挑衅地骂我混账，说你以为你是老师就不得了了，说你打呀打呀……围观者不语却表情复杂，而最后还是母亲前来才解了围。母亲把我拉过去，背下教育了我。她说：你劝架没错，但心不能偏，你又不是没看到你干娘（岳母）占强好胜那样子。你一个知识分子跟着闹一窝蜂，叫旁人咋看？你骂她本人可以，为啥要伤"姓尹"的大家，你这不是一根竹竿打翻一船人吗？末了，她又轻言开导我："俗话说，好男不和女斗，娃啊，住在人家地方上应该守本分啊，你看你爸爸……"母亲的话像鞭子而又似微风，直说得我低头无语、羞愧难当。

母亲一共生了七个儿女。为养育我们，她和父亲不知受了多少苦、操了多少心，尽管最终长大成人的只有我和三个妹妹。而今，每当看见挂在我客厅墙壁上慈祥可亲的母亲的遗像，每当忆起"慈母手中线，游子身上衣""谁言寸草心，报得三春晖"等洋溢着母子深情的诗句时，我的心就一沉，就会想起母亲的种种恩情——在那个特殊的年代里，为我们所作的无私奉献。且不说她和父亲如何攒钱送我们上学念书，单说抚养我们几兄妹长大成人的付出，也够我感恩一辈子了。山里曾流传一句话：只见娘怀肚，不见儿走路。当年一个边远山区的农家婴儿要成长大，是何等的不易。每当病疫流行，特别是麻疹、天花等严重威胁儿童生命健康的疾病降临我家的时候，我的父母，尤其是母亲，面对东倒西躺的一窝病儿时，无时无刻不在提心吊胆，特别是晚上。我憔容面悴的母亲，更是彻夜不眠，因为她生怕稍有疏忽，病魔就会无情地夺走孩子们的生命。而因病昏睡在床的我们，不是这个喊心里难受，就是那个高烧得浑身战栗牙齿磕碰面临抽风的危险。而我可怜的父母，除了提着马灯或舞着根火把去院外扯些能降热的药草回来煎熬，或者以烈酒擦洗或吮吸我们的额头、心窝、肚济等处以急救，就再无别的办法了。因为当时无村医，要去街上请医生，已经是远水救不了近火了。

母亲不仅疼爱我们，同时也深爱着我的父亲。在她与父亲生活的几十年间，表面上，人们很难发现他们有多恩爱。但我总觉得诸如心心相印、患难与共等词语的内涵正好是他们俩品德、心灵和情感的写照，尤其是我任劳任怨、重情重义、无私奉献的母亲。我至今仍记得患骨髓病多年、刚上 46 岁的父亲，临终前流着泪对我说的话："儿啊，我死后，你一定要对你妈好，你妈是个大好人。儿啊，你知道吗，你妈这些天是天天晚上抱着我的病腿陪我睡觉啊！"父亲的话字字像尖锥刺着我的心，又像一双巨大的手将母亲的形象高高托起。我的心灵极美的母亲哟，我深深地知道，你不仅是在用自己的体温去暖和父亲的那条骨肉穿孔、浓血不断、又臭又冷又木的烂腿，更是在用人性和爱情的美丽之光去照耀、温暖我的病入膏肓、时日不多的父亲的！

而最让我铭记不忘的，是在我成年后，特别是有幸当上民办教师后，母亲对我工作的关心和鼓励。1974 年夏，我被上级批准任民办教师，且自此长期留在乡完小任教。我因教学成绩突出，曾多次受到上级表彰和社会的好评。而每当这些时候，母亲总是面露悦色、喜不自胜，看她那自豪不已的样子，活像得奖的不是我而是她自己。尽管民师的地位和待遇都低得可怜，但母亲并不看重这些。每当有学生家长来家表示对我感激，她那满载荣耀的面庞，分明是向我在表达：儿子出息了，为娘的脸上光彩呀！所以自那时起，我就主动争挑教学重担，连年教毕业班。我始终以回报社会、回报母爱为动力，努力去奋斗、去拼命！

1993 年春，我终于以"县先进农村民办教师"之荣称，优先转为公办教师。当我收到县文教局的正式批文的那一天，欣喜若狂的母亲和妻子，在家里特地办了一桌酒菜，为我久盼的国家教师梦的实现而欢庆。

母亲于 1998 年腊月十二日逝世，享年 76 岁。

而今，每每念及母亲的恩情，特别是她晚年间的那些事，我的心就难以平静，甚而愧疚自责。而这些事，又大多发生在她老人家被我接去学校"安享晚年"、生活条件较佳的年月里。但令人遗憾的是，因我们学校当时的住房极紧缺，我的十余平方米的居室（含厨房），无论如何也容纳不了一家三代五口人（我和妻子、母亲，外加一对儿子）。无奈之下，母亲只能屈寝于外操场那边的一间出租屋里。

　　笔行于此，我心难受：母亲是位善良知足又能体谅后人的老人，只要路不滑，总坚持自己过来吃饭休息。进出校门要拐石梯，她每挪一步都很困难。是啊，我仿佛看见了弯腰弓背、双手按膝、张口喘吁爬石梯的老母当时那艰难的样子；我仿佛看见了我和儿子们夜夜去母亲的屋子（母亲睡里间，我和儿子们睡外间）为其驱赶孤独的情景；我仿佛看见了那个雷电交加、暴雨如注的夜晚雨停后，我提着马灯赶过去时，可怜无助的母亲竟能以孱弱之躯、无畏之志，勇敢地站在因房漏积水成河的瓦屋里，一手举烛火，一手拿搪瓷碗不停往门外泼水、奋力自救的情景……

　　母恩深似海，子疚沉若山。每当看见客厅墙壁上微笑着的母亲的遗像，我就愧悔，眼前又浮现出当年我亲笔写在她老人家灵堂上的这幅挽联。

　　母亲，我永远怀念的人。

（摘自中国作家网，2016 年 11 月 18 日）

我的 1978 年

葛剑雄

1977 年，当高校重新招生的消息传出后，我上大学的愿望柳暗花明。但看到具体要求后，我发现对考生年龄的要求是 30 岁以内，而当时我已满 31 周岁。

我是 1964 年从上海市北中学高中毕业的，但在此前，我的大学梦已经破灭。那是在 1962 年的 5 月，我正读高二，在学校的一次体检中，我被发现患开放性肺结核。经过拍片复查，确诊无误，医院通知我立即病休，3 个月后复查。进高中不久，我就已瞄准北京大学古典文献专业，我也是语文、历史、英语等科教师心目中最有希望的学生。要是不能在 3 个月内治愈，就会影响报考大学，这一切就都完了。于是我将一切希望寄托在治疗和休养上，按时服药，严格按时间表作息，每天早上去公园学太极拳。但是每 3 个月一次的复查都是一次新的打击——我一直无法进入钙化期，因此不能复学。直到 1963 年 11 月，同班同学早已毕业，绝大多数考入大学，我才在休学一年半后获准复学，转入下一届高三"试读"。可是到第二年5月高考报名体检时，我的肺结核还是没有完全钙化，不符合报考条件。

在老师的劝说下，我暂时放弃了继续报考大学的打算。作为一名新团员，服从组织分配是起码的要求，我接受了参加上海教育学院师资培训的安排，留在母校市北中学实习，1965年8月，被分配到古田中学当英语教师。不过我并没有放弃上大学的打算，当年就报名考上了上海外国语学院的夜大，进修英语。但"阶级斗争"这根弦越绷越紧，连我自己都开始怀疑，一心上大学是不是成名成家的资产阶级个人主义在作祟，所以不仅自己公开暴露思想，还一次次进行自我批判。到了"文化大革命"，这些都成了大字报中揭发批判的内容。

有了这样的经历，我对1977年的意外遭遇相当平静。

到1978年公开招收研究生时，报考年龄放宽到40周岁，而且为了"不拘一格"选人才，对学历没有任何规定。我再也无法抵御大学的诱惑，但一点儿把握都没有，所以在单位开证明时还要求领导给我保密。

报考研究生是要选定专业和导师的，对这些我几乎一无所知。首先想重温旧梦，选择北大。但当时新婚，小家庭初建，到外地读书显然不现实，最后选定复旦大学历史系谭其骧教授指导的历史地理专业。其实我当时还不知历史地理专业的性质，只是因为历史和地理都是我喜欢的，并在工作期间一直有所积累。对谭其骧教授，记得"文革"前曾在南京路"上海先进模范"的光荣榜中见过他的照片，我初中的历史教师向我介绍过他在编《中国历史地图集》。

那年报名的考生很多，初试就近举行，我的考场离我工作的古田中学不远，骑自行车不过10分钟。我对考试完全没有把握，既不想惊动同事，又不愿影响日常工作。我把这三天要上的课调了一下，每天早上还是像平时那样到广播室，在升旗后的早读时间里对全校同学简单讲话，然后骑车前往考场。在5门考试中，政治是我最熟悉的，因为这些年我一直教政治，只要注意答得规范就行了。英语我有上夜大两年的学习基础，拿到题目后觉得很容易。古汉语和历史我自以为是强项，虽然对问答题中的"魏晋玄学"一题不大有把握，但不会离题太远，因为我主要根据翦伯赞主编的《中国史纲要》复习，里面专门有一段介绍。历史题中一个名词解释是"谭绍光"，我正好看过由复旦大学历史系编的一套近代史小册子，上面提到太平天国后期的将领慕王谭绍光，记得他是忠王李秀成的下属，驻守苏州，所以也答出了。地理试卷中有的名词解释我没有见过，只能据字面意思猜想，瞎蒙几句，估计得分最低。

待收到复试通知，我不得不认真对待了。我不知道应该如何根据历史地理专业的要求复习，只能去上海图书馆找资料。到那里的参考阅览室后才发现，里面坐着的大多数是考生，报考复旦大学的更是占了很大一部分。当天下午，我正在看《中国历史地理要籍选读》时，有人过来问我，是否报考了历史地理专业，得知他也是报考复旦大学历史系，但是世界史专业。他又给我介绍了两位报考历史地理专业的考生——顾承甫和杨正泰——后来是我的同届同学。询问我的是顾晓鸣，后来是我们同届研究生中的活跃人物。交谈中我暗自吃惊，他们都毕业于复旦大学，顾、杨两位还出自历史地理专业。但到这时也顾不得多想，只有临阵突击，多多益善。

复试那天，我早早来到复旦大学，找到大礼堂。各系的监考老师给考生发下试卷，并在周围巡察，我们专业来的是周维衍、邹逸麟。上午、下午各考一门，小题目已记不得了，大题目是《史记·货殖列传》中的一段话，要求今译并论述，另一段大概是《天下郡国利病书》中论述明朝建都北京的。没有什么意外的考题，考下来自我感觉还不错。

第二天是导师面试，因为我们的导师谭其骧教授正住在龙华医院治疗，周维衍通知我们早上到复旦的大门口搭车去医院。

事先只见过谭其骧先生的照片，走进他的病房才第一次见到他本人，想不到正在治疗中的他精神很好，声音洪亮。他很随和地问了我的经历，然后问我看过什么书，对什么问题感兴趣。在我提到钓鱼岛的归属时，他又问我可以举出什么证据，我尽自己所知谈了。

复试过后，我感觉到成功的希望很大，开始担心学校能否同意我离开。想不到党支部书记曹德彬告诉我：区教育局钟一陵局长明确表示，如果你能考上研究生，证明你有这个能力，也说明国家更需要你，学校应该无条件地支持。

10 月初，我收到复旦大学发出的录取通知。此事在我所在的中学和闸北区中学界引起不小的轰动，一时间产生了不少传说。第二年，中学教师中报考研究生的人数大增，其中也包括没有本科学历的。我的高中同学得到消息后，纷纷与我联系。他们有的是"文革"期间的大学毕业生，1978 年报名时担心自己没有上完大学课程，怕考不上，所以没有报考；有的是"老三届"，"文革"中进了工厂，没有上过大学。听了我的经历后，他们就开始做报考准备，并经常来我家复习政治和英语，第二年都考上了，现在都是各自领域的知名学者。

在开学典礼上，校长苏步青特别强调，研究生不论年纪多大、资历多高，一定要当好学生，"资料室里最年轻的资料员都是你们的老师"。他又强调要遵守学校的规章制度，后来才明白也是有所指的，因为他坚持晚上 10 点半一定要熄灯睡觉，所以所有的学生宿舍楼中，除了走廊、厕所、盥洗室和专职辅导员的房间可以开灯外，其他房间一律切断电源，而图书馆、资料室和所有教室一到 10 点钟全部关门。但无论在年龄、生活习惯，还是所面临的学习任务上，研究生都无法适应这一规定。多数研究生外语水平很低，必须恶补。每天熄灯后，走廊里顿时热闹起来，一片读外语声。与厕所相通的盥洗室中也是看书的同学，顾晓鸣干脆搬了一张桌子，几乎每天晚上在盥洗室读书读到后半夜。

"文革"结束，复旦校园内疮痍未复，大草坪上依然种着庄稼，大字报、大幅标语随处可见，一些知名教授尚未恢复名誉，或者还不能正常工作。图书资料严重不足，不少同学在吃饭时到食堂买几个馒头就去图书馆、资料室抢占座位和书刊。工农兵学员与新招的本科生、研究生形成明显差异，往往意见相左。但是新事物、新思潮不断在校园中出现，终于迎来了解放思想、改革开放的新阶段。

（摘自《读者》2015 年第 16 期）

乡土哲学

凸 凹

　　那时的山村，一有时间，妇人们就纳鞋底。纳了一双又一双，且一双比一双针脚细密，一双比一双式样精美。当时只认为，山路费鞋，而过日子又没有余钱，她们必须勤于针线。可是，她们在纳鞋底的同时，还不停地纳鞋垫，而且鞋垫上全是艳丽繁复的图案。她们全不顾鞋垫纳成就会被踩于脚下，美丽顿消。问母亲缘由，母亲说，山里妇人没有别的，有的只是闲——闲来无事该如何？于是纳鞋；纳来不精又如何？于是就纳得精。现在看来，她们是被乡村伦理所驱动——因为在山里，好女人的标准是勤快，而懒女人被视为好逸恶劳、为人不淑。这种乡村伦理从何而来？是大地的昭示。

　　譬如，在故乡深山的阴处有一种植物，叫山海棠。即便是生在僻处，无人观赏，可它依旧是一丝不苟地向上挺拔枝叶，开出鲜艳欲滴的花朵。我当时很是不解，曾对祖父说，它真是不懂人间世故，既然开在深山无人识，便大可以养养精神、偷偷懒，没必要下多余的功夫。祖父瞪了我一眼，说，你究竟是太年幼，不知生命的真相。在山海棠那里，它只按自己的心性而活，生为花朵，就要往好里开，尽开的本分，至于能不能被人看见、被人夸奖，它是从来都不会去想的。

到了 20 世纪 70 年代末，村里已经有了粉碎机、面粉机，也就是山里人俗称的电磨。但是，每到年节，母亲还是不舍昼夜地转动着她那台手动石磨。黄豆压在石磨里，缓慢地转动，缓慢地流出浆液。母亲气定神闲，面带微笑。还有，每到新玉米、新黍子下来时，妇人们也总是拿到村东那盘石碾上去碾。这种传统的碾米方式，耗时费力，让人怜惜。但是，她们坚持不懈，没有怨烦，只是不管不顾地做。石磨磨出的豆浆，因为缓慢，所以黏稠——调成的豆汁醇厚香郁，点出的豆腐瓷实筋道。而山里的玉米和黍子，生长周期长，吸足了阳光，蕴足了营养，都是充盈的货色，这就需要慢慢碾压，以缓慢地释放出热量不使其皮，有层次地破解不使其散，这样碾出的米有黏性，熬粥粥香，做糕糕腍，均有地道的口味。这种舌尖上的感受，化成她们的生活逻辑，不轻易妥协于外力。

回望旧物、旧事、旧时，不禁感到，乡土上遍地是哲学，不仅长万物，也长道理。大地道德有自然的教化之功，让人唯真而动、唯善而行、唯美而崇。人们只要一亲近土地，人性的病症，就不治而愈。

（摘自《读者》2014 年第 17 期）

爷爷的故事

韩辉光

我爸我妈"真有趣",两个人放着大学老师不当,跑去美国端盘子。

我爷爷说:"人各有志。"

我爸我妈在纽约站稳脚跟后,自己开餐馆当老板,雇后来到美国的同胞端盘子。

我爸我妈已拿到了绿卡,要把我接去美国读书。

我说:"我去了,爷爷怎么办?"

我爸我妈要连根拔,把爷爷也接去美国。

爷爷对我说:"你这小子,不想去就说不想去,别扯上我,拿我当挡箭牌。我哪儿也不去。"

我说:"我是真的放心不下你,爷爷。"

爷爷说:"得得得,统统走,去了再回来寻根,投资,当大使。"

爷爷干干瘪瘪,满头霜色,皱皱的苦瓜脸。他是个退休中学老师。爷爷说："带你去北京看看，看了北京再走。"

爷爷也没去过北京，也想看看北京。可到了北京才发现钱带少了，犯了个致命错误。我问："还有多少钱?"

爷爷掏出所有的钱数了数，说："还有 1236 块 5 毛。"

这点儿钱刨去两个人返程的路费后所剩无几，怎么游玩? 弄不好连家都回不去了。

爷爷说："得精打细算，住店只能住招待所了，吃饭只能吃大饼了，外出只能坐公交车了。"

北京很大，辨不清东西南北。北京人文明，挺耐烦，告诉我们去天安门乘公交车怎么走，乘地铁怎么走，也不问为啥不打的。他们一眼看出这一老一少手头拮据，是落难之人。

本来计划在北京玩一个星期，由于经费不足，只待了一天，草草看了下天安门和故宫。第二天一早，我们便买了两斤果脯提着上火车回武汉了。

竟有这种事，真是糊涂爷爷。

爷爷说："重要的是去了北京，这就行了，多玩一天少玩一天没什么。"

我问："为什么不多带点钱?"

爷爷说："我以为钱够了，也怕带多了露富。"

其实爷爷不差钱，爷爷有退休金，我爸我妈还从美国汇钱来。只是爷爷不懂得花钱，爷爷吃米要吃糙米，说现在的好米没嚼头，要我去饲料店买糙米。饲料店的阿姨问："你家养几多鸡子、几多鸽子? 买这么多饲料。"

我说："人吃的。"

"你家生活蛮困难? 爸爸妈妈都下岗了?"

我没拿美国吓唬她，只说爸爸妈妈没下岗。

爷爷 78 岁了，还蹬自行车去批发市场拉整箱的水果，这要比从商店买划算些。水果拉回来，打开箱找出有点烂的先吃，不烂的不吃。天天如此，天天吃烂水果。

爷爷买什么都买便宜的，不便宜的不买。爷爷衣服破了自己补，现在还穿打补丁衣服的人，恐怕只有我爷爷了。甚至袜子破了也补，他好像还生活在艰苦年代。

我没见过奶奶，爷爷说奶奶死了 40 多年了。

我问："怎么死的？"

爷爷说："病死的，能怎么死？"

"奶奶什么样子？"

"还不是一个鼻子、两个眼睛。"

"为什么家里没一张奶奶的照片？"

"以前谁照相？！"

爷爷以为我什么都不知道，其实我什么都知道。40 多年前奶奶没死，现在死没死，不知道。

奶奶也是中学老师，和爷爷在同一所学校。那年月，运动很频繁。有的人次次运动挨整，人称"老运动员"。爷爷便是一名"老运动员"。开大会表革命决心，爷爷念稿子发言说："我们要做毛主席的好老师！"

奶奶是"造反派"的头头，坐在主席台上主持大会。

其实爷爷念这句时没人在意，会场平静，要不是奶奶警惕性高，便过去了。那时讲"彻底革命"，讲阶级斗争，讲大义灭亲，奶奶立即宣布改表决心会为批斗会，将爷爷打成现行反革命。

奶奶这样做，是因为爷爷是"老运动员"。爷爷为什么成了一名"老运动员"呢？因为爷爷有历史问题，爷爷当过国民党的兵。那是 1948 年秋，正读初中的爷爷，被溃败的国民党军队抓去当伙夫。

爷爷逃跑，被捉回去打得死去活来，腰椎被打断两截，至今腰部中间的地方还有两块骨头高高隆起，像起伏的山峦。每当变天时，他的腰便隐隐作痛。

爷爷不能弯腰，一点也不能弯，腰总是挺直的。挨批斗时别人喝令他弯腰，但他无法弯。别人说他不老实，态度顽固，硬压着他弯腰。

进驻学校的有个叫黄胖子的工宣队员冲过去给了爷爷一拳，打断了爷爷的两颗门牙。

牙齿没被完全打掉，而是从中间折断。既然牙根如此坚固，牙身为什么那样脆弱，不堪一击？爷爷始终琢磨不透。

爷爷至今两颗门牙还是断的，说话不关风。我要爷爷去做烤瓷假牙，要不了多少钱。爷爷伸手摸摸背后隆起的腰椎，说这是"庐山"；咧咧嘴露出折断的门牙，说这是"仙人洞"。这些都是有名的景点，要保持，不愿做烤瓷假牙。

爷爷用镜子照仙人洞，却照不见庐山。爷爷说："不识庐山真面目，只缘山在身后面。"

爷爷掀起衣裳背过身给黄胖子瞧，说："看见了吗？那坎坷是国民党反动派给留下的，深仇大恨哩！毛主席是我的救命恩人，我怎么会反对毛主席？我被迫在国民党军队煮了5个月的饭，枪都没摸过，怎么对人民犯下罪行？"

爷爷说："事实是我1949年2月5日被人民解放军解放，加入自己的队伍，成为一名光荣的人民战士。不久雄赳赳、气昂昂跨过鸭绿江，又成为一名最可爱的人……"

黄胖子说爷爷始终不认罪、不服罪，态度顽固，是茅厕里的石头——又臭又硬，这是反动本质所决定的。

奶奶为了站稳立场，划清敌我界线，和爷爷离了婚。

那年我爸10岁，我爸认为爷爷不是坏人，坚持跟爷爷。爷爷被发配到农村，我爸跟着到农村。我爸放牛被牛掀翻，左屁股上至今还有一块伤疤。我爸至今怕牛。

奶奶为了"彻底革命"，为了"和工人阶级结合"，嫁给了工宣队员黄胖子。

黄胖子是肉联厂工人，死了老婆，有一男一女两个孩子。奶奶放着自己的孩子不要，跑去当别人家两个孩子的后妈。

有一次我问爷爷："奶奶到底啥模样？"

爷爷说："军服、军帽、军鞋、军腰带、军挎包，英姿飒爽。"

"爷爷，你想不想奶奶？"

爷爷没作声，扭头望向窗外。窗外天阴下来，开始刮风，尘土飞扬。爷爷用手捶几下腰背，又要变天了。

爷爷有时腰疼得相当厉害，躺在床上直哼哼。隆起的两块腰椎骨还在长，爷爷用手摸，说他感觉得到庐山的地表在上升。爷爷说，那是他第三次逃跑被捉回来后，一个弟兄用枪托打的。本来国民党军队要一枪崩了他，但崩了他又没人做饭，才没崩。

我还真不能去美国，去了爷爷谁照顾？

有天中午，爷爷腰疼得受不了，我给他按摩。爷爷说不中，疼起来什么都不中。我要爷爷上医院。爷爷说医生能把骨头怎么样。爷爷翻了个身，我发现爷爷肚脐眼左上方有两条蚯蚓似的红印子。以前只见爷爷背部，没注意爷爷的肚皮，不知肚皮上有这东西。我凑近仔细瞧，不像是肚纹。

爷爷见我研究他的肚皮，边呻吟边说："那是长江、黄河。"

两条相隔三指宽、各有几厘米长的红印子弯弯曲曲，上细下粗，直延伸到腰带底下，还真像地图上流入大海的长江、黄河。

爷爷说："上面那条是黄河，下面那条是长江。"

我伸手摸摸，红印子硬硬的，高出肚皮许多，又像是河流的堤坝。

我问："怎么有这东西？"

爷爷说："你说长江、黄河是怎么有的？"

"长江、黄河本来就有。"

"这也本来就有。"

我撩起衣裳看看自己的肚皮，光光滑滑的，连条小溪也没有。

爷爷说："小孩没有，老人才有。"

"老人都有吗？"

"是的，老人都有。"

我半信半疑，跑去街上看老人的肚皮。武汉的盛夏，烈日如火，树上知了"吱吱"叫，看老头的肚皮不难。一家门前有个打赤膊的胖老头靠在躺椅上闭目午休，一把芭蕉扇盖着西瓜肚子。

我轻手轻脚上前，正要移开那芭蕉扇，被胖老头一把抓住，喝道："你这小兔崽子！想干什么？"

我说："我想看看你肚皮上是不是也有长江、黄河。"

胖老头坐起来说："你胡说些什么呀！肚皮上哪来的长江、黄河？"

芭蕉扇从西瓜上滑落，西瓜圆溜溜的，并没有长江与黄河。

我说："我爷爷肚皮上有长江、黄河，我爷爷说老年人都有。"

"你爷爷是谁？"

"我爷爷叫韩福民。"

胖老头一愣，立刻松开手，两眼直直地盯着我。过了好大一会儿，胖老头才说："那是你爷爷像你这么大的时候，被日本鬼子捅了两刀留下的。"

我哭着跑回家，一路叫着："爷爷！爷爷！"后来才知道，那胖老头正是当年打断爷爷两颗门牙的人，也就是奶奶改嫁的人。

大约过了两个月，一天上午9点多钟，有人敲门。爷爷打开门，只见一个枯槁的老太婆站在门外。爷爷问："你找谁？"

老太婆说："找你，你不认识我了？"

爷爷端详半天，才认出是奶奶。爷爷迟疑片刻，侧身让奶奶进屋，两人隔桌而坐。

奶奶说："黄胖子告诉我，你就住在这一带。黄胖子女儿住这里，他有时来看女儿。我找你和孩子找了几十年，以为再也找不到你们了。我对不起你和孩子……"

爷爷说："现在说这些干什么。"

奶奶望着爷爷，目光空洞而苍茫。爷爷微低着头，避开奶奶的目光。

"那些年，你和孩子是怎么过来的？"

"下放农村10年，打倒'四人帮'才回来。"

"你遭了不少罪。"

"大家都遭罪。"

"丁丁呢？"

"他和媳妇去美国了。"

奶奶说我长得像我爸，问我叫什么名字、读几年级、学习怎么样。爷爷一一代我回答。

沉默了一会儿，奶奶问："你一直一个人？"

爷爷说："是的。"

奶奶说："我和黄胖子第三年便分开了，也一直一个人。"

"是吗？"

"看来你精神不错。"

"是吗？"

奶奶想我过去让她搂一下，我没动。爷爷叫我过去，我才过去。奶奶蹲在地上，搂住我，把头埋在我胸前，"呜呜"地哭了起来。

像是冥冥之中上天的安排，奶奶找到爷爷后不久便病逝了。

奶奶一个人住在黄浦路一条挺深的巷子里，屋里阴暗潮湿，有股霉味儿。奶奶因为在"文革"中跳得高，后来被开除公职。奶奶没其他亲人，后事由爷爷料理。

抽屉里有一张奶奶的一寸登记照，爷爷拿去放大后搁在奶奶坟前。

已是落叶纷飞的十月，扁担山一片枯黄，秋阳淡淡，风儿瑟瑟。陵园里密密麻麻坟挨着坟，阴气逼人。爷爷望着相框里的奶奶，奶奶也望着爷爷，爷爷忍不住放声大哭。我第一次见爷爷哭，而且是这样大哭。

其实爷爷哭的不是奶奶，也不是哭他自己。爷爷说他是幸运的，他还活着。我问爷爷哭什么，爷爷说不哭什么，只是想哭。

走出陵园，爷爷说歇一歇，在路边一个土堆上坐下。爷爷喘气，感到很累。奶奶突然出现又突然离去，使爷爷一下衰老了许多。

爷爷回头眺望，沉浸在暮色中的陵园朦朦胧胧，缥缥缈缈，似梦似幻，完全是另一个世界。爷爷对我说："你到了美国，不要告诉那两个美国人奶奶回来了，又永远走了。"

自从我爸妈拿了绿卡，爷爷不再说"你爸你妈"，而是说"那两个美国人"。

我问："为什么?"

爷爷没回答，起身继续朝前走。爷爷捶了捶腰背，"庐山"又活动了，又要变天了。

（摘自《读者》2017 年第 17 期，有删节）

泥斑马

肖复兴

　　家里大院的大门很敞亮，左右各有一个抱鼓石门墩，下有几级高台阶。两扇黑漆的大门上，刻有一副对联："忠厚传家久，诗书继世长。"虽然斑驳脱落，却依然有点儿老一辈的气势。在老北京，这叫作广亮大门，平常的时候不打开，旁边有一扇小门，人们从那里进出。高台阶上有一个平台，由于平常大门不开，平台便显得宽敞。王大爷的小摊就摆在那里，很是显眼，街上走动的人们，一眼就能够望见他的小摊。

　　王大爷的小摊，卖些糖块儿、酸枣面、洋画片、风车和泥玩具之类的东西。特别是泥玩具，大多是一些小猫、小狗、小羊、小老虎之类的动物，都是王大爷自己捏出来的，再在上面涂上不同的颜色，活灵活现，非常好看，卖得也不贵，因此很受小孩子们欢迎。有时候，放学后，走到大院门口，我常是先不回家，站在王大爷的小摊前，看一会儿，玩一会儿。王大爷望着我笑，任我摸他的玩具，也不管我。如果赶上王大爷正在捏他的小泥玩具，我便会站在那里看不够地打量，忘记了时间。回家晚了，就会挨家里人一顿骂。

我真佩服王大爷的手艺，他的手指很粗，怎么就能那么灵巧地捏出那么小的动物来呢？这是小时候最令我感到神奇的事。

王大爷那时候五十岁出头，住在我家大院的东厢房里。他很随和，逢人就笑。那时候，别看王大爷小摊上的东西很便宜，但小街上人们的生活也并不富裕，王大爷赚的钱自然就不多，只能勉强维持生活。

王大爷老两口只有一个儿子，但是，大院里所有人都知道，儿子是领养的。那时，儿子将近三十，还没有结婚，是一名火车司机，和王大爷老两口挤在一间东厢房里。小摊挣钱多少，王大爷倒不在意，让他头疼的是一家人住得太挤，儿子以后再找个媳妇，可怎么住呀？一提起这事，王大爷就"龇牙花子"。

那是我读小学四年级的时候，我之所以记得这么清楚，是因为正值"大跃进"，全院的人家都不再在自家开伙，而是到大院对面的街道大食堂吃饭。春节前，放寒假没有什么事情，我常到王大爷的小摊前玩。那一天，他正在做玩具，看见我走过来，抬起头问："你说做一个什么好？"

我随口说了句："做一只小马吧。"

他点点头说好。没一会儿的工夫，泥巴在他的大手里左捏一下右捏一下，就捏成了一只小马的样子。然后，他抬起头又问我："你说上什么颜色好？"我随口又说了句："黑的！"

"黑的？"王大爷反问我一句，然后说，"一色儿黑，不好看，咱们来个黑白相间的吧，好不好？"

那时候，我的脑子转弯儿不灵，没有细想，这个黑白相间的小马会是什么样子。等王大爷把颜色涂了一半，我才发现，原来是一只小斑马。黑白相间的弯弯条纹，让这只小斑马格外活泼漂亮。"王大爷，您的手艺真棒！"我情不自禁地赞扬起来。

第二天，我在王大爷的小摊上，看见这只小斑马的漆干了，脖子上系一条红绸子，绸子上挂着个小铜铃铛，风一吹，铃铛不住地响，小斑马就像活了一样。

我太喜欢那只小斑马了。每次路过小摊都会忍不住站住脚，反复地看，好像它也在看我。那一阵子，我满脑子都是这只小斑马，只可惜没有钱买。几次想张嘴跟家人要钱，接着又想，小斑马的脖子上系着个小铜铃铛，比起一般的泥玩具，价钱会更贵些，便把冒到嗓子眼儿的话又咽了下去。

春节一天天近了，小斑马虽然暂时还站在王大爷的小摊上，但不知哪一天就会被哪个幸运的孩子买走，带回家过年。一想起这事，我心里就很难过，好像小斑马本就是我的，但会被别人抢去，就像百爪挠心一样难受。在这样的心理下，我干了一件"蠢事"。

那一天，天快黑了，因为临近过年，小摊前站着不少人，都是大人带着孩子来买玩具的。我趁着天色暗，伸手一把就把小斑马"偷走"了。我飞快地把小斑马揣进棉衣口袋里，小铃铛轻轻地响了一下，我的心在不停地跳，觉得那铃声，王大爷好像听见了。

这件事很快被爸爸发现了，他让我把小斑马给王大爷送回去。跟在爸爸身后，我很怕，头都不敢抬起来。王大爷爱怜地望着我，坚持要把小斑马送给我。爸爸坚决不答应，说这样会惯坏孩子的。最后，王大爷只好收回小斑马，还嘱咐爸爸："千万别打孩子，过年打孩子，孩子一年都会不高兴的！"

就在这一年的夏天，王大爷要去甘肃。这一年，为了疏散北京人口，也为了支援"三线建设"，政府动员人们去甘肃。王大爷报了名，很快就被批准了。大院所有的街坊都清楚，王大爷这么做，是为了给儿子腾房子。

王大爷最后一天收摊的时候，我站在一边，默默地看着他。他也望着我，什么话也没说，就收摊回家了。那一天，小街上显得冷冷清清的。

第二天，王大爷走时，我没能看到他。放学回到家，看到桌上那只脖子上挂着铜铃铛的小斑马的时候，我的眼泪一下子涌了出来。

四十多年过去了，王大爷的儿子今年已经七十多岁了，他在王大爷留给他的那间东厢房里结了婚，生了孩子。他的媳妇个子很高，长得很漂亮。他的儿子个子也很高，很帅气。可是，王大爷再也没有回来过。难道他不想他的儿子，不想他的孙子吗？

四十多年来，我曾经多次去甘肃，走过甘肃的好多地方，每一次去，都会想起王大爷，想起这个让我百思不得其解的问题。当然，也会想起那只泥斑马。

（摘自《读者》2015 年第 11 期）

每个早晨都有不同

高 深

德国作家埃尔温·斯特里马特在《随想录——给艾娃》中写过一则有关"变化"的文字，生动而耐人寻味：

每一个早晨都与其他的早晨不同，即使这只是像葡萄藤上的须子那样的微小变化。那须子在一夜之间生长出来，现在已能从我的窗口望见它了；或者像那矮小的菟丝子，昨天还含苞未放，而今天却开了花。与昨天早晨相比，今天早晨成千上万的事物已完全变了样。我也完全是另外一个人了。

去年，一个偶然的机会，观看了一场意大利新写实主义导演、现实主义电影大师米开朗琪罗·安东尼奥尼 1972 年应周恩来总理之邀拍摄的纪录片《中国》。这部纪录片的拍摄手法是不解释中国发生的事件，只是冷静客观善意地拍摄中国的普通人。镜头极其微观而即兴。拍摄地点都是人们常见的场景：天安门广场、天坛、长城、工厂、学校、黄帝陵、人民公社、寺庙，悠闲练太极拳的人，北京某国棉厂的幼儿园，老式公共汽车和经过创新的木偶剧……镜头从首都、河南林县，移位到被人们形容为天堂的苏州……拍出了人们像体操运动员一样在有序地运动。正如评论所说："也许在影片中你能找到你或你父母的身影。"不能高于工资5%的房租，买一条鲤鱼还不到四角钱，操场上做广播体操或游戏的你的童年，肩挑或用人力车把各种蔬菜送进城的农民……看到这些珍贵的史料，重温这一切，忽然感到我们的生活曾经是那么简约。

最近四十多年，中国人的生活、中国人的衣食住行发生了多大变化？年轻人肯定说不清楚，因为他们没有体验到变化的全过程。即使是经历过变化的中老年人，能很清楚讲出变化细节的，也多是自身和家庭的深度变化。整个社会的变化就像时钟的前进，除了秒针你看得见它迈动的脚步，分针和时针在你的视觉中几乎是静止的。对于一座城市，你天天生活在其中，对其变化是迟钝的，甚至是麻木的。如果你离开了这座城市，三五年以后再见到它时，会有诸多的惊奇和陌生感，感觉它发生了巨大的变化。

先说衣的变化。中国有俗话说："三分长相，七分打扮""人靠衣裳马靠鞍"。这说明人们自古就有重视服饰的传统，爱美之心，人皆有之。1972年前后，不论男女老少，夏天的衬衣几乎一码白色，外衣只有黑、蓝、灰、黄四种颜色，女孩子除了幼儿园里的小姑娘有穿花裙子的，其余同男装无大差别。特别有意思的是，几乎百分之百的女孩和中青年妇女都或长或短地扎两条辫子。改革开放以前，人们的服饰几乎定了格，没有太多的选择。可是没有谁注意到变化，是哪个女孩在哪一天第一个穿上花裙子的，第一个剪去辫子的，还把短发染成了米黄色或其他颜色？总之，人们的穿戴打扮每个早晨都比昨天发生了若干的变化。如果形容人们现在的穿戴打扮，就如万紫千红的百花园，五颜六色，千姿百态。

再说食。那时候凡稀罕一点的食品，大多是凭票购买、定量供应，每到月初总要发糖票、烟票、肉票、鱼票、豆腐票、粉条票……如果出差到外地，还得拿粮本到粮店去兑换粮票、油票。夏天蔬菜稍多，但细菜极少，上午买大路菜基本不限量，下午只能买些破破烂烂的"堆菜"了。冬天是白菜、萝卜、土豆的世界，家家户户按人口规定的定量储存一冬天吃的菜，有些地方土豆顶粮食，买八斤土豆还要交一斤粮票。记得，20 世纪 70 年代的一年冬天，我从大庆参观归来，路过沈阳，辽宁诗人佟明光、刘镇、毕增光等要在家里请我吃饭。可是苦于谁也拿不出一桌子菜来。后来决定在佟明光家举办，每人出去弄两个菜。结果，有办法的弄来点韭菜、芹菜、茄子、青椒等，一点办法没有的刘镇只好捧着两瓶水果罐头充数。

以上说的主要是主副食品，其他水果零食等，不仅品种少数量少花样少，且一般情况下很难买到。每年春天，我都要用自行车驮着女儿到四十里外的农场去采桑粒儿，秋天到贺兰山下采酸枣。在当时，这些东西都是难得一尝的"果品"了。现在吃的水平怎样，已不必我饶舌，人们到各地超市、菜市和早市、夜市走一趟，看那鸡鸭鱼肉、各类海鲜、南疆北国的四季蔬菜、叫出名和叫不出名的水果……那才叫琳琅满目，眼花缭乱，应有尽有。

住，变化更大。那时候多是平房，城市里两代人、三代人住一间房是常态，室内没有卫生间或洗手间，早晨上公共厕所都要排队，洗漱时大多是一个院子的人围着自来水龙头轮流刷牙洗脸。

我的老叔老婶居住在沈阳市小西关，新中国成立前在一间十六平方米的房子里结的婚，后来生了五个男孩都睡在一个炕上，三十几年后老大老二老四在厂子各分了一间房，搬出去结婚另立了门户。老三老五仍跟父母住在那间老房子里。老三结婚时给他间壁出一间六平方米大的"新房"，老五结婚时挨着后窗户搭个板房办了喜事。像我老叔家这种现象在当时不是个别的，房子面积不增加而一家两口人变成了几辈人，每个城市都不少见。

现在，儿女们成家时基本上都有了各自的独立住房。做父母的，给儿女留下的遗产中，差不多都有一项是房产。

1981 年我在北京学习，有一次传达邓小平同志视察北京居民住宅建设时的讲话，其中提到，今后建筑居民住房，要考虑老百姓的洗澡问题，每户都应有个洗澡间，让人们下班后有个讲卫生的地方。听了这个讲话很高兴，但觉得那是很遥远的事情。如今新建的住房基本已经达到了全覆盖。许多城市的"棚户区"只在照片里或影视资料中给老辈人留下些许记忆，而给后辈人留的是家庭居住史的脚印。

行的变化尤为突出。行主要指交通工具和道路，道路包括陆路水路和空路。安东尼奥尼的《中国》里有很长一段镜头，拍的是天安门前东长安大街，几秒十几秒才驶过一两辆汽车，几乎都是"北京吉普"，轿车少得可怜。自行车不论是奔跑在路上，或是停放在停车场里，基本上垄断了交通市场，奔跑时总是一条没头没尾的长龙，停在车场里则是一片海洋。此外在一些非主干道上，毛驴车大马车也络绎不绝，三轮板车和机动三轮车仍是小宗运输的主力。

据说现在的私家汽车的数量已经大大超过了当年的自行车的。我在北京时住在朝阳区新天地小区，小区有两层地下车库，院子里凡空地甚至连庭院也只留下能过一辆车的空地，其余都编号划定了车位，即便这样，小区外马路两边仍停满了无车位的车子。

1972年北京只有一条地铁，如今一二线城市几乎都有了或正在建设地铁，北京已开通了十几条地铁。公路已实现了乡乡镇镇通，高速公路全国联网，水上运输，百舸争流，铁路线逐日延长，火车已驶过"天路"，开进了雪域高原拉萨。民航、高铁、动车把城市和人心大大拉近了，从北京到天津用不了半个小时，一篇稍长些的新闻还没看完就到站下车了。

（摘自《中国纪检监察报》2017年11月24日）

那段岁月，那份爱

张瑞胜

我的父母都是地地道道的陕北农民。我们这些孩子中姐姐最大，兄弟六个，我排行老四，生于 1954 年。

从记事起到参军，我好像就没吃过几顿饱饭，直到现在，我肚子一饿，心里就发慌，以为是低血糖，一检查，正常——这就是小时候饿怕了留下的毛病。

老家自然条件差，靠天吃饭，广种薄收。遇到天灾，就颗粒无收，吃粮不得不靠国家救济。

俗话说，"半大小子，吃死老子"，我们兄弟几个正是长身体的时候，肚子就像无底洞，永远也填不满，整天都感到饿。母亲只好精打细算，定量下锅，然后平均分配。红薯每人每顿最多只能分到两个，细心的母亲大小搭配着分给我们，而她自己总是吃最小、最差的。

虽说陕北农村贫穷落后，但生产队按工分分粮，而且农民还有点开荒种地的自由，因此那些劳力多、子女少的人家基本都能解决温饱问题。按说我们也可以不必挨饿，但父母立下宏愿，非让我们六个儿子都上学读书不可。家里人口多，只有父亲一个壮劳力，一年到头，吃饭的人多，干活的人少，怎能不挨饿呢？

学校食堂是交粮吃饭的，交什么就吃什么，吃多少就得交多少，收齐后统一供应。我们交不上细粮，下午如果吃白面条，我们就在早饭时多买一份四两的苞谷面团子，下午饭就用面汤或开水泡着吃。

我们总是感到饿，昼盼夜，夜盼昼，盼着吃饭，经常会饿得心慌意乱、六神无主。白天饿得不行了，就向食堂的大师傅要一点盐，放在水里再加上一点酸菜充饥；晚上饿得实在受不了，就爬起来到庄稼地里偷吃生南瓜、茄子、青西红柿和青枣。

记得一个夏天的早上，我交的粮都吃完了，也就没有饭吃了，我只能饿着肚子，苦等着放学回家吃饭。有个亲戚问我怎么不去吃饭，我如实相告。他从口袋里掏出一块变了味的苞谷面团子给我。我如获至宝，几口就吞了下去，连一点渣子都没掉。不一会儿，我就开始闹肚子了。肚子里本来就空，越拉越空，疼痛难忍，我只好请假回家。我走了两个多钟头才到家。母亲看到我的样子，焦急万分，她极麻利地给我做了一碗杂面汤，让我吃完后躺下休息，又到地里挖了些野菜给我煮水喝。经母亲的治疗，我的肚子不疼了，但几天都缓不过精气神来。

那时候，一年到头，我们每人连一双布鞋都难以保证。上学途中，只要是土路，我们就脱下鞋子，拿在手上，赤脚走路。公社收购站的破鞋堆就是我们的免费鞋店。不管什么颜色，无论男鞋、女鞋，只要能穿上就行。当地农民都穷，哪有鞋子还能穿就扔的？帮子不行，底子能用也行，自己稍作加工就是一双鞋子，虽说不伦不类，但是聊胜于无。一次，我找到了一只红色女鞋，一只蓝色女鞋，一只大点，一只小点，穿上后前面露脚趾，后面露脚跟，虽说是"前面卖生姜，后面卖鸭蛋"，还算能凑合，我很高兴。没想到，一进教室就招来哄堂大笑，我顿时羞得无地自容，自尊心受到很大的伤害。

我们一大家人住在一孔窑洞里，"吃不上，穿得破，住得挤，欠债多"，是对当年我们家的概括。为了当好这个穷家，不饿死人，母亲绞尽脑汁，省吃俭用，费尽了心血。为了给孩子们多弄点吃的，母亲不得不到山里寻找更多的"进口食品"。为了确保我们吃了安全，她总是自己先尝，有几次都因尝野菜而中毒，万幸的是中毒不深，经抢救后脱险。

在我的记忆里，母亲从未倒过剩饭、剩菜。夏天的剩饭、剩菜酸了，母亲就放点碱，热一热照样吃。刷锅水，清的给猪吃，稠的给鸡吃。我们吃饭的时候，如果不慎掉到桌子上一粒饭，母亲会毫不犹豫地捡起来放到嘴里。日子好起来以后，母亲仍然如此。

从我记事时起母亲就有病，她被病折磨了大半辈子。山区缺医少药，家里连糊口都难，根本无钱看病，母亲对付病魔的办法就是硬撑着。实在撑不住了，就躺下休息一会儿。病重时，起不来床，别说干农活，连饭都做不了。我们兄弟几个都是八九岁就开始学做饭的。母亲看我们可怜，常常强忍着病痛起来做饭，有几次都晕倒在地。病重的时候，母亲几乎到了崩溃的边缘，她叹息着说："我这病啥时候能好呢？啥时候才能把你们抚养成人呢？啥时候给你们都成了家，我就可以闭眼了……我还能活到那一天吗……"我们兄弟几个的成人成才、成家立业，是压在母亲心头的几座大山，常压得她喘不过气来。她常说："这家里要是饿死人咋办呢？"最艰难时，她曾动过将五弟送给一户有钱人家的念头，当人家来领人时，终因骨肉难舍而向人家道歉作罢。

那时，村里经常有讨饭的人上门，尽管我们家穷，但是母亲每次都会给他们一点，她总是说："我们总比讨饭的强点，至少还支着锅灶。就算没吃的，烧上一壶开水，让他暖暖身子也好啊。"

母亲总有操不完的心、劳不完的神。家人、亲戚她都惦记着，但最放不下的还是我们几个孩子。在母亲的培养下，我们一个个都远走高飞了，但不管我们走多远，都走不出母亲对我们的牵挂和思念。

有一年，我和妻子回家探亲，妻子随便说了一句酸枣好吃，母亲就暗自记在心上。第二年，年迈的母亲拖着病体到山里采摘酸枣，晾干后托人从县城捎到延安，从延安捎到西安，又从西安捎到兰州。那一包饱含母亲心血的酸枣经过一个多月才送到我们的手中。每每想起，我的心里都酸酸的、暖暖的。

古语说："树欲静而风不止，子欲养而亲不待。"

母亲在世时，我常思念母亲，牵挂她的冷暖，但有时连一封信也懒得写，还常以远在千里、忠孝不能两全来宽慰自己；母亲去世后，我在对母亲的深深思念中自责、悔过，常常以泪洗面，甚至有时独自失声痛哭。我曾多次祈求上苍原谅我的不孝，但终究无法抹去我心中的愧疚……

我曾答应母亲带她去北京看看，这是母亲长久以来的愿望——一个一辈子没走出穷山沟的妇女，一个从旧社会走过来的小脚女人，对党感激不尽，多么渴望去看看天安门，看看毛主席生活过的中南海，但最终，我没有为她实现这个并不难实现的愿望。

母亲去世后不久，为了不再给自己留下遗憾，我带着父亲到北京看了天安门、中南海，这样，我受伤的心灵才稍感慰藉。

我少不更事，曾误以为让一直在苦日子里浸泡的母亲吃好、穿好就是对她老人家的孝顺了，其实不然。母亲去世后，我才听邻居们讲，曾经，我写给父母的信，她总是让别人一遍又一遍地读着，没人读时，母亲有时用双手握着信，长久地呆坐在那里……

母亲病危时，不让在县城工作的二哥、三哥告诉我，怕影响我的工作和前程，而她一直是多么牵挂她的孩子啊！她把对我的爱延续到她生命的最后一刻，也定格在那最后一刻……

（摘自《读者》2010 年第 10 期）

我终于懂得了婚姻

曹德旺

我现在的老婆是我的结发妻子，她没有读过书，叫陈凤英，人很好。几十年来，帮我煮饭、管小孩，连电话都不接，她觉得自己讲不好普通话，人家会笑她。但是，我这个家现在所有的财产都记在她的名下，我控股的公司也是她在当董事长。我为什么要做这样的安排呢？因为在我还没有富起来的时候，我曾经对婚姻徘徊过。

我从 23 岁结婚到现在，已过了几十年。俗话说，"百年修得同船渡，千年修得共枕眠"，这里面的道理我也是后来慢慢悟到的。

我老婆嫁给我的时候，我们的结合完全是父母之命、媒妁之言。结婚前两个人连面都没有见过，仅仅看过对方一张很小的黑白照片。那一年是 1969 年，我家非常穷，生活很苦，母亲又生病了，所以家里人就希望我先结婚，找个老婆来照顾我母亲。我答应了。

我们刚结婚，我就把她的嫁妆全部卖掉了，卖了一点钱，这些钱就是我做生意最初的本钱。然后我就开始种白木耳，再拿到江西去卖，来回一趟可以赚七八百元钱。这样跑来跑去，没有想到，才跑到第四趟，货就被人家扣了，不但本钱赔了进去，还欠了村里人1000多元。她一句怨言也没有。她非常纯朴，她认为嫁给我了，就是我说了算。我们30多年的婚姻生活中，她一直是这样的，再苦再难也不会抱怨。新婚，嫁妆卖光，钱全给我拿去做本钱；她在家里伺候我生病的母亲，我在外面跑生意，一年到头两个人在一起的时间很少。"贫贱夫妻百事哀"，有些事情只有经历过了才知道里面的甘苦，所以说我们是患难夫妻。

当时很多人来向我要债，家里能卖的东西全都卖掉了，最后只剩下一小间房子。这时生产队里又来人找我，他们说我跑去做生意，欠了做水库的义务工，有二十几个工日，如果不去做，就要按照一个工一天3.5元钱交钱，我一算又得100块钱。我想我在家里也没有事做，去做工一天还能赚到3.5元，不如去做工。结果没有想到，原来整个生产队都没人愿意去做，就我一个人去做，这等于是我去替别人出工，做了工以后按照一天3.5元的价钱卖给他们。

工地很远，我走之前，送我老婆去她的娘家。她一个女人带一个孩子，丈夫又不在身边，家里一贫如洗。所以我就对她说："我现在一无所有，只余下一个人，如果实在不行，你可以再嫁人。"我丈母娘说："你胡说八道，你这么聪明，难关一定会渡过的，你放心回去吧，你的老婆和孩子我给你管着。"

我和我老婆就是这样的感情，平平淡淡，无论我好、无论我坏，她都相信我。

年轻的时候，我曾经遇到过一个不同的女人，那是一个让我想把家都扔掉的女人。那是在20世纪70年代末、80年代初，当时我写信给我的太太，她不认识字，信是我妹妹读给她听的。后来等我回到家，她见了我也只是说："我知道我配不上你，知道你是会走掉的，你要是真想走，那么把房子和3个孩子留给我。"我听了以后非常伤心，觉得自己非常对不起她。

我那个时候非常痛苦，当时我们的生活已经有了很大的好转，但还只是一个富裕起来的农民家庭而已，还没有像现在这样有能被称得上是事业的企业。就在那个时候，我爱上了一个女人，那是真正的相爱。她为了帮助我，为我做了很多事情，我们都很投入，彼此觉得找到了一生的知音。

我面临着选择。一面是我的结发妻子，她为我默默地奉献了那么多年，吃了那么多苦，纯朴善良，永远无条件地信任我；另一面是我的红颜知己，我们有刻骨铭心的感情，有共同语言。我真的很苦闷，不知道以后的路应该怎样走。后来我就去做调查，去了解别人的生活。

我选了100对有代表性的夫妻，有工人、医生、干部，有老师，也有老板，我发现并不是只有我对自己的家庭不满意，这100对夫妻中没有一对夫妻对自己的家庭是完全满意的。给我感触比较深的是福州水表厂的一个朋友，他和太太两个人，一个是科长，一个是团干部，郎才女貌，是谈了3年恋爱才结婚的。在我看来，他们应该幸福得不得了，没有想到，也是家家有本难念的经。在我跟他们成了很好的朋友以后，有几次，喝酒聊天说深了，才知道他们双方都对家庭不太满意，两个人互相指责起来，痛苦一点不比我的少。

当时是1980年。我对我能搜集到的婚姻样本进行统计、分析、比较，得出的结论是：没有一个家庭是绝对幸福的。

于是我开始思考，为什么会是这样？后来我想明白了——两个人，来自不同的家庭，受的是不同的教育，这样就会形成各自不同的观念，谈恋爱的时候，可能是求同存异，一旦真正生活到一起，就会有很多问题。幸福这东西讲起来都是大同小异的，就是有吃有喝、子孙满堂这些东西，可是如果往深里去想，世界上有绝对的幸福吗？没有，所以也不会有绝对幸福的家庭、绝对完美的婚姻。既然是这样，我认为自己不需要再去考虑什么重组家庭的事情了。

这些都是过去的事情了。对于我来说，家庭是一个避风的港湾。两个人素昧平生，然后成为一家人，同在一个屋檐下，这是缘分，应该好好珍惜、和睦相处，有困难的时候能够同舟共济，这就足够了。

真正的幸福不仅在家庭，还在事业。做事业的人绝对不可以为了感情而放弃事业，这是我的看法。我还有一个看法，就是男女之间还是要有真的感情，像我和我的妻子，虽然直到现在我们也很少有时间交流感情，可她和我是患难夫妻，我们一起经过了多少事情！这就是感情。在我被人家追债追到连房子都要卖掉的时候，她还是信任我，跟着我。现在我发达了，她不管我有多少钱，也不势利：我有多少钱、怎么花，她也不管，反正她相信我。这是一种始终如一的感情。很多感情不是真感情，是因为没有建立在一个牢固的基础上。

中国有句话："百善孝为先，论心不论迹，论迹贫家无孝道；万恶淫为首，论迹不论心，论心世上无完人。"什么意思呢？第一句讲的是"孝道"，说看一个人是不是符合"孝道"，不是看他有没有给老人买贵重的东西，而是要看他心里有没有老人；第二句说的就是"性情"，只要是人，就不会对异性没有感觉。"论心世上无完人"说的就是不能以"心里有没有感觉"作为依据来评判人，如果以这一点做依据来评判人，世上就没有好人了。因为很难有人一生一世，心里从来没有被其他异性感动过，从来不曾为其他异性泛起过一点水花，儒家讲的"发乎情，止乎礼"就是这个道理。

我们结婚这么多年，很少刻意培养、经营感情。像电影电视里送礼物让对方惊喜或者相约吃烛光晚餐，在月光下说些缠绵悱恻的话，我们都没有。我们的感情就像涓涓的溪流一样，无声无息。

一想到她嫁给我的时候是那样一个纯朴的少女，这么多年来，无论发生什么事情，她都始终如一地听从我的安排，我就觉得要尽到自己的责任。所以我所有的财产、我的公司都在她的名下，我要让她觉得安心，觉得这辈子有依靠。我们虽然没有那些激情如火的海誓山盟，但是我们毕竟是从年轻相伴到白发，中间所有的悲伤和快乐都是连在一起的，这是一种血脉相连的感情，没有经历过的人体会不到。

许多人为了做事业，经常要处理家庭和工作间的矛盾，可是对我来说，这个矛盾根本不存在。我的老婆从来不会要求我这个，要求我那个，她不需要我去哄她，现在想一想，这种安静本分的感情难道不是一个专心做事的人最需要的吗？

（摘自《读者》2014 年第 15 期）

最浓密的情感

吴念真

　　我出生在一个矿区，是煤矿、金矿的矿区，金矿没有的时候，我爸爸就开始挖煤矿。你知道，这是一个非常危险的行业，在早期整个社会福利制度还没有健全的时候，矿区是一个充满灾难的地方，我常常觉得我们那个矿区是制造孤儿和寡妇的地方。

　　我很怕故乡的冬天，很多雾，冷冷地坐在学校上课，常听到矿务所敲紧急钟，当当当，当当当，然后开始广播几号矿出事。假设爸爸刚好是在那个坑，我在教室里面的第一个反应就是，心里拼命祈祷，不是我爸爸，不是我爸爸。可能外面还在叫，我们还是默默地在上课，老师也会故意把窗户关起来，怕我们受影响。等一下就有一个老太太——很会办丧事的一个老太太，那感觉就像一个死神，她喜欢穿黑衣服，头发就绑在后面——从雾里面穿过来，从远远的地方走过来，我就祈祷，不要叫我。然后她叫某个小孩的名字，说"阿中，来接你爸爸回家"，就看到一个小朋友收书包，开始哭，出去，全场安静——那样的画面让人永生难忘。你当然会觉得有一种庆幸，可是你一下课马上就会往坑口跑，所有人已经开始受不了了，你可以想象那种场面吗？小孩子跪在前面开始烧纸钱，一堆人哭，大家讨论怎么办后事，有时候是一个，有时候是很多个。你哭不是因为他父亲的过世，而是再过几天这个同学就不会再跟大家一起上课了，因为他可能就要去投靠亲戚，甚至去城市里当童工。

在那样一个矿区，每个人都知道这个行业危险，每个人都知道明天不知道在哪里，所以人们学会做一件事情叫互助。村子里如果刮台风，屋顶被掀掉，第一个被修的肯定是寡妇家，因为大家都去帮忙。虽然矿区的生活很辛苦，但大家会珍惜人跟人之间的情感。我年轻的时候看过一本书，克鲁泡特金的《互助论》，每次看都很感动，我觉得我们那个村庄基本上就是一个很穷却非常完美的社会的缩影。在那个村庄，男人不是阿伯，就是叔叔、阿公；女人不是阿姨，就是姑姑、阿嬷。

小孩子端一碗饭，就可以吃遍全村，但是同样，你只要做错一件事，就会被打三次。有一天我只是在路上转弯处小便，伯伯过来，看到就一推我，说："你怎么在路上小便，女生如果看到多难看！"我那时候只是小学二三年级而已，当时就被打了一次。时隔半年，有一天那个阿伯跟我爸爸在树下聊天，看我走过去忽然间想起来了，说："这个小孩有一次在路边小便，我打过他一次。"我爸爸就说"过来"，然后啪啪啪，又打一次。一年之后，一次他太太去洗衣服，碰到我妈妈，她突然间又想到了："我听我先生说，有一天那个谁啊就在路边小便，我先生打过他。"我妈妈回来二话不说，竹竿一拿就啪啪啪地打。

那是一个生命共同体——你的丧事，大家是真心地悲伤着；你的喜事，大家真心地替你开心。年轻的时候，人跟人之间是这样一种情感，就会期待走到哪里都遇见这样的人，希望你所处的社会就是这样的社会。可在城市却不是，在台北，人跟人对面不认识，楼上楼下不认识。那种防备、不信任，很诡异，我无法理解这样的社会。

1975 年，我们那个村子被取消，现在回去时荒草漫漫，但是村落的人都还互相联络着，婚丧嫁娶都还参加。以前村子里有丧事人们自动编组，年轻的人会看棺木，老人家去山上找墓地，会写字的人去写悼词。像我这样的人什么都不能做，就去端菜，旁边有个号，31、32，就是说我负责给第 31 桌和 32 桌端菜。现在慢慢老了，我开始做证婚人。

这个村子消失 36 年了，我父亲去世是 1989 年，他是矿工，矽肺，五十几岁生病，六十几岁受不了，自杀。那一天我弟弟先回去照顾妈妈，我在那边处理后事、应付警察，因为是非自然死亡。我回到村里差不多晚上 10 点多，狂风暴雨，我弟弟回去时已经通知了叔叔伯伯。我晚上 10 点钟送爸爸的遗体进门的时候，所有叔叔伯伯已经在那边跪下来——他们来自各地。

第二天治丧的时候，我弟弟说爸爸曾在夜里讲，他的丧事即便是半夜通知他的朋友，他也自信他的朋友都会来。我爸爸还交代扛棺木这件事，叔叔伯伯都老了，都有矽肺，所以我们要雇人来扛。我有个叔叔就说，这种事情不要烦你了。

出殡那天，叔叔伯伯很早就来了，每个人自己拿草鞋来穿，草鞋上套着白布，意思是要扛棺木上山。从我家到平路路面有 20 级台阶，我是长子，要捧牌位在前面走。我在那边大哭，我哭不是因为我爸爸，在我爸爸生前最后一个月，我经常哭，我是看到十几个叔叔伯伯，六十几岁，都是矽肺，皮肤苍白，腿瘦瘦的，使劲抬腿上去，肌肉收缩，我看到十几双腿在抖，心里想我这一辈子如果有这样的朋友，即便什么都没有做，也很自豪。

我对上一辈那种情谊、人跟人的真情很珍惜，所以在城市里会受不了，觉得这群人是寡情的。经过最重、最浓密的情感之后，你再去一个地方，就没有办法把它当作你的故乡、你的乐土。

（摘自《读者》2014 年第 10 期）

买一张火车票去看母亲

高建群

买一张火车票，我到小城去看母亲。我曾经在一篇文章中说，等我什么时间有了空闲了，我要做的第一件事情，就是去陪母亲住一段时间，吃她做的饭，跟她拉家常，捧起一本书读给她听。这文章写了几年了，可是我始终是一个忙人，无暇脱身。前几天，我站在城市的阳台上，怅然地望着北方，突然明白了，忙碌的人生是永远不会有空闲的。你要去看母亲，你就把手头的所有事撂下，硬着心肠走，你走的这一段时间就叫"空闲"。这样，我买了一张火车票，去小城。

卧铺票没有了，我于是买了张硬座票。我对自己说，等上了火车再补。可是等上了火车以后，我只是轻描淡写地问了列车员两句，并没有认真地去补。这时候我明白了，买票的时候，我是在欺骗自己：我是生怕自己突然改变主意，于是先把票买上，叫自己不能回头，至于到时候补不补票，我并没有认真地去想。

　　火车轰隆轰隆地开着，开往山里。这条单行线的终点站就是小城。母亲就在小城居住。火车要运行一个夜晚，从晚上到早晨。火车要穿过一百〇八个山洞，这是这条支线当年修通时，我第一次经过时，一个个数的。我坐在火车上，毫无倦意，脸上挂着一种善良的微笑。因为这是看母亲，因为在铁路线的另一头，有一个我生命中最重要的人在等着我。

　　陶渊明是在四十一岁头上，写出那篇著名的《桃花源记》的。神州大地，何处是这桃花源？历朝历代，都有人在做琐碎考证。然而，一个美国心理学家在将这篇奇文输入电脑程序，一番研究之后，却得出一个石破天惊的结论。这结论说，这桃花源说的是母体，这《桃花源记》表现了一种人类渴望回归母体的愿望。当人类在这个为饥饿而忧、为寒冷而忧、为无尽的烦恼而忧的世界上进行着生存斗争，他有一天会问自己，在自己的一生中，曾经有过那无忧无虑阳光明媚的时光吗？后来他说，有的，那是在娘肚子那十月怀胎的日子。

　　坐在火车上，在我的善良的微笑中，我突然想起陶渊明的《桃花源记》这些事。我的微笑很像母亲，记得有一年我陪着母亲在小城的街道上行走时，一位同事立即认出我们是母子，"你们有一样的微笑"，他说。此刻我想，在母亲那十月怀胎的日子里，她的脸上也一定时时挂着我此刻的这种微笑。我曾经写过一篇文章，剖析过那雨中的洋芋花微笑的原因，按照老百姓的说法，这是一种母瘾行为。洋芋花在微笑的同时，它的根部开始坐下果实。

　　我今年四十六岁，比陶渊明写《桃花源记》时大五岁。我也是从四十岁头上，突然开始恋家的。是不是人步入这个年龄段以后，都会突然产生这种想法，我不知道。我这里说的"这种想法"，说得直白一点儿，就是渴望回归母体，渴望在那里获得片刻的安宁，渴望在那里歇一歇自己旅程疲惫的身子。是这样吗？我不知道！不光我不知道，我想当年陶渊明写他的《桃花源记》时，大约也不知道，自己的潜意识中会有那么古怪的想法。

在经过十个小时的乏味旅程，在穿过一百〇八个洞之后，火车终于一声长鸣，到达了小城。出站后，我迅速地搭乘一辆出租车，向母亲居住的地方飞驰而去。后来，我来到家门口，白发苍苍的母亲，还有几位邻居的老太婆，站在家门口等我。邻居的老太婆对我说，母亲知道我要回来，天不明，她就在门口等我了。

母亲是河南扶沟人，黄河花园口决口的遭灾者。遭灾后，他们全家随难民逃到陕西的黄龙山。后来，他们全家死于克山病，只母亲一人侥幸逃脱。逃脱后，七岁的她给父亲做了童养媳。我母亲十四岁时完婚，十六岁时生下我的姐姐，十八岁时生下我，二十岁时生下我的弟弟。我的父亲于七年前去世，如今这家中，只母亲一个人居住。

我已经有一年多没见母亲了，在母亲的家中，我幸福地生活了一个礼拜。我说我有胆结石，一位江湖医生说，多吃猪蹄，可以稀释胆汁，排泄积石，我这话是随意说的。谁知母亲听了，悄悄地跑到市场，买了五个猪蹄，每天早晨我还睡觉时，母亲就热好一个，我一睁开眼睛，她就将猪蹄端到我跟前。母亲养了许多的花。花盆摆了半个院子。这花盆里还长着些朝天椒。我说，这朝天椒如果和青西红柿切在一起，又辣又酸肯定好吃。这句话刚一说完，母亲又不知从哪里弄来几个青西红柿，从此我每顿饭的桌上，都有这么一小碟生菜。

谁言寸草心，报得三春晖。在这一个礼拜中，我收敛自己的种种人生欲望，坐在家里陪着母亲。小城的朋友们听说我回来了，纷纷请我吃饭，我说饶了我吧，我这次回来只有一件事，就是陪母亲。

母亲不识字。记得我曾经在一篇文章中说，等有一天，我有了余暇，我要坐在母亲跟前，将那些世界上最好的书读给她听，我说，那时我读的第一篇小说，也许是普希金的《驿站长》，而此刻，我就这样做了。《驿站长》中那个二百年前的俄国人物悲惨的命运，此刻成为这对小城母与子之间的话题。

　　一个礼拜到了，我得走了，世界上还有那么多的人生俗务在等着我。听说我去买票，母亲的神色立即暗淡了下来。她下意识地拽住我的衣角。这一拽，令我想起《西游记》中白龙马眼里含着哀求，用嘴噙住猪八戒衣襟时的情景。我对母亲说，等我的大房子分下以后，她来我那里住。母亲含糊地应了一句。

　　我还说，父亲已经去世。脚下纵有千条路，但是没有一条能通向那里，因此我纵然有心，也是无法去探望的；不过母亲还健在，我是会时时记着她、时时探望的。

　　"热爱自己的母亲吧，朋友！这是一个失去母亲三十年的人在对你说话！"这段话，是一个叫卡里姆的苏联作家在他的《漫长漫长的童年》中说过的话。此刻，在我就要结束这篇短文，在我就要离开小城的时候，这段话像风一样突然飘入我的记忆中。由这句话延伸开去，最后我想说的是，亲爱的读者，如果你母亲还健在，那么你不妨抽暇去看一看，世界并不会因你离开位置的这段日子而乱了秩序，而你会发现，这段日子你做了一件多么重要的事情。

（摘自《读者》2001 年第 1 期）

梧桐飘落的深秋

金　泳

　　许多年后，我还会忆起 30 年前母亲为我送米的那个下午。

　　那时我在县一中念书。作为第一次远离父母到城里念书的农村孩子来说，想家是难免的，很多同学都在夜里哭过，由于交通不便，同学们一学期都在学校度过，因而家长按月送米到学校便成了同学们一月的巴望。

　　那是深秋的一个晴朗的下午，晚餐时我仍在教室里写作业，省得去食堂排长蛇阵，当同桌来告诉我母亲来了时，我便向宿舍飞奔而去。路过操场，我看见了晒在双杠上的我的被子，那一定是母亲晒的。远远地我望见了母亲，她站在宿舍前的台阶上，中等个儿，一身朴素整洁的打扮，傍晚的阳光把她的半身染成了金黄。我高兴地跑上前去："妈，还没到时候呢，想不到你就来了。"

　　"妈想你了，就来了，现在得闲，过几天就忙了。"

　　说话间我们进了宿舍，两份饭摆在床前的木箱上，还有母亲从家里带来的一包油炸小鱼，一罐头瓶肉烩咸菜，床上是她送来的夹衣。"这是你的。"
她把一份饭递给我，里面的菜是粉蒸肉，她自己吃有南瓜的那份。哟！粉蒸
肉，那时是我最喜欢吃的菜了。现在想想，为什么当时不和母亲的那份换换
呢？难道这是天经地义的么？唉，我那时是太天真了。母亲见我狼吞虎咽，
三下五除二就吃完了，就把自己的饭分我一些。她说："我来时吃得多，现
在还不饿。"真的，现在回想起来，那是我学生时代吃得最香的一顿饭。

饭后，母亲把买来的饭菜票点给我，她告诉我她是下午三点到的，背着
米从车站一路问到学校，她说她还是年轻时同我父亲一起来过县城，原来这
里都是棉田，二十年了，已经大变样了。在两个小时内，她找到学校后勤
处，交了米，买了饭菜票，再找到宿舍认出我的床铺，为我晒了被子，又帮
我洗了床下一双放了很长时间、很脏的运动鞋，然后打扫了寝室卫生，再到
食堂打来饭菜。可想而知，其间她一定问了不少人，流了不少汗。

是夜，母亲就留宿在这里，她睡我的铺，我和上铺的同学挤。等我们下
了晚自习，她已经睡了，知道我回来，她又坐了起来，从蚊帐里露出脑袋仔
细地打量我，喃喃地说："这孩子怎么瘦成这样？是不是有什么病？"我说：
"没事，学生都这样子。"我不想把上月患夜盲症的事告诉她，她叹息一声，
依旧睡下。

"啪！啪！"窗扇猛烈地拍打着窗户，将我惊醒过来。窗户上的玻璃早没
有了，蒙上的塑料纸也所剩无几，夜里起风了，风吹窗扇发出阵阵响声，吹
得蚊帐一鼓一鼓的。我探出身子，低头倾听母亲细微的鼾声，室内一团漆
黑，远处高塔上的灯光映照着窗前摇曳的树影，估计时间尚早，又放心睡
下。

睡梦中，我感觉有人用手指戳我，便倏地坐了起来，揉揉眼，一看是母
亲。"我要走了，你睡吧。"她低声说。我急忙穿衣下床，她说："外面起风
了，你要把夹衣穿上。"随后，她从衣袋里掏出一些零钱，说："这次出门带
了十元钱，车票花了一元四角，买菜票是六元，就剩这些了。"她清了清，

把一元二角钱递给我，说："拿着，留着急用，想吃点什么就买点。"我"嗯"了一声，接过钱。突然她又把手上的四角钱也塞给我，我说："你的车钱？"她说："我搭一元钱的车，再去走一截。"我忙塞给她说："这怎么行，我还有钱。"她疑惑地看着我，我拍了拍口袋说："是真的，上月的钱我还没用完呢。"她没再推托，脸上显出为难的神色。

我和母亲走出宿舍，外面的景物一片朦胧，整个校园还沉浸在宁静的睡梦中，风比昨夜的小了些，梧桐叶落了一地。无意中我发现食堂那边一片灯光，烟囱中浓烟滚滚。便对母亲说："妈，我去买几个馒头你车上吃。"我们来到食堂，里面黑黢黢的，只有两个窗口透着点亮光。从窗口望去，里面雾气弥漫，十几个工人围着案板捏包子。我贴在窗口喊："买馒头。"窗口出现一张黑红的男人的脸。他歪着脑袋打量母亲，问道："你买馒头？还没熟呢。"母亲说："请问还要多久？""半个小时吧。"那个男人说。母亲喃喃地说："半个小时，等不及了，走吧！"的确，从县城到我家，每天只有早出晚归一趟车，要是误了车，当天就回不去了。

我送母亲走出校园，自己心中若有所失。出了校门，母亲说："你回去吧，下月再来看你。"我点了点头。在昏黄的路灯下，我看见母亲齐肩的短发，身穿天蓝色大襟衬衣、深色长裤，脚穿一双白塑料底的布鞋，腋下夹着装米来的白布口袋，渐渐地消失在早行的人群中。

我蔫蔫地回到宿舍，宿舍依旧沉静，同学们还没起床。我坐在床沿一时不知所措，睡吧，眼看就要打起床铃了；去教室吧，黑咕隆咚的，又没开门。对了，食堂里的馒头这时候也许熟了吧，想到这，我的心不由得一阵激动，急忙向食堂跑去。

一进餐厅就闻到了馒头的芳香，这时，白胖的馒头已经出笼，在案板上腾着热气。我对着窗口大喊："我买馒头。""哪个这么早就鬼喊鬼叫的？还没到点呢。"有人在里面吼道。"我买馒头。"这一次我几乎是哀求了。"算了，算了，他等了一会了，卖给他吧。"一个小个子女人离开案板走过来问，

"买几个？""买五个。"我递过票去。她点了票，拿了馒头给我，我双手捧起馒头，说了声"谢谢"就飞奔而去，等她在里面问我要不要稀饭时，我已出了食堂的门。

我一路小跑来到车站，心里惦记着不知母亲走了没有。候车室里的灯光格外明亮，我焦急地搜寻着母亲的身影。突然，我在几列购票队伍里发现了母亲，因为冷，她把口袋当作头巾包在头上，她已经接近售票窗口了。我惊喜地大喊一声："妈——"这一声引得所有人都回头看我。母亲看见我了，先是一愣，紧接着笑容就在她的脸上绽开。她离开队伍走过来，我捧着馒头迎了上去："妈，馒头，给你！"她双手接过馒头，用惊喜的目光打量着眼前喘气的我，一时不知所措。我高兴地说："妈，我买到了！"她说："你吃了吗？"我喘着气说："没有，我再去买。妈，我要走了。"她连连点头，脸上荡漾着幸福的喜悦。当我跑出候车室时，听到她在后面喊："你慢点！小心……"那天，我迟到了，但我心里高兴。

下月送米来的，是我的父亲，他告诉我那天母亲是走回家的，那一元四角钱她省下了。我当时就愕然了，不解地问："怎么会呢？她不是在买票吗？"父亲说："是的，但接到馒头后她就改变了主意。"

"那她什么时候到家？"

"天还没黑，我们在等她吃晚饭。"

"怎么会这样呢？难道她不觉得累吗？"

"没有，她高兴着呢。她吃了两个馒头后动身，中午又吃了一个，剩下的带回来我们吃了。"说着，父亲的眼眶就湿润了，他吧嗒了一口烟又补充道："中途，她只讨过两次水喝。"

天啊！我家离县城有一百多里路，中间要过两条河，这一路上的情形，我实在无法想象。

等我长大成人，身为人父后，终于体会到母亲的伟大，她在接到馒头后不是继续买票上车，而是尽可能地为儿子节约每一分钱！由于积劳成疾，母亲过早地离开了我们。子欲养而亲不待，每当见到飘落的梧桐叶，我就会忆起她给我送米的日子。

今天，又是梧桐叶落时……

（摘自《读者》2011 年第 23 期，有删节）

父亲最高兴的一天

路 遥

我从地区中师毕业后，回到县城一所小学教书。除了教书，我还捎带保管学校唯一的一台收录机。

放寒假时，学校让我把宝贝带回家去保管，我非常乐意接受这个任务。我是个单身汉，家又在农村，有这台收录机做伴，一个假期不会再感到寂寞。

转眼到了大年三十。

父亲舒服地吐着烟雾，对我说："把你那个唱歌匣匣拿出来，咱今晚好好听一听。"他安逸地仰靠在铺盖卷上，一副怡然自得的架势。我赶忙取出收录机，放他老人家爱听的韩起祥说书。父亲半闭着眼睛，一边听，一边悠闲地用手捋着下巴上的一撮山羊胡子。韩起祥的一口陕北土话，在他听来大概就是百灵鸟在叫。

韩起祥说到热闹处，急促的声音和繁密的三弦声、快板声响成一片，好像一把铲子正在烧红的铁锅里飞快地搅动着爆炒的豆子。父亲情绪高涨，竟然也用陕北土话，跟着老韩嚷嚷起来，手舞足蹈，又说又唱。

看着父亲兴高采烈地又说又唱，我说："爸，干脆让我把你的声音也录下来。""我的声音？""嗯。""能录下来吗？""能。"

他突然惊慌起来，连连摆手，说："我不会说，我不会说。"我很快卡住开关，然后放给他听。收录机里传出他的声音："我不会说，我不会说。"父亲吃惊地叫起来："这不是我的声音吗？"

父亲显然对这事产生了极大的兴趣。他跃跃欲试，又有点不好意思，格外紧张地把腰板挺了挺，像要举行什么隆重仪式似的，两只手把头上的毡帽扶端正，庄严地咳嗽了一声。他突然像小孩子一样红着脸问我："我说什么？"

我忍不住笑了，说："比如说你这一生中最高兴的一天。"

"一生中最高兴的一天？那当然是我和你妈成亲的那天……你看我，说些甚。提起那年头，真叫人没法说。冬天的时候，公社把各大队抽来的民工都集中到寺佛村，像兵一样分成班、排、连，白天大干，晚上夜战，连轴转。到了年底，还不放假。大年三十早晨，所有的民工都跑了个精光，我也就跑回来了。那天早上我跑回家时，你们母子几个围着一床烂被子，坐在炕上哭鼻子。看了这情景，你不知道我心里有多难受。大家都穷得叮当响，过年要甚没甚，咱家里就更不能提了。旁人家孬好都还割了几斤肉，咱们家我没回来，连一点肉皮皮都没有。我转身就往县城跑。我当时想，就是抢也要抢回几斤肉来。我进了县城，已经到了中午，副食门市部的门关得死死的。唉，过年，人家早下班了。

"我长叹了一口气，抱住头，蹲在门市部前面的石台子上，真想放开声哭一场。我来到后门，门也关着，不过听见里面有人咳嗽。我站着，不敢敲门。为甚？怕。怕什么？当时也说不清。我突然冒出个好主意。我想，如果我说我是县委书记的亲戚，门市部的人还敢不卖给我肉吗？我不知道书记的大号，只知道姓冯。好，我今天就是冯书记的亲戚。我硬着头皮敲后门，门开了一条缝，露出一颗胖头。我对他说，冯书记让你们割几斤肉。哈，不用说，胖头起先根本不相信我是冯书记的亲戚。他打量我半天，后来大概又有点相信了。

"他说一斤八毛钱。我说，那就割五斤吧。我原来只想割上二斤肉，够你们母子几个吃一顿就行了。我不准备吃，因为在民工的大灶吃过两顿肉。我想余下两块多钱，给你妈买一条羊肚子毛巾，再给你们几个娃娃买些鞭炮。她头上那条毛巾已经包了两年，又脏又烂。吃肉放炮，这才算过年呀。可是，一个县委书记的亲戚走一回后门，怎能只割二斤肉呢？我咬咬牙，把四块钱都破费了。那个胖干部好像还在嘲笑冯书记的这个穷酸亲戚。他当然没说，我是从他脸上看出来的。不管怎样，我总算割到了肉，而且是一块多么肥的刀口肉啊。我走到街上，高兴得真不知道如何是好。我想，我把这块肥肉提回家，你妈，你们几个娃娃，看见会有多高兴啊。咱们要过一个富年。

"在街上，一个叫花子拦住我的路。我一看，这不是叫花子，是高家村的高五，和我一块当民工的。他老婆有病，他已经累得只剩下一把干骨头。高五穿一身开花棉袄，腰里束一根烂麻绳，当街挡住我，问我在什么地方割了这么一块好肉。我没敢给他实说，我怕他知道了窍门，也去冒充县委书记的亲戚。那还了得？叫公安局查出来，恐怕要坐班房。我撒谎说，肉是从一个外地人手里买的。高五忙问，那个外地人现在在什么地方。我说，人家早走了。高五一脸哭相对我说，前几天公家卖肉时，他手里一分钱也没有。直到今天早上，他才向别人央告着借了几个钱，可现在又连一点肉都买不到了。他说，大人怎样都可以，不吃肉也搁不到年这边，可娃娃们不行呀，大哭小叫的……他瞅了一眼我手里提的这块肉，可怜巴巴地问能不能给他分一点。说实话，我可怜他，但又舍不得这么肥的肉。我对他说，这肉是高价买的。他忙问多少钱一斤。我随口说，一块六毛钱一斤。不料，高五说，一块六就一块六，你给我分上二斤。我心想，当初我也就只想买二斤肉，现在还不如给他分上二斤呢。实际上，你知道不，我当时想，一斤肉白挣八毛钱。拿这钱，我就可以给你妈和你们几个娃娃买点过年的东西。我对他说，那好，咱俩一劈两半。可怜的高五一脸愁相变成笑脸。

"就这样，高五拿了二斤半肉，把四块钱塞到我手里，笑呵呵地走了，倒像是占了我的便宜。好，我来时拿四块钱，现在还是四块钱，手里却提了二斤半的一条子肥肉。这肉等于是我在路上白捡的。好运气。

"我马上到铺子里给你妈买了一条新毛巾，给你们几个娃娃买了几串鞭炮。还剩下七毛钱，又给你们几个馋嘴买了几颗洋糖……我一路小跑往家里赶，一路跑，一路咧开嘴笑。嘿嘿，我自个儿都听见我笑出了声。如果不是一天没吃饭，肚子饿得直叫唤，我说不定还会高兴得唱它一段小曲……

"你不是叫我说一生中最高兴的一天吗？真的，这辈子没有哪一天比过这一天。高兴什么？高兴你妈和你们几个娃娃过这个年总算能吃一顿肉了。而且，你妈有了新毛巾，你们几个娃娃也能放鞭炮、吃洋糖了……"

我"啪"一声关了收录机，一个人来到院子里。远远近近的爆竹声此起彼伏，空气里弥漫着和平的硝烟。此刻，这一切给我的心灵带来了无限温馨和慰藉。

（摘自《读者》2015 年第 10 期）

紫 衣

三 毛

那封信是我从邮差先生那儿用双手接过来的。

那是多年前的事了。当年，我的母亲还是一个三十五六岁的妇人。她来台湾的时候不过二十九岁。

把信交给母亲的时候，我感觉到信中写的必是一件不同寻常的大事。母亲看完信很久很久之后，都望着窗外发呆。她脸上的那种神情十分遥远，好像不是平日那个洗衣、煮饭的母亲了。记忆中的母亲是一个永远只可能在厨房找到的女人。

到了晚上要休息的时候，我们小孩子照例打地铺睡在榻榻米上，听见母亲跟父亲说："要开同学会，再过十天要出去一个下午。两个大的一起带去，宝宝和毛毛留在家，这次我一定要参加。"父亲没有说什么，母亲又说："只去四五个钟头，毛毛找不到我会哭的，你带他好不好？"毛毛是我的小弟，那时候他才两岁多。

于是我才突然发现原来母亲也有同学，就问母亲，念过什么书。母亲说看过《红楼梦》《水浒传》《七侠五义》《傲慢与偏见》《呼啸山庄》……在学校还是篮球校队的，打的是后卫。听见母亲说这些话，我禁不住深深地看了她一眼，觉得这些事情从她口里讲出来那么不真实。生活中的母亲跟小说和篮球一点儿关系也没有，只是大家庭里一个不太能说话的"无用"女子而已。

母亲收到同学会郊游活动的通知单之后，好似快活了一些，平日话也多了，还翻出珍藏的几张照片给我们小孩子看。她指着一群穿着短襟白上衣、黑褶裙子的女学生，说里面的一个就是十八岁时的她。

看着那张泛黄的照片，又看见趴在地上啃小鞋子的弟弟，我的心里升起一阵混乱和不明白，就跑掉了。

从母亲要去碧潭参加同学会开始，那许多个夜晚我放学回家，总看见她弯腰趴在榻榻米上不时哄着小弟，又用报纸比着我们的制服剪剪裁裁。有时她叫姐姐和我到面前去站好，将那报纸比在我俩身上看来看去。我问她，到底在做什么。母亲微笑着说："给你和姐姐裁新衣服呀！"那好多天，母亲总是忙到很晚。

我天天巴望母亲不再裁报纸，拿真的布料出来给我看。当我有一天晚上放学回来，发觉母亲居然在缝一件白色的衣裳时，我冲上去，拉住布料叫了起来："怎么是白的?！怎么是一块白布?！"说着丢下书包瞪了母亲一眼，就哭了。灯下的母亲，做错了事情般低着头——她明明知道我想要的是粉蓝色。

第二天放学回来，我发现白色的连衣裙已经缝好了，只是裙子上多了一圈紫色的荷叶边。

母亲的同学会定在一个星期天的午后，说有一个同学的先生在机关做主管，借了一辆军用大车，我们先到爱国西路一个人家去集合，然后再乘那辆大汽车一同去碧潭。

星期天我仍要去学校。母亲说，到了下午两点，她会带了姐姐和新衣服来学校，向老师请假，等我换下制服，就可以去了。

等待是快乐又漫长的，起码母亲感觉那样。那一阵，她常讲中学时代的生活给我们听，又数出好多个同学的姓名来。说结婚以后就去了重庆，抗战胜利后又来到了台湾，这些同学已经失散十多年了。说时，窗外的紫薇花微微晃动，我们四个小孩都在房间里玩耍，而母亲的目光越过了我们，盯住那棵花树，又非常遥远起来。

同学会那天清晨，我照例去上学。中午吃便当的时候，天色变得阴沉起来，接着飘起了小雨。等到两点钟，上课铃响过好一会，才见母亲拿着一把黑伞匆匆忙忙由教务处那个方向的长廊上半跑着过来。姐姐穿着新衣服一蹦一跳地跟在后面。

我很快被带离了教室，到学校的传达室去换衣服。制服和书包被三轮车夫——叫作老周的接了过去。母亲替我梳头发，很快地在短发上扎了一圈淡紫色的丝带，又拿出平日不穿的白皮鞋和一双新袜子，弯腰给我换上。母亲穿着一件旗袍，暗紫色的，鞋是白高跟鞋——前面开着一个露趾的小洞。一丝陌生的香味，由她身上传来，我猜那是居家时绝对不可以去碰的蓝色小瓶子——说是"夜巴黎"香水，使她有味道起来的。看得出，母亲今天很不同。我和姐姐在微雨中被领上了车，空间狭窄，我被挤在中间一个三角地带。雨篷拉上了，母亲怕我的膝盖会湿，一直用手轻轻顶着那块黑漆漆的油布。我们的心情并没有因为下雨而低落。

由舒兰街到爱国西路是一段长路。母亲和姐姐各抱一口大锅，里面分别满盛着红烧肉和罗宋汤，是母亲特别做了带去给同学们吃的。

雨，越下越大。老周浑身是水，弯着身子半蹲着用力蹬车。母亲不时将雨篷拉开，向老周说对不起，又不断地低头看表。姐姐很专心地护着锅，当她看见大锅内的汤浸到外面包裹的白布上时，险些哭出来，说母亲唯一的好旗袍快要被弄脏了。等到我们看见一女中的屋顶时，母亲又看了一下表，说："小妹，赶快祷告！时间已经过了。快跟妈妈一起祷告！叫车子不要准时开。快！"我们马上闭上了眼睛，不停地在心里祈祷，拼命地哀求，只盼望爱国西路快快出现在眼前。

好不容易那一排排樟树在倾盆大雨里出现了，母亲手里捏着一个地址，拉开雨篷跟老周叫来叫去。我的眼睛快，在那路的尽头，看见一辆圆圆胖胖的草绿色大军车，许多大人和小孩撑着伞在上车。"在那边——"我向老周喊道。老周加速在雨里狂奔，而那辆汽车，眼看没有人再上，便喷出一阵黑烟，缓缓地开动了。"走啦！开走啦！"我喊着。母亲"哗"的一下将挡雨的油布全部拉开，双眼直直地盯着那辆车子——那辆慢慢往前开去的车。"老周——去追——"我用手去打老周的背，那个好车夫狂奔起来。雨水，不讲一点情面地往我们身上泼洒过来。那辆汽车又远了一点儿，这时候，突然听见母亲狂喊起来，在风雨里发疯似的放声狂叫："魏东玉——严明霞——胡慧杰——等等我——是进兰——缪进兰呀——等等呀——等等呀——"雨那么密地罩住了天地，在母亲的喊叫之外，老周和姐姐也加入了狂喊。他们一直叫，一直追，盯住前面那辆渐行渐远的车子不肯放弃。我没有出声，只紧紧拉住已经落到膝盖下面去的那块油布。大雨中，母亲不停的狂喊使我害怕得快要哭出来。呀——母亲疯了。

车子终于转一个弯，失去了踪影。

母亲颓然跌坐在三轮车座上。老周跨下车来，用大手拂了一下脸上的雨，将油布一个环一个环地替我们扣上，扣到车内已经一片昏暗，才问："陈太太，我们回去？"母亲"嗳"了一声，就没有再说任何话。车到中途，母亲打开皮包，拿出手绢替姐姐和我擦脸，她忘了自己脸上的雨水。

到了家，母亲立即去烧洗澡水，我们仍然穿着湿透的衣服。在等水滚的时候，母亲递来了干的制服，说："快换上了，免得着凉。"那时她也很快地换上了居家衣服，一把抱起小弟就去冲奶粉了。

我穿上旧制服，将湿衣丢到一个盆里。突然发现，那圈荷叶边的深紫竟然已经开始褪色，沿着白布，在裙子上染上了一摊摊模糊的水渍。

那件衣服，我以后就再没有穿过了。

许多年过去了，上星期吧，我跟母亲坐在黄昏里，问她记不记得那场同学会，她说没有印象。我想再跟她讲，跟她讲讲那件紫衣，讲当年她那年轻的容颜，讲窗外的紫薇花，还有同学的名字。

母亲心不在焉地听着听着，突然说："天明和天白咳嗽太久了，不知好了没有。"她顺手拿起电话，按了小弟家的号码，听见对方来接，就说："小明，我是祖母。你还发不发烧？咳不咳？乖不乖？有没有去上学？祖母知道你生病，好心疼好心疼……"

（摘自《读者》2017 年第 1 期）

新疆的歌

王　蒙

黑黑的眼睛

在遥远的伊犁，几乎每一个本地人都会唱《黑黑的眼睛》这首歌，几乎每一次喝酒的时候都要唱这一首歌。

喝酒和唱歌这二者，从声带医学的观点来看是互相排斥的，从情绪抒发的角度来看却是一致的。

第一次听到这首歌是一九六五年冬天，在大湟渠渠首——龙口工程"会战"的"战场"。我与农民们一起住在地窝子里。那里临时开设了几个食堂。寒冬腊月，食堂的厚重无比的棉帘子外面挂满了冰雪，也许不是雪而是霜，食堂里的水汽从帘子边缘逸出来，便凝结成霜。掀开这沉重得惊人的门帘，简陋的食堂里灯光昏暗、热气弥漫、烟气弥漫、肉香弥漫。更重要的是歌声弥漫，歌声激荡得令人吃惊，歌声令人心热如焚，冬天的迹象被歌声扫荡光了。

在关内的时候，我们也听过一些新疆歌曲。但是伊犁民歌自有不同之处，它似乎更散漫，更缠绕，更辽阔，没有开头也没有结尾，抒不完的感情联结如环，让你一听就陷落在那里，痴醉在那里。

从此我爱上了伊犁民歌。在伊宁市家中，常常能有机会深夜听到《黑黑的眼睛》的歌声。是醉汉吗？是夜归的旅人？是星夜赶路的马车夫？他们都唱得那么深情。在寂寥而寒冷的深夜，他们用歌声传达着对那个永远地长着"黑黑的眼睛"的美丽姑娘的爱情，传达着他们的浪漫的梦。生活是沉重的，有时候是荒芜的，然而他们的歌是热烈的，是益发动情的。

后来我有几次与农民弟兄们一起喝酒唱歌的经验。我们当中有一位歌手，他是大队民兵连长，叫哈里·艾迈德。他一唱，我们就跟，随着每一句的尾音，吐出了无限块垒。我傻傻地跟着唱，却总觉得跟不上那火热的深沉与寥廓的寂寞。

也有时候我不跟着唱，只是听着，看着哈里和别的人们的那种披心沥胆地唱歌的样子，就觉得更加感动。

一九七三年我离开了伊犁，一九七九年我离开了新疆。

一九八一年中秋节前后我重访伊犁，诗人铁依甫江与我同行。为了将《蝴蝶》改编成电影的事，长春电影制片厂的一位导演不远万里跑到伊犁去找我。一天晚上，我们一同出席伊宁市红星公社在西公园附近的一次露天聚会。饮酒之际，请来了民间的盲艺人司马义尔，他弹着都塔尔，唱起了歌，当然，首先唱的仍然是《黑黑的眼睛》。

他的声音非常温柔。他的歌声不是那么强烈，却更富有一种渗透的、穿透的力量。那是一首万分依恋的歌，那是一种永远思念却又永远得不到回答的爱情，那是一种遥远的、阻隔万千的呼唤，既凄然又温暖。能够这样刻骨铭心地爱、刻骨铭心地思恋的人有福了，能唱这样的歌，也就不白活一世了！看不见光明的歌手啊，你的歌声里充满了对光亮的向往和想象！在伊犁辽阔的草原上踽踽独行的骑手啊，也许你唱这首歌的时候期待着人群的温暖？歌声是开放的，如大风，如雄鹰，如马嘶，如季节河里奔腾而下的洪水；歌声又是压抑的，千曲百回，千难万险，似乎有无数痛苦的经验为歌声的泛滥立下了屏障，立下了闸门，立下了堤坝。

一声"黑眼睛"，双泪落君前！他一唱我的眼泪就流出来了！

伟大的维吾尔族诗人纳瓦依说过："忧郁是歌曲的灵魂。"这又牵扯到一个民族的性格问题来了。你为什么那么忧郁？由于干旱的戈壁沙漠吗？你的绿洲滋润着心田。由于道路遥远音信难传吗？你的好马和你的耐性使你们的交往并不困难。由于得不到心上人的呼应、得不到知音吗？你的歌、你的舞、你的饮酒又是那样的酣畅淋漓。而你的幽默更是超凡入圣。

快乐的阿凡提的乡亲们，却又有唱不完的"黑眼睛"的苦恋。

我没有解开这个谜。虽然我标榜自己对新疆、对维吾尔族人的生活、语言、文字颇有了解。我至今学不会这个歌。虽然我喜欢唱歌、粗通乐谱、会唱许多歌、自信学歌的能力不差，那么熟悉，那么想学，却仍然不会唱。也怪了。

就让我唱不好，唱不出这首《黑黑的眼睛》吧。唱不好，但是我知道她，我爱她，我向往她。小小的一声我就能从万千音响中辨识出她。她就是我的伊犁，她就是我的谜一样的忧郁。至少是因为告别了伊犁，至少是因为它是我唯一的又喜爱又熟悉又至今唱不成调的歌儿。

阿娜尔姑丽

以喀什为中心的南疆的歌儿与以伊犁为中心的北疆的歌儿有很大的不同。如果说北疆民歌的代表是《黑黑的眼睛》的话，那么，南疆民歌的典型则是《阿娜尔姑丽》。"阿娜尔姑丽"的意思是石榴花，而这又是一个在南疆常见的姑娘的名字。这个名字很美。电影《阿娜尔汗》的主题歌就是根据民歌《阿娜尔姑丽》整理、配词而成。歌一开始便唱道：

我的热瓦甫琴声多么响亮，

莫非装上了金子做成的琴弦？

而民歌的起始两句，据我所知的一个版本是这样的：

夜晚到来我睡不着觉呀，

快赶开巢里的乌鸦，啊，我的人！

最后一个词是 bala，是孩子的意思，这里叫一声孩子，类似英语中的 baby，是一种昵称，故译做"我的人"。

以《阿娜尔姑丽》为代表的南疆民歌似乎更具有节奏感，人们唱这些歌的时候似乎正迈着沉重有力的步子，似乎正在漫漫沙石戈壁驿道上长途跋涉。四周杳无人迹，远山上雪光晶莹，干枯的柴草在风中颤抖，行路者的歌声坚毅而又温情，我好像看到了歌者的被南疆的太阳烧烤成了酱紫色的脸庞。

也许他们是骑着骆驼唱这些歌的吧？在"沙漠之舟"上，他们体验着大地的辽阔、荒芜、寂静与神秘；他们也体验着自己内心的火焰的跳动、炽热、熬煎和辉耀。他们已经漫游了许多日日夜夜。他们已经寻求了许多岁岁年年。他们已经创造了许多城市乡村。他们热烈地盼望着更多的人间的情爱。

我永远不会忘记我第一次受到这样的歌声冲击的情景。那是在叶尔羌河东岸、塔克拉玛干沙漠西缘的麦盖提县，一九六四年，我住在县委招待所，准备去洋达克乡。招待所正在盖房子，每天早晨八时以后，来自农村的临时建筑工开始上班。有两个年轻的女人，她们不紧不慢地用抬把子抬砖，一边装卸，一边走路，一边大声唱歌。她们唱的是《阿娜尔姑丽》，她们的唱歌就像呐喊一样自然、朴素、开阔、痛快，她们的唱歌就像呼唤一样响亮、多情、急切、期待着回应，她们的唱歌又像是一种挑战、放肆的发泄，自唱自调，如入无人之境。她们戴着紫黄色的小帽，穿着红色的裙子，红色的裙子下面还有绿色的灯笼裤。这歌声响彻一个上午，中午稍稍歇息，又一直唱下去，唱到太阳快要落山。她们的精力，她们的热情，她们的喉咙里，似乎都有着无尽的蕴藏。

即使是生活在城市中、生活在忙乱中、生活在纷扰与风霜雨雪中，想起这样的歌，能不为那股热流而心潮激荡么？

（摘自浙江文艺出版社《难得明白——王蒙散文》一书）

老友谈金庸
倪　匡

一

"飞雪连天射白鹿，笑书神侠倚碧鸳。"

看官，这十四个字，一副对联，看来似乎并无出奇之处，但其中包括了十四部惊天动地的武侠小说——用十四部武侠小说书名的第一个字，缀成这副对联。当初在写作这十四部小说之际，作者绝无日后用首字作对联的打算，但竟浑然天成，可谓有趣至极。由此可知，写这十四部小说的人，作这副对联的人，才思是如何之广博。此非别人，金庸是也。

曾向一个外国人介绍金庸，说："这是一位名作家。"外国人追根究底，问："有名到何等程度？"进一步介绍："凡是有中国人的地方，就有人知道他的名字。"金庸的小说，能吸引绝大部分人，上至大学教授、社会精英，下至贩夫走卒、仆役小厮，真正做到了雅俗共赏，他堪称中国当代拥有读者最多的一位小说家。

这位大小说家，究竟是怎样的一个人呢？虽然是"素描"，也绝不简单，要描得好、描得传神、描得正确。尤其是对金庸，这颗小说家中的巨星，写得不好、不正确、不传神，读者表示起不满来，只怕会被骂死，所以，毅然执笔上阵，颇有大无畏之精神。

金庸，姓查，名良镛，浙江海宁人。一九二四年生，那一年是甲子，属鼠。海宁查家，是煊赫一时的大族，历来人才辈出，全是极出色的人物。

金庸家世显赫，但是他的成功和"祖荫"全然无关，完全是他赤手空拳打出来的天下，全靠他自身的才能、学识、苦学与勤奋。其实可以写一本传记，记金庸，作为成功人物的一个典型。

金庸少年时期，在家乡附近就读，读的是著名的杭州高级中学。中学毕业后，适逢乱世，日寇侵华，金庸就在这时离开家乡，远走他方。据他自己的忆述，离开家乡之后，他曾在湖南省西部住过一段时间，寄居在一个有钱同学的家中，这一段青年时期的生活当然相当清苦。之后，金庸进入重庆中央政治大学就读，读的是外文系。金庸在政治大学并未毕业，原因不明，可能是那时他虽然年轻，但已才气纵横，觉得传统的大学教育不能满足自己的需求。使得金庸和报业发生关系的，是当年大公报社的记者招考。当年，《大公报》是中国很有地位的一份报纸，影响深远。大公报社在全中国范围内招聘记者两名，应征者超过三千人，在这三千人之中，金庸显露出他卓越的才华，被报社录取。

自此，金庸进入报界，不久之后，他便被派来香港。那大约是七十年以前的事了。金庸在香港的大公报社工作了相当长的时间，担任的是翻译工作。

在此期间，金庸又对电影工作产生了兴趣。这种兴趣大抵源自他在报上撰写影评之经历。他所写的影评，只怕已全部散失不可寻了，但读过的人，都说他的影评文笔委婉、见解清醒，是一时之选。此后，金庸还直接参与了电影摄制工作，做过导演。

金庸参与电影摄制工作的时间并不长，其成就和他写作方面的相比较，也相去甚远。

金庸的小说创作生涯，可以说开始得相当迟，但是一开始，就石破天惊、震动文坛。他的第一部武侠小说《书剑恩仇录》才发表到一半，就在读者中引起轰动。接下来的《碧血剑》《雪山飞狐》，更是到了人手一册的程度。等到《射雕英雄传》一发表，则惊天动地，在一九五七年，若是有看小说的人没看过《射雕英雄传》，简直会被人笑话。

《射雕英雄传》奠定了金庸武侠小说大宗师的地位。之后，金庸就脱离大公报社，和他中学时期的同学沈宝新先生合创了《明报》。

《明报》不但使金庸的地位得到提高，也使金庸的收入大大增加。

《明报》草创之初，金庸在报上连载《神雕侠侣》，接下来，他的大部分小说也都在《明报》上发表，一直到《鹿鼎记》。《鹿鼎记》之后，他就不再撰写小说，而专注于写《明报》的社评。

《明报》的社评，绝大多数由金庸亲自执笔，见解精辟、文字生动、深入浅出、坚守原则，人人称颂。就算意见和他完全相反的人，也不得不佩服他的社评写得好，这是金庸在写小说才能之外拥有的另一种才华。

由金庸执笔的《明报》社评，其影响已可与当年的《大公报》相埒。

二

以上所写，是金庸事业成就的简单素描。

金庸的苦学精神，更令人叹服。许多年前，他觉得自己英文水平不够好，便进修英文。他家有一个一人高的铁柜，拉开抽屉，里面全是一张一张的小卡片，上面写满了英文单词、短句。据沈宝新先生说，金庸在年轻时，每天限定自己要读若干小时的书，绝不松懈。一个人能成功，天分固然重要，苦学精神更不可或缺。

金庸爱书，私人藏书之丰，令人吃惊。他曾有一个超过两百平方米的大书房，里面全是书橱。他精研佛学，所藏佛学书籍之多，怕是私人之最。为了读佛经，他更苦学全世界最复杂的文字——梵文，毅力之强，简直是超人。

金庸个子中等，大约一米七五，年轻时很瘦，后来发胖，体重约七十公斤。金庸的脸型是典型的国字脸。国字脸带有一股威严，他属下的职员，每以为金庸严肃、不苟言笑。但事实上，金庸极活泼，是老幼咸宜的朋友。他可以容忍朋友的胡闹，甚至委屈自己，纵容坏脾气的朋友。

金庸的头极大。笔者有三个大头朋友：金庸、张彻、古龙。这三个大头朋友，头都大得异乎常人，事业上也各有成就。和这三个大头朋友在一起，常有一种极度安全感。就算天塌下来，也有他们顶着！

金庸曾嗜玩"沙蟹"（扑克游戏的一种），"蟹技"段位甚高。查府之中，朋辈齐聚，通宵达旦，筹码大多集中在他面前。笔者赌品甚差，有一次输急了，拍桌而去，回家之后，兀自生气，金庸立时打电话来，当小孩一样哄，令笔者为之汗颜。又有一次也是输急了，我说输了的钱本来是准备买相机的，金庸立时以名牌相机一台相赠。其对朋友大抵类此，堪称第一流的朋友。

金庸又曾对围棋着迷，但段位不高，已故名作家司马长风称他为"棋坛闻人"，可知他棋艺平平。

金庸年轻时，曾学过芭蕾舞，在古典音乐方面的造诣极高，随便拣一张古典音乐唱片放出来，放上片刻，他便能说出这是什么乐曲。金庸十分喜欢开车，更喜欢开跑车。最早，开过凯旋牌小跑车。后来，改开捷豹 E 型。再后来，又换了保时捷。保时捷跑车性能之佳，世界知名，到了金庸手中，驾驶速度便略为提高。曾有人问金庸："你开跑车超不超车？"金庸答："当然超车，逢电车必超！"

金庸不嗜酒，号称"从未醉过"——喝得少，当然不会醉。他吸烟、戒烟，次数极多，后来索性大吸特吸，并且相信了中老年人不能戒烟的理论。

金庸也略藏书画。他书房中悬挂的，有史可法的书法残片，也曾在他那里看到过不知是真是假的仇英的《文姬归汉图》、极大的齐白石的精品、吴昌硕的大件等。

金庸也集过邮，不过他集的是"花花绿绿"的纸而已。

金庸对吃并不讲究，对穿亦然，衣料自然是最好的，但款式我行我素，不受潮流影响。

金庸……毕竟不是写传，只是简笔素描，金庸是怎样的？金庸就是金庸，是巨星，是真正的作家，也是一位成功的企业家。

（摘自《读者》2019 年第 1 期）

"乒乓外交"始末

钱 江

一

　　为了恢复与中国的直接接触，基辛格焦虑不安，仿佛这时才突然感觉到，20 年的隔绝给美国政府首脑的惩罚之一，就是"根本不知道怎样才能接近中国领导人"。

　　当美国驻波兰大使沃尔特·斯托塞尔回国时，基辛格悄声地向他发出了一个指示：如果在社交场合见到中国大使，请和他接触，告诉他美国准备与中国认真会谈。

　　斯托塞尔在华沙使尽千方百计，却找不到机会和中国外交人员搭话——每当美国外交人员走向中国外交官员时，中国外交人员总是"及时"回避了。看来原因是这样的：由于长期的隔绝，主要是由于美国长期以来奉行的敌视中国政策，作为一种相应的反应，中国外交人员拒绝与美国外交官员在社交场合接触。另外，在 20 世纪 60 年代后期，"左"倾错误影响甚大，使从事外交工作的人们也都唯恐有犯右倾之嫌。这种态度在美国外交官前表现得尤为明显。再加上当时我国驻欧洲各国的大使几乎全部回国了，留在使馆工作的人员不由得更加小心翼翼。

1969 年 12 月 3 日，在波兰华沙文化宫举行的南斯拉夫时装展览会上，一位美国大使馆官员和中国大使馆的官员不期而遇。按照以往的惯例，是双方回避。但是这一回，美国外交官迎上前去。中国官员转身就走，故意不加理会。走出了几步，发现对方正急步跟来，他索性出门走向自己的汽车。

眼看中国官员就要钻进汽车，这位美国外交官急了，他拔腿向前跑去，情急生智，干脆喊了起来："美国大使有重要信息要向贵国大使传达……"

他一连喊了好几声，两个人虽然没有"接触"，但声波毕竟载着"信息"而去，并且被对方听到了。

几天以后的 12 月 12 日，斯托塞尔接到了前往中国大使馆的邀请。他去了，对中国驻波兰临时代办雷阳说，他奉美国国务院之命提出建议，恢复中美华沙会谈。

于是，中美大使级华沙会谈在不久后就举行了。但是，由于某些原因，致使那根刚刚拉起来的中美直接接触的柔丝又断了。

二

1971 年 1 月 25 日下午，中国人民对外友协负责人吴晓达和中国乒协代主席宋中来到首都机场，迎接专程来访的日本乒协会长后藤甲二。

由于"文化大革命"，中国乒乓球队与世界锦标赛绝缘将近 6 年了。根据国际乒联的决定，由日本乒协组织筹备的第 31 届乒乓球世锦赛将在名古屋举行。现在，距参赛报名的截止日期只有 10 天了。中国没有报名，是不是派队参赛尚未作最后决定。后藤甲二就是为这件事专程来华的。

在正式谈判时，出现了争执，双方相持不下。周恩来总理得知了这个情况，立即听取了汇报并表态说："你们不要那么'左'！"周恩来的话，使会谈像春江放筏，一泻而下。两天后，中日双方的会谈纪要在北京签署。

中国乒乓球队决定参加第 31 届乒乓球世锦赛以后，进行了紧张的赛前集训。

赛前代表团关于参加第 31 届乒乓球世锦赛准备工作的报告中，专门谈到了在名古屋如果与美国乒乓球队代表团的成员相遇应采取何种态度：如与美国代表团官员相遇时，不主动交谈和寒暄；如果和美国队进行比赛，赛前不交换队旗，但可以握手致意……这个报告，毛泽东主席圈阅了。

中国乒乓球代表团共 60 余人于 3 月 21 日下午，分乘两架航空班机前往东京。

赛前的 3 月 27 日晚上，国际乒联举行冷餐招待会。突然，几名中国运动员与几个陌生的、一时也分不清他们国籍的选手相遇。中国运动员习惯地报之以微笑。

这几位面孔陌生的选手性格是热情而奔放的，其中一位兴奋地说："啊，中国人，好久没见了，你们球打得真好！"

有翻译在场，这才知道对方是美国人。

中国选手默默不语，双方擦肩而过。

次日，3 月 28 日下午，通过国际电话，代表团向北京送出了关于中美代表团之间关系的第一个信息："美国队的一些人对我们比较殷勤。在国际乒联举行的招待会中，美国队的人和我们接近，讲了很多话。"

3 月 30 日下午，宋中在国际乒联代表大会上发言。下午 3 时 30 分左右暂时休会，大家略事休息。代表们纷纷走到场外大厅喝一杯咖啡。宋中和翻译各取一杯咖啡之后走向大厅的一头。入座之后，宋中定睛一看，不由得大吃一惊。

原来，坐在同桌正对面的，竟是美国代表团团长斯廷霍文。

"您好，宋先生！"斯廷霍文先讲话了。

"您好！"宋中的回答略显拘谨。

"宋先生，我们聊聊天吧。"斯廷霍文显然希望打破僵局，他说，"你们中国是个文明古国，中国人民是伟大的；我们美国呢，也有着灿烂的文化。我真希望我们两国人民友好相处。"

"您说得很好，斯廷霍文先生。"翻译转述了宋中的话。

"啊，宋先生，你知道吗，在我们来到日本之前，国务院宣布了一项决定：决定取消对持有美国护照去中华人民共和国旅行的一切限制。这意味着……"

对美国政府的这个决定，宋中已经知道了，他对斯廷霍文说："这意味着我们有可能在将来的一天，在北京会面。"

斯廷霍文笑了。

宋中、斯廷霍文正要离座时，突然，斯廷霍文说道："宋先生，你们中国人不是挺和气的吗？您刚才怎么那样凶呀？"

宋中听了大笑，笑声引起了人们的注意。这是在名古屋中美双方官员的首次接触。

当晚，中国代表团负责人向北京汇报：美国代表与我方接触，并表示美国人民要同中国人民友好，美国乒乓球队想来华访问。他们在电话中说，迫切希望得到国内指示。

次日没有比赛，组委会安排各国选手游览三重半岛海湾。在游艇上，中、美两国选手站到一起了。美国青年笑着问："听说你们已经邀请加拿大队和英国队去你们国家访问了，什么时候轮到我们去呀？"

这一切被王晓云、宋中看在眼里，王晓云决定，再一次向北京报告："美国队想访华。"

他轻声问宋中："与美国队接触的情况已经向北京连续汇报好几天了，

怎么到现在还没有回音？"

4 月初，最初的意见已经形成，认为邀请美国队访华的时机尚未成熟。然而，此事须待毛泽东和周恩来决断。

三

4 月 4 日，美国男队第三号选手格伦·科恩从练习馆走下楼来，竟找不着自己来时乘坐的汽车了。

正在这时，一辆带有乒乓球锦标赛标志的大轿车开了过来。科恩情急生智，连连招手，轿车就在他身边停住了。科恩一步跳上车，长叹了一口气后，抬头四顾，不禁暗暗吃惊，原来同车的全是中国人！

吃惊的不仅仅是科恩，轿车里的中国乒乓球选手也都认出来了，上车的是美国运动员，而且是"嬉皮士"科恩，他那一头长发，在 20 世纪 70 年代初的中国大陆是见不到的。

没有人和科恩搭话，车子里静静的。

科恩高声问道："谁能讲英语？"在座的翻译向他点了点头。

"我知道，我的帽子，我的头发，还有我的衣裳让诸位看了好笑。"科恩兴奋起来，冲着中国运动员们说，"在美国，还有好些人跟我一样呐！"

这时，在大轿车的最后一排座位上，庄则栋站起来跨前几步，来到科恩身边。科恩认出了他，说："你是庄先生！

庄则栋点点头，一边对科恩说："我们中国人民和美国人民一直是友好的。今天你来到我们车上，我们大家都很高兴，我代表同行的中国运动员欢迎你上车。为了表达这种感情，我送给你一件礼物吧……"

说着，庄则栋伸手向挎包里取礼物。

就在这时，他身后响起一迭声的轻轻呼唤："小庄，小庄，别，别……"有一只手还在庄则栋的衣服后摆上拉了一把。因为来到名古屋，按照事先约定，中国选手是不宜主动向美国人打招呼的。

庄则栋还是从挎包里掏出了一幅一尺多长的杭州织锦递给科恩，说："这个送给你。"

科恩高兴坏了，一边慌乱地在自己挎包里搜寻。"天啊！"他叫起来，"我什么也没带，连把梳子都找不出来，可是我一定要送你一件什么……"

科恩搭上中国队乘坐的大轿车一事，名古屋当地报纸迅速而详尽地作了报道。

科恩回到自己的房间后，认真琢磨开了，该给庄先生回赠一件什么礼物呢？他把自己带的东西翻了一遍，觉得实在没什么可以当作合适的礼物。科恩决心上街看看，他心想："这礼物应该是一件既能代表自己，又能代表美国的东西，可是天知道它是什么呀。"

科恩上街后，来到地下商店。走着走着，突然，他眼睛一亮，看见一个十几岁的日本少年身穿一件红、白、蓝三色的运动衣，心中暗道："这不是一种和平标志吗？"

"好，好极了！"科恩大步上前，一把拽住那个少年，用商量的口吻说："把你身上穿的运动衣卖给我吧，就现在，6 美元，怎么样？"

"6 美元。"科恩言语之中颇带恳求的意思，其实心里急切得恨不能上前把运动衣从少年身上扒下来。最后，少年同意了，科恩无比高兴。

科恩又走了一段路，竟在一家商店里发现了和那少年穿的一模一样的运动衣。他立刻又买了一件。一件留给自己，另一件当作礼品送给了庄则栋。

四

4 月 6 日与 4 月 7 日相交的凌晨时分，中南海畔，毛泽东的办公室仍然亮着灯光。在他的办公桌上，关于不邀请美国乒乓球队访华的报告已经放了几天了。

经过一番深思，毛泽东作出最后决定，立即邀请美国乒乓球队访问中国。

4月7日上午，中国乒乓球代表团在下榻处藤久观光旅馆的花园里举行招待会，一位工作人员急步匆匆地向宋中走来，在他身边压低了声音，短促而重复地说："重要电话，重要电话。"宋中转身就走。

赵正洪在屋里迎面而立，说："国内来了新指示。"他递过一纸电话记录说："现决定同意邀请美国乒乓球队包括负责人在内来我国进行访问。"

事不宜迟，宋中立即出发。

上午10点30分，美国乒协国际部主任罗福德·哈里森走出了饭店大门，举起右手，打算叫一辆出租汽车去体育馆。

他刚刚抬手，一辆小轿车就在他身前戛然而止，从车里跳出来的正是宋中。

走进饭店休息大厅，在沙发上坐下来，宋中便直截了当地说："哈里森先生，我代表中国乒乓球代表团正式发出邀请，邀请美国乒乓球队访问中国。"

"什么？这是什么意思？"哈里森面对这突如其来的信息，一时不知该说些什么好。

宋中说："你们不是多次表达过希望访问中国的愿望吗？现在，愿望将成为现实。"

"哦，哦。"哈里森很快使自己平静了，连声说，"真没有想到，但这是好事情，好事情！"

哈里森略略思索了一下，继续说："这件事毕竟有些突然，我应当和斯廷霍文先生以及我们的选手们商量一下，听听他们的意见。"

下午3时，美国乒乓球队的全体人员聚到一起，听哈里森讲述午前发生的事情。哈里森问大家："去不去中国？"

美国青年一下子变得非常激动，科恩猛地蹿出屋门，去给远在美国的妈妈打电话，一边嚷："要去，一定要去，我太高兴了。"两位年轻的女队员也连声喊："我要去！"

一阵激情过后，他们又把未来的中国之行看得悲壮起来，形成了第二个决议："未成年的孩子立即给家里打电话，征求父母意见，其余的人，如果夫人没有随行，也给家里打电话通知一声。"

大家纷纷去打电话，其中40岁的博根的电话可谓"悲壮"之至，他在电话里对妻子说："万一我在那边发生了什么事，请你把我写下而未及发表的文稿收藏好。日后传给斯科特和埃里克（博根的两个孩子——作者注）！"

美国乒乓球队即将访华的消息震惊了世界，新闻记者川流不息。纵观乒乓球运动的历史，自从20世纪初这项运动在各国开展以来，还从未像今天这样，小小的、只有2.5克重的乒乓球会引起众多的世界政治家的注目、思索和讨论，引起他们的快慰、推测。

4月7日凌晨，彻夜工作中的周恩来接到了毛泽东办公室打来的电话。这天，周恩来与黄华、章文晋的谈话要点是：毛主席决定，立即邀请美国乒乓球队来中国访问，这对于打开中美关系的局面，是一个非常好的时机。这次我们一定要把美国队接待好，要把它当作一件大事情来抓。从这个意义上说，接待美国队来访的政治意义大于体育意义。

周恩来肯定地说："我准备会见他们。"他还决定，黄华、章文晋全面负责这次接待工作，及时处理有关问题。

在太平洋另一端，尼克松在深夜里得知了中国方面对美国乒乓球队的邀请。他立即指示发加急电报给美国驻日本大使迈耶，通知他，白宫的意见是，乒乓球运动员务必去北京。事后他说："我从未料到对中国的主动行动会以乒乓球访问的形式求得实现。"

五

4 月 10 日上午，美国乒乓球队一行 15 人踏上了中国这块古老的土地。

4 月 14 日下午 2 点 30 分，周恩来身着银灰色中山装，带着笑容走进人民大会堂东大厅，会见了美国、加拿大、哥伦比亚、英国、尼日利亚乒乓球代表团。周恩来在会见时说道："现在，门打开了。"

周恩来又走向美国队围坐的地方，他愉快地说："中国人民和美国人民过去的来往是很频繁的，以后割断了一个很长的时间。你们这次来访，打开了两国人民友谊的大门。"

斯廷霍文马上说："我们也希望中国乒乓球队访问美国。"

周恩来当即作了肯定的回答："可以去。"

这时，科恩倏地一下站起来，大声地说："我很想知道周总理怎样看待今天美国青年中的嬉皮士？"

科恩说话时，斯廷霍文焦急地盯着他，心中不由得一阵慌乱。原来，上午科恩就透露了要当面向周恩来提这个问题的愿望，已被他劝阻了。谁知道，一见周恩来，科恩就把上午的承诺抛到九霄云外了。

周恩来专注地倾听科恩的提问，坦然地说："首先，我对此了解得不多，所以，我只能谈一些并不深入的意见。"

"今天，世界上的青年对现状不满，正在寻求真理。在他们的思想发生变化的过程中，在这种变化形成之前，会出现各种各样的事物，这些变化也会以不同的形式表现出来，这些形式都不能称为最后的，在寻求真理的时候总要经历各种各样的事情。"

科恩眨眨眼睛，说："我认为，嬉皮士是一种新的思想方式，只有少数人熟悉它、了解它。"

周恩来回答："根据人类社会的发展史，人类一定会找到普遍真理。这也是一个自然法则。我们同意青年应当尝试各种不同方法，以求得真理。但是有一点，你应该经常设法找到和人类大多数的一些共同点，使大多数人获得进步和幸福。同样，如果经过自己做了以后，发现这样做不正确，那就应该改变。这也是寻求真理的途径。"

周恩来站起来了，充满信心地说："我相信，中美两国人民的友好往来将得到两国大多数人民的赞成和支持！"

周恩来的话，被电波传到美利坚合众国的土地上。两天后，一束红玫瑰花被送进周恩来办公的地方。玫瑰花是科恩远在美国加州的母亲辗转由中国香港送来的，美国母亲感谢中国总理对他的儿子讲了一席语重心长的话。

那是一束深红色的玫瑰花。

在周恩来会见美国乒乓球队代表团的当天（因时差关系，美国要晚若干小时），尼克松发表一项声明，宣布采取 5 个对华政策新步骤……

基辛格把自己对"乒乓外交"的看法写了下来："这整个事情是周恩来的代表作……"

周恩来，作为一个毕生为了中国人民的幸福忘我工作的共产党人，作为新的历史阶段中美关系的开拓者，又在展望明天了。

（摘自《读者》1988 年第 1 期，有删节）

中国恢复在联合国合法席位的风雨历程

吴妙发

　　中华人民共和国诞生的第一天，毛泽东主席向全世界庄严宣告：中华人民共和国中央人民政府为代表全中国人民的唯一合法政府。1949 年 11 月 15 日，周恩来总理致电联合国秘书长赖伊，要求立即取消"'中国国民政府代表团'继续代表中国人民参加联合国的一切权利"。两个月后，周总理又通知当时的联大主席、菲律宾外长罗慕洛：中国政府已任命如下人员为中国驻联合国各机构的代表，由中共中央政治局委员张闻天任安理会代表；中国人民解放军第十九兵团第一副司令员兼参谋长耿飚将军任军事代表团团长；冀朝鼎任经社理事会代表；伍云甫任联合国国际紧急救济基金会代表；孟用潜任联合国托管理事会代表。1950 年 8 月 26 日，周总理致赖伊秘书长的函中又加了李一氓和周士第。但是，由于美国的长期阻挠，这个代表团一直未能成行。尽管如此，中国政府始终没有停止恢复自己在联合国合法权益的斗争。

伍修权慷慨陈词
奥斯汀理屈词穷

1950 年美国公然于 6 月 27 日宣布占领中国领土台湾。中国提出抗议，并向联合国安理会提出控诉美国侵略台湾案。8 月 31 日安理会将中国控诉案列入议程，但把议题改为笼统的"控诉武装侵略福摩萨案"。9 月 19 日，周恩来总理兼外长向联合国提出，在联合国讨论这一议程时，必须有中华人民共和国代表参加。9 月 29 日安理会接受了中国的要求。11 月 24 日联大第一委员会也决定邀请中国派代表出席。10 月 23 日周恩来总理任命曾任东北军区参谋长、时任外交部苏欧司司长的伍修权为大使级特别代表，任命国际问题专家、国际新闻局局长乔冠华为顾问，率领中国代表团赴纽约出席安理会会议，讨论美国侵略中国的控诉案。

在安理会会议上，伍修权在两个多小时的发言中，揭露和控诉了美国侵略台湾的罪行，抗议联合国在美国操纵下，直至今日还容留中国国民党反动残余集团的"代表"，冒充代表中国人民坐在这里开会。说这番话时，伍修权犀利的目光扫了台湾国民党"代表"蒋廷黻一眼。伍修权最后向安理会提出三项建议：一、谴责和制裁美国侵略台湾及干涉朝鲜的罪行；二、美国军队撤出台湾；三、美国和其他一切外国军队撤出朝鲜。

针对美国代表奥斯汀的诬蔑、诡辩和恐吓，伍修权行使答辩权。他质问奥斯汀："自 8 月 27 日到 11 月 25 日，侵略朝鲜的美国武装力量侵犯我国领空，据初步统计，已达 200 次，共出动飞机 1000 架次以上，毁坏中国财产，杀伤我中国人民。我要问奥斯汀先生，这是不是侵略？自从 6 月 27 日以来，美国第七舰队即侵入我国台湾领海，以阻止我中华人民共和国中央人民政府对台湾行使主权，我要问奥斯汀先生，这是不是侵略？自从第二次世界大战结束以来，美国政府花费 60 多亿美元帮助中国国民党集团发动内战，美国武器杀伤了数百万中国人民，我要问奥斯汀先生，这是不是干涉内政?!"铁证如山，事实俱在，全场鸦雀无声，不少代表的目光冷对奥斯汀。奥斯汀紧张窘迫，理屈词穷，在真理的威慑下，再也不敢张口发言。

伍修权在联合国安理会的这次发言，轰动了美国和西方世界。

亚非拉进击获胜
阻挠者防线崩塌

为恢复中国在联合国的合法席位，中国政府进行了不屈不挠的斗争，毛主席、周总理亲自对许多亚、非、拉国家领导人做工作，指出终有一天中国在联合国的合法权益会得到恢复。

阿尔及利亚、坦桑尼亚、赞比亚、阿尔巴尼亚等发展中国家从 20 世纪60 年代末起，每年均向联合国大会提出恢复中国在联合国合法席位的提案，但均被美国玩弄此系"重要问题"，需大会三分之二的多数票通过的恶劣手法所扼杀。一些发展中国家始终为此奋斗不息，直到 1971 年 10 月 25 日第26 届联大召开时再次慷慨陈词，严正指出中国合法席位不容再拖延不决，美国玩弄"重要问题"的伎俩实系对联合国宪章原则的违犯和蔑视。美国等一些西方大国仍然进行无理反驳。这时，年近六旬的沙特阿拉伯代表巴鲁迪要求发言，引起代表们的注意。美国代表喜在心头，认为这位盟友的发言定会符合美国的意图。孰料巴鲁迪大声提出根据程序此问题不应予以讨论，要求进行表决。殊不知，此次表决失利，当即被同样熟悉联合国程序的阿尔及利亚、阿尔巴尼亚、坦桑尼亚等五国的代表抓住时机，利用巴鲁迪的技术性错误和失败，乘胜追击，连续进行多次表决，于是形势突变。大会进行最后表决，一举通过了恢复中华人民共和国在联合国及其一切机构的合法席位的提案。大会主席一宣布结果，会场上顿时爆发出暴风雨般的掌声。当时不少发展中国家的代表起立欢呼，有些代表甚至当即跳到会议桌上欢呼舞蹈。会议大厅被炽热的欢乐气氛所笼罩。美国等一些西方国家代表则颓坐在代表席位上一言不发。巴鲁迪这时也被弄得不知所措，低着头在走廊上踯躅。事后，美国代表团指责这位一向与美国合作颇为默契的巴鲁迪为"无定向导弹"。

毛泽东高瞻远瞩
周恩来运筹帷幄

联合国大会通过决议后，联大主席当即要求联合国秘书长吴丹致函中国外交部部长，邀请中国派代表团出席第 26 届联合国大会。

当天下午，周总理在人民大会堂召集外交部有关人员开会，讨论是否派代表团出席联合国大会。会后，周总理驱车至中南海，向毛主席报告讨论情况。毛主席指出："马上就组团去，这是非洲黑人兄弟把我们抬进去的，不去就脱离群众了。"毛主席还具体指示："派一个代表团去联大，让'乔老爷'（指乔冠华）当团长。"

11 月 8 日，毛主席接见了中国出席联大的代表团主要领导及成员。毛主席谈到中国代表团的方针时说："要不卑不亢，不要怕说错，当然要搞调查研究，但不能什么都调查好再说。"毛主席还具体指示，"送代表团的规模要扩大，规格要提高"，"以后乔冠华去联合国，都要派专机"。

代表团出发前夕，日理万机的周总理接见了代表团全体成员。在接见中，周总理讲了一番语重心长的话：由于广大亚非拉国家大力支持，这次终于挫败了美国仍想阻挡恢复中国在联合国合法席位的阴谋，使决议得以通过。所以我们一定要去，去是对他们表示感谢，也是对他们表示支持。去了之后，你们要同广大亚非拉国家站在一起，支持他们的正义要求。

登讲坛万众瞩目
受欢迎盛况空前

1971 年 11 月 15 日，乔冠华登上第 26 届联合国大会讲坛，代表中国政府发表演讲，这是一个令人难忘的时刻。

当代表团团员步入会场时，会场气氛顿时活跃起来。乔冠华和代表团成员沉稳地走到中国代表席位上入座，从而宣告了一个伟大历史时刻的到来。

这时，大会主席宣布请中国代表团团长乔冠华先生讲话，会场顿时响起了经久不息的热烈掌声。身着灰黑色中山装的乔冠华健步走上讲坛，全场静了下来。乔冠华开始了近40分钟的演讲，他入情入理地分析国际形势，表达对亚非拉国家的敬意，同时批评两个超级大国的霸权主义行径。演讲完毕，大厅里爆发出更为热烈的掌声。

这时，主席宣布暂停大会一般辩论，由各国代表致辞，欢迎中国代表团的到来。亚非拉国家代表的致辞热烈感人，他们都称赞伟大的中国重返联合国具有不可估量的意义，就连几个长期阻挠恢复中国在联合国的合法席位的西方国家代表也不得不上台祝贺一番。

几十个国家的代表在大会厅内排起长队，纷纷向乔冠华团长表示祝贺。这种祝贺仪式持续了几个钟头，加之各国代表上台祝贺，前后约两天。历史已经把这一时刻永远记录在联合国的档案里。用路透社记者的一句话来说："乔冠华的发言成了联合国的最强音。"

从1971年恢复中国在联合国及其一切机构的合法席位，至今已经过去了25个春秋。在这期间，国际形势发生了重大变化，中国国际地位日益提高。今天，在联合国的几乎所有机构里都可以看到中国代表的身影，并以充满活力的姿态发挥着中国作为常任理事国之一的作用。我有幸作为这一历程的目击者，记下这一段令人刻骨铭心的历史。

（摘自《读者》1997年第1期，有删节）

记忆中的陈景润

萨 苏

那个时候陈景润还没出名，但大家都知道他身体不好：脉搏过缓，体温过低，体力不好，反应比较慢。所以他虽然性情极温和，还是没有对象——那年头知识不值钱，找对象的重要条件是扛得动越冬的大白菜，陈景润明显不具备这个条件。

陈景润虽然比较呆，但到底是文化人，有时候也挺幽默。他后来出了名，给他写信的那些姑娘无论长相还是人品都能气死古代的几个皇帝。他自己定了陈夫人。陈夫人叫由昆，军人世家，非常利索的一个人。有一天我爹碰上陈景润，只见他一身板绿，外加一件超长的军大衣，形象十分怪异。他冲我爹一笑，说："我参军了啊。"敢情那都是陈大嫂的行头。

又一次，我和我娘在北大附中门口碰上他在那儿看汽车。因为这地方出了科学院，而他又没出门的习惯，我娘便问他怎么回事。陈景润一脸苦笑，说："我搬来跟猪做伴了。"细问之下才知道，原来科学院在这里有一套房子，条件不错，分给了他。但北大附中附近有一家屠宰场，屠宰的时候"八戒"们呼天抢地，弄得这个心慈手软的书呆子心烦意乱，只好出来躲噪音。后来科学院还真给他换了一套房子。

陈景润成名以后，关于他的传闻五花八门，有说他房间地板下藏金砖的，有说他通苏联的……那些我没法证明，还有一个说法是陈景润曾经"耍流氓"，这倒不全是空穴来风。我知道此事的来龙去脉，说出来以正视听。

关于陈景润"耍流氓"的事实真相令人啼笑皆非。

当时陈景润还没有出名，身体也不好。那时候张劲夫管科学院，他为人刚正不阿，对于陈景润这样的"老九"，组织上还是关心的，分房子时特意给他分了一间"补房"。所谓补房，就是利用旧建筑的剩余空间，比如地下室之类改造成的住房。陈景润是单身，工龄、年龄都不够，分给他这样一间房，已经很照顾他了。

没想到问题来了，这栋楼旁边有一间公共浴室，女浴室的窗户和老陈的新居正好斜对着。为了通风，浴室的窗户通常会打开几扇。到浴室开放的时候，老陈往下一看，只见白花花的人体好像妖精打架。老陈这书呆子乍看此场面肯定是吓了一跳。如果换个人会怎么样呢？我想不出。但是老陈觉得这不好，至少会影响研究工作。他决心要改变这种有碍观瞻和伤风败俗的行为。怎么办呢？如果换成别人，也许会悄悄和管理员谈谈，或者在自己的窗户上挂个帘子什么的。可是老陈不会和人打交道。

他的招儿真绝——他写了一张小字报，贴到浴室的门上。他写的意思是：这间浴室斜对着他的窗户，开着天窗从上面一目了然；这可不好啊，同志们，要是有坏人到楼上，那就什么都看见了，有碍观瞻，伤风败俗，建议大家以后洗澡时关上天窗云云。这当然不是原话，原来的小报早就让大伙儿给撕了。末了，他工工整整地署上大名：陈景润。

大家可以想象得出第二天女工们去洗澡的时候会发生怎样的事情。也不知道是谁挑的头，恼羞成怒的"娘子军"一拥而上，在老陈的宝宅里骂的骂、砸的砸——其实也没什么可砸的。有人还亮出粉拳要揍这个"臭流氓"。幸好有人叫来了领导。领导当然明白老陈的为人，让他耍流氓他也没学过啊，当然是把她们训斥了一番，大事化小，小事化了。有趣的是，虽然事后澡堂的天窗关了几天，可后来还是照开不误，也不知道大伙儿是不是忘了上面还有一个"流氓"。

不过，数学所出了个陈景润，也不全是好事，至少有一段时间弄得大家鸡犬不宁。说起来与陈景润无关，也有关。

陈景润出名以后，他简直一步登天。那些日子难得见到他，见到他时，我的感觉只有一个——"惶惶如丧家之犬"。当时觉得这种感觉好奇怪，后来才明白，对于陈景润来说，他的生活全错位了。一时多少"英雄豪杰"都不禁扪心自问：我就不是第二个陈景润？好多人起哄的本事天下第一。数学所接二连三地收到各种"天才"的来信，各省市也不断传出有人证明了至今无法解决的科学难题，要将其送到科学院来。

但这里头的水分就大了。数学所刚开始对此十分重视，可当上得多了，数学所接待"天才"不免有所简慢，于是就有人在媒体上攻击科学院是阎王殿，水泼不进，压制人才。这样的文章多了总不好，领导们一研究，专门设一个接待处，只由一个人负责，就是原来后勤上的艾大爷。此公原是四野军官，生性暴烈，人称"艾大侠"。他从东北打到海南岛，娶了海南的艾大妈，回北京后调入科学院。因文化水平不高，好打抱不平，且以老资格傲上，让领导很是头疼，所以一直未能得到重用。这次算派上用场了。所里专门找人教他十几道数学题打底子，老艾的脑子也算好使，加上军人的认真劲儿，将这十几道题里外参详得清楚透彻，很快就走马上任。

见到"天才"，老艾那神情，仿佛两只眼睛都长在头顶上，首先气势上不输给他们。然后，管他们研究的是什么东西，老艾就从这十几道题里抽出一道来让他们做。"做不出来？！"艾大侠把眼珠子一瞪，"就这水平还来科学院？你回家抱孩子去吧！"

也真邪了，就没有一个过得了艾大侠这一关的。俗话说秀才遇上兵，有理讲不清。老艾的接待处，成了"天才"们的鬼门关。现在打假时，还真挺怀念他。

那时，我走在数学所前面的林荫道上，这里总是很热闹，经常可以看到有人做出种种奇怪的举动：或者举着一个横幅，上边写着自己解决了什么问题；或者站在两棵树之间自顾自地开讲，也不管有没有人听；或者用粉笔写一大堆算式，看有没有识货的。这些人好像都是艾大侠的受害者。

这种局面持续了好长时间。那时国人是如此痴迷科学啊——拜陈景润所赐。

（摘自《读者》2018 年第 9 期）

为国铸盾的"核司令"

孙伟帅　熊杏林　邹维荣

逝　者

那个参与制造"东方巨响"的人，如今静悄悄地走了。

这一天，是 2018 年 11 月 17 日，一个阳光明媚的日子。"两弹一星"元勋程开甲在北京去世，享年 100 岁。

54 年前，也是一个阳光明媚的日子，中国第一颗原子弹在罗布泊爆炸。程开甲和他的战友们挺立在茫茫戈壁上，凝望着半空中腾起的蘑菇云，开始欢呼。

在程开甲之前，曾经参与"两弹一星"工程的英雄们，一个接一个地走了。这是一些与国家命运紧密相连的名字：钱学森、朱光亚、任新民、陈芳允……他们留给我们的是一个个不朽的身影，一个个传奇的故事。

　　很多人的微信朋友圈被程开甲去世的消息刷屏，大家痛惜着送别这位中国"核司令"。很多人或许并不知道，程开甲也曾含泪送别昔日的战友，那场景平淡朴实，可仔细品味却壮怀激烈。

　　很多人可能不知道，林俊德是程开甲的老部下、老战友。2012 年，北京的春花还未落尽，在解放军总医院，74 岁的林俊德偶遇 94 岁的程开甲。

　　那时，林俊德的生命已进入倒计时——胆管癌晚期。即便如此，林俊德还是用尽全身的力气，亲自到病房探望程开甲。相对无言，唯有心知。看着用尽全身力气站立在自己病床前的林俊德，程开甲的眼睛里满是激动。

　　这位昔日的老部下颤抖着伸出手，紧紧地抓着程开甲的手。这是两只布满了老年斑的、干瘦的手，也正是这两只手，在那个风云激荡的年代，与许许多多只一样有力的手，制造出那一声"东方巨响"。

　　当林俊德永远离开的时候，程开甲悲痛不已，用颤抖的手写下挽联："一片赤诚忠心，核试贡献卓越。"

　　男儿有泪不轻弹，只是未到伤心处。对铁骨铮铮的程开甲来说，亦是如此。

　　2008 年，所有人都沉浸在北京奥运会带来的喜悦之中。一位"两弹一星"元勋静悄悄地离开了，他就是张蕴钰。张蕴钰病危时，程开甲赶到他的病床前，执手相看泪眼。两位老人的沉默，包含着荡气回肠的力量。

　　程开甲永远都不会忘记，在那段"吃窝窝头来搞原子弹"的艰苦岁月里，张蕴钰给了自己多么大的支持。

　　张蕴钰走了。程开甲翻出当年那首张蕴钰送给自己的诗："核弹试验赖程君，电子层中做乾坤……"

　　如今，在金黄秋叶落尽之时，程开甲也走了。也许，他在另一个世界，在那遥远的马兰，又与他的老战友们相聚。

铸　盾

1918 年 8 月 3 日，程开甲出生在江苏吴江盛泽镇一个经营纸张生意的徽商家庭。祖父程敬斋最大的愿望就是家里能出一个读书做官的人，在程开甲还没有出世的时候，他就早早地为程家未来的长孙，取了"开甲"的名字，意为"登科及第"。

后来的成长轨迹证明，程开甲没有辜负祖父的期望。

1937 年，程开甲以优异的成绩考取浙江大学物理系的公费生。

1941 年，程开甲大学毕业留校任助教。1946 年，经李约瑟推荐，程开甲获得英国文化委员会的奖学金，来到爱丁堡大学，成为有着"物理学家中的物理学家"之誉的玻恩教授的学生。

1948 年，程开甲获得爱丁堡大学的博士学位，由玻恩推荐，任英国皇家化学工业研究所研究员。

1950 年，沐浴着新中国旭日东升的阳光，程开甲谢绝了导师玻恩的挽留，回到阔别已久的祖国。

回国前的一天晚上，玻恩和程开甲长谈了一次。知道他决心已定，导师便叮嘱他："中国现在条件很艰苦，你要多买些吃的带回去。"他感激导师的关心，但在他的行李箱里，什么吃的也没有，全是他购买的建设新中国急需的固体物理、金属物理方面的书籍和资料。

程开甲先在母校浙江大学任教，担任物理系副教授。1952 年院校调整，他从浙江大学调到南京大学。为了适应国家大搞经济建设的需要，程开甲主动把自己的研究重心由理论转向理论与应用相结合。

1960 年盛夏的一大，南京大学校长郭影秋突然把程开甲叫到办公室："开甲同志，北京有一项重要工作要借调你，你回家做些准备，明天就去报到。"说完，校长拿出一张写有地址的纸条交给他。

看到满脸严肃的郭校长，程开甲什么也没问，很快就动身到北京，找到那个充满神秘的地方——北京第九研究所。他这才知道，原来是要搞原子弹。

就这样，程开甲加入了中国核武器研制队伍。

中国原子弹研制初期所遇到的困难，现在是无法想象的。根据任务分工，程开甲分管材料状态方程理论研究和爆轰物理研究。那段时间，程开甲的脑袋里装的几乎全是数据。一次排队买饭，他把饭票递给师傅，说："我给你这个数据，你验算一下。"站在后面的邓稼先提醒说："程教授，这儿是饭堂。"吃饭时，他突然想到一个问题，就把筷子倒过来，蘸着碗里的菜汤，在桌子上写着，思考着。

后来，程开甲第一个采取合理的 TFD 模型估算出原子弹爆炸时弹心的压力和温度，为原子弹的总体力学计算提供了依据。

1962 年上半年，经过科学家和技术人员孜孜不倦的探索攻关，我国原子弹的研制闯过无数难关，终于露出了希望的曙光，第一颗原子弹爆炸试验提上了日程。

为了加快进程，钱三强等"二机部"领导决定，兵分两路：原班人马继续原子弹研制；另外组织队伍，进行核试验准备。钱三强提议，由程开甲负责核试验的有关技术问题。

这意味着，组织对他的工作又一次进行了调整。程开甲很清楚自己的优势是理论研究，放弃自己熟悉的领域，前方的路会更艰难。但面对祖国的需要，他毫不犹豫地转入全新的领域——核试验技术。

经过一段时间的探索，程开甲开始组建核武器试验研究所，承担起中国核武器试验技术总负责人的职责。

从 1963 年第一次进入号称"死亡之海"的罗布泊到回京工作，程开甲在戈壁滩工作、生活了 20 多年。20 多年中，他成功组织指挥了从首次核爆到之后的地面、空中、地下等多方式、多类型的核试验 30 多次。20 多年中，他带领科技人员建立发展了我国的核爆炸理论，系统阐述了大气层核爆炸和地下核爆炸过程的物理现象及其产生、发展的规律，并在历次核试验中不断验证完善，成为我国核试验总体设计、安全论证、测试诊断和效应研究的重要依据。

"说起罗布泊核试验场，人们都会联想到千古荒漠、死亡之海；提起当年艰苦创业的岁月，许多同志都会回忆起'搓板路'、住帐篷、喝苦水、战风沙。但对我们科技人员来说，真正折磨人、考验人的却是工作上的难点和技术的难关。"多年后，程开甲院士在一篇文章中这样写道，"我想，我们艰苦奋斗的传统不仅仅是生活上、工作中的喝苦水、战风沙、吃苦耐劳，更重要的是刻苦学习、顽强攻关、勇攀高峰的拼搏精神，是新观点、新思想的提出和实现，是不断开拓创新的进取精神。"

荣　誉

科学家们为共和国的辉煌做出了巨大贡献，党和国家没有忘记他们。

1999年，程开甲被党中央、国务院、中央军委授予"两弹一星"功勋奖章。2013年，他获得党中央、国务院颁发的国家最高科学技术奖。2017年，中央军委隆重举行颁授"八一勋章"和授予荣誉称号仪式，程开甲被授予"八一勋章"。

这是党和国家的崇高褒奖，这是给予一名国防科技工作者的最高荣誉。

"写在立功受奖光荣榜上的名字，只是少数人，而我们核试验事业的光荣属于所有参加者。因为我们的每一次成功都是千百万人共同创造的结果，我们的每一个成果都是集体智慧的结晶。"程开甲院士列举着战友们所做的工作，如数家珍。

一件件往事、一项项成果、一个个攻关者的名字，在他的记忆中是那样清晰——从杜布纳联合核子研究所主动请缨回国的吕敏，承担核爆炸自动控制仪器研制任务的研究室主任忻贤杰，从放化分析队伍中走出来的钱绍钧、杨裕生、陈达等院士，调离核试验基地年逾花甲又返回试验场执行任务的孙瑞蕃……当然，还有长期战斗在大漠深处的阳平里气象站的官兵，在核试验场上徒步巡逻几千里的警卫战士，在罗布泊忘我奋斗的工程兵、汽车兵、防化兵、通信兵——如果没有他们每一个人的艰苦奋斗、无私奉献，如果没有全国人民的大力协同和支援，就没有我国核工业今天的成就和辉煌。

走进程开甲的家，你无论如何也不会把这里的主人，与现代物理学大师玻恩的弟子、海森堡的论战对手、中国核试验基地的副司令员，以及中国"两弹一星"元勋联系起来。

这里的陈设，简单、朴素得令人难以置信。离开戈壁滩后的程开甲，一直保持着那个年代的生活方式，过着与书为伴，简单、俭朴的生活。

程开甲一辈子都不承认自己是一个"官员"："我满脑子自始至终只容得下科研工作和试验任务，其他方面我很难搞明白。有人对我说'你当过官'，我说'我从没认为我当过什么官，我从来就认为我只是一个做研究的人'。"

程开甲一生除了学术任职，还担任过不少职务，但他头脑里从没有"权力"二字，只有"权威"——"能者为师"的那种权威。

程开甲一辈子最怀念的战友是张蕴钰将军。程开甲称他为"我的老战友，我真正的好朋友"，"是我们每个人心中的核司令，更是我心中最伟大的核司令"。

作为核试验基地的司令员，张蕴钰全面负责核武器试验；作为核武器试验基地和基地研究所的技术负责人，程开甲全面负责核试验的技术工作。他们在戈壁共同奋斗了十几个春秋，共同完成我国第一颗原子弹以及多种方式的核试验任务。

1996 年，程开甲心中的这位"伟大的核司令"写了一首诗，赠给程开甲：

核弹试验赖程君，电子层中做乾坤。

轻者上天为青天，重者下沉为黄地。

中华精神孕盘古，开天辟地代有人。

技术突破逢艰事，忘餐废寝苦创新。

戈壁寒暑成大器，众人尊敬我称师。

（摘自《读者》2019 年第 3 期）

井，乡村嬗变的美丽"句号"

熊雪峰

井，是一个村庄繁衍生息和兴旺发达的保证，往往与村庄的历史同步，与农耕文明相息。越是名流辈出的古村，井的故事与文化，越是久远、丰富、厚重与绵长。可是，谁也没有想到，时代发展到今天，井，竟然会慢慢退出历史舞台。那圆圆的井圈，恰似一个乡村嬗变的美丽"句号"。

我的村庄原本有两口古井，村南、村北各一口。两口井就像一双灵秀的眼睛，读着村庄的点点滴滴。只是，据说在清末，有个地主家的丫鬟跳入村北那口井中自杀。于是，村北的井被掩埋，只剩下村南这一口井了。

村南这口井，旁边长着一棵很大的苦楝树，还有一簇竹子。井台原本有个古亭的，抗战时期，被日军捣毁，楠木被日军拆走。井圈用整块红石打磨而成。井台用厚厚的青石板铺就，足有一间大客厅那么大。井台总体由井口向边缘呈放射状倾斜，便于利水。井台边缘是麻条石砌的"檐"，高于青石板面，下凿槽洞，连着外面的排水沟。这样，在井台洗衣、洗菜后的废水，就会很快排掉，不会渗入水井造成污染。井口离水面有 4 米多深。内壁的层层老青砖长满了毛茸茸的苔藓，四季常绿，水汪汪的。那井水，清冽可鉴，人趴于井口，可以清晰地看到自己的面容。

井水，作为相对清洁的水源，受到了全村人的集体敬重。小时候，奶奶就告诫我和弟弟妹妹们不能向井里吐痰和扔东西。父母挑稻子回家，最痛快的，莫过于饮一瓢刚从井里打出的水，那个解渴、清凉与畅快，真没得说！整个热天，很多人家是不烧开水的，直接往壶里、瓶里装井水。相比沿海大城市里带漂白粉味和一点咸味的自来水，家乡甘甜的井水简直是琼浆玉液。

井水，是可以承载情感的，它的味道，是每个游子生命中不灭的胎记。我们村庄的一个台湾老兵，辗转从香港回到阔别近 30 多年的故乡，用颤抖的手舀着从老井里打来的水，喝了又喝，说，这才是故乡的味道！

暑期，阴凉的井边，成了我们这些孩子的天堂：磨小刀子，做竹笛竹哨，做竹叶小船，收集当弹弓"子弹"的苦楝子。但是，大家自觉恪守祖训，不会往井里扔东西。而这纳凉的季节，也正是农忙"双抢"的时候。当田野突然飘来一嗓子："某某，你死哪去啦？还不送水来！"不管是哪个母亲的"河东狮吼"，在空旷的田野上，都能传好几里远。这时，我们便会作鸟兽散，纷纷从家里拿出那种用小绳索拴着的小竹筒，一个个又来到井台，将小竹筒吊入水井取水，然后，顶着火辣辣的太阳，拎到田间地头送给各自劳作的亲人。

冬天，白雪皑皑的时候，唯有井台黑黑的那一圈，在一片白茫茫中隐隐可见。河流结冰的日子，井水相比于外面零下十来度的温度，就显得非常暖和。雪后初晴，井台边就成了妇女们的天下，那些婆婆、媳妇、小姑，像约好了似的，一起涌到井台边，洗菜、洗衣、用米汤"浆被褥"。水桶上下翻飞，井台蒸汽腾腾，女人们叽叽喳喳，谈东家长论西家短，那可真热闹。

洗井，是村里世代沿袭下来的春节前的传统。洗井那天，族长率领众男丁，手捧祭品来到井台。燃香三柱，深作三揖后，族长开始喝彩。喝一句，司锣的就敲一下锣。喝完彩后，燃放爆竹，再将祭品退下，洗井正式开始。这时，沐浴更衣之后，腰系红丝带的劳力上场，轮流接力用水桶吊出井水，倾入排水沟，一刻也不停息，与潜水冒出的速度比赛。直到井水见底后，再用木桶，把一个寒风中脱得只剩短衣短裤的瘦小汉子，套上雨衣，顶上斗笠，带上铁瓢，吊入十几米深的井底。然后，那小汉子紧张地清洗井壁，清理淤泥杂物，并不时把涌出的潜水吊上来。洗好井后，需封井三天再用，届时，水更清澈甘甜了。

抢"新"水，是每逢正月初一的习俗，新水喻示着"新财与清爽"。为讨这个彩，村民暗暗较劲，都想挑新年第一担水。过去的农村，以鸡鸣为一天的开始。于是，很多人后半夜就起床，只等鸡鸣。不知谁家的鸡领鸣一声，接着全村的鸡叫此起彼伏。这时，门闩声、水桶撞担钩声、女人的喊叫声、摔跤后水桶散落的声音，不时从全村各个角落发出，好不热闹。井台边，更是"战场"。第一个来的，抢了先机，以胜利者的姿态，唱着曲儿，担着"新水"回家。后来的，一会儿就挤满了井台。别看平时都是乡亲，这会儿，你不让我，我不让你，争相把水桶吊到井中。有的才提上一半，就与别的绳啊桶啊绞住卡住，也有的桶没绑紧，"砰"的一声掉到水井中的。不过，乱归乱，众人边乱边开玩笑，谁也不会在"初一"这个中国人特别看重的日子里，口出恶言的。不管抢水成功与否，大家都会送上好的"口彩"。

时代在发展，水井也在变迁。20世纪80年代末，压水井开始在农村出现。用一种小型机器钻头往土里一钻，几个小时就可以钻出一口井来了，再装个压水井头，轻松一压，水就流出来了。而且"压水井"想在哪钻都行，院子里、厨房外、厨房内都可以。毕竟，到古井去吊水、挑水都是力气活，又是每家每户绕不过的日常生活内容。哪怕干完农活再累、再不愿动弹，水缸没水了，还得去挑几担水来。这种"压水井"从出现到流行再到普及，顺应了时代潮流。一则，这种井安全、省力、方便，男女老少都可操作；二则，改革开放后，老百姓的日子好过了，手里可支配的钞票也多了，打一口

"压水井"，完全没有问题了。所以，我们村子家家户户都钻了"压水井"。连距老井最近的近来大叔家，也钻了"压水井"。村南那口老井也慢慢荒废了。

谁又能想到，短短二十年不到，"压水井"也正在慢慢地退出历史舞台。这些年，我们村搞新农村建设，不但通了水泥路和光纤宽带，而且改水改厕，乡里建了自来水厂，我的村庄条件好，家家接上了真正的自来水。没接通自来水的稍偏僻的村庄，则在政府帮助下，对"压水井"进行了改造，安装了电机，并在屋顶上装一个大大的铁皮水桶，只要一按开关，水就自动抽到屋顶，再把家中龙头一拧，一种具有农村特色的"自来水"就款款流出。

那口老井及曾经的故事，村里的小辈们，知之者甚少了。至于"00后"，有的从小就随父母在外地打工生活，看都没有看到过那口老井，更遑论知道那些关于井的故事。

老井，似一个历经沧桑的老人，辉煌过、热闹过、举足轻重过，目睹了村庄世世代代的悲欢离合，见证了村庄一草一木的枯荣，是一部不会说话的村史。老井，因为没有了维护，犹如迟暮老人的眼睛，变得浑浊。老井的文化，虽然印刻在几代人的心中，却走在失传的不归路上。也许，这算是一种进步的代价吧！历史终归是要大浪淘沙的，一些东西，你记忆再深、依恋再重，也是要被历史扬弃的。如果老井真有灵性，当它看到农村发展到如此境界，一定会是把自己的隐退当成一个完美的结局，为村庄走向"新时代"而默默祝福的。

是的，圆形的井，恰是一个乡村嬗变的美丽"句号"。

（摘自"学习强国"学习平台，2019年2月25日）

致　谢

　　早春三月，北国大地上虽然还没有呈现出"春暖花开，柳絮飘飞"的景象，但晨曦中南来北往的沸腾人流却能让人感觉到春潮的阵阵涌动。新的生活就在此间迸发，返校、返城、返队、返程的人们怀揣着新的梦想，迈开新的步伐，向着明媚的春天出发。而此刻的我们也正是这沸腾人流中的一员，开启了我们新的征程。

　　今年我们将喜迎共和国的 70 华诞。这是一个让人感受温暖与幸福的时刻，作为一名出版人，从去年开始我们就想以出版人的独特方式来表达对伟大祖国的真诚赞美和衷心祝福，为此特意策划了《读者丛书·国家记忆读本》。这是继《社会主义核心价值观读本》《中国梦读本》成功出版发行之后，甘肃人民出版社策划的第三辑"读者丛书"。丛书以时代为主线，以与人民最密切相关的衣食住行等生活变迁为切入点，以朴素而温情的独特记忆去回望和见证共和国 70 年的历史风云、发展变迁,让读者既能重温共和国成立初期虽然物质匮乏但理想崇高的激情岁月,又能感受到改革开放的春天到来以后,祖国大地生机盎然、蓬勃向上的巨大变化,更能体会到新时代以来追梦路上人民的新气象和新面貌。

和以往出版的两辑读者丛书一样,《国家记忆读本》在策划、编辑出版过程中,得到了中共甘肃省委宣传部、甘肃省新闻出版局以及读者出版集团、读者杂志社等多方的指导和帮助,在此深表谢意! 与此同时,丛书的编选也得到了绝大多数作者的理解和支持, 他们对作品的授权选编和对丛书的一致认可使我们消除了后顾之忧,对此我们表示诚挚的谢意! 虽然我们尽力想把工作做得更细致更扎实些,但因为种种原因依然未能联系到部分作者,对此我们深表歉意,也请这些作者见到图书后与我们联系。我们的联系方式是:甘肃人民出版社(甘肃省兰州市读者大道 568 号,730030,联系人:袁尚,13993120717)。

在这春潮涌动、春天的脚步越来越近的时刻,《读者丛书·国家记忆读本》的出版发行,既是我们送给祖国母亲 70 华诞的一份献礼,也是我们出版人和读者人的一份责任与担当。我们带着对祖国母亲的祝福在新的一年里出发,追寻更加精彩纷呈的人生,迎接春的到来!

读者丛书编辑组

2019 年 3 月